U0933084

次第花开

葛丽萍——著

中国文史出版社

图书在版编目（CIP）数据

次第花开 / 葛丽萍著 . -- 北京 : 中国文史出版社，

2020.12

（跨度新美文书系）

ISBN 978-7-5205-2839-9

Ⅰ . ①次… Ⅱ . ①葛… Ⅲ . ①散文集—中国—当代

Ⅳ . ① I267

中国版本图书馆 CIP 数据核字（2020）第 253757 号

责任编辑：金　硕　胡福星

出版发行	中国文史出版社
社　　址	北京市海淀区西八里庄路 69 号院　邮编 :100142
电　　话	010-81136606 81136602　81136603 81136605（发行部）
传　　真	010-81136655
印　　装	阳谷毕升印务有限公司
经　　销	全国新华书店
开　　本	650 × 960　1/16
印　　张	19.25
字　　数	238 千字
版　　次	2021 年 4 月北京第 1 版
印　　次	2021 年 4 月第 1 次印刷
定　　价	58.00 元

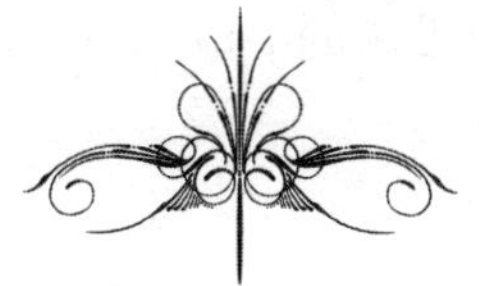

目 录

第一辑 掬云得月

影像曾园 002

穿　越 009

旗袍与我 012

漫步春光 015

百合花开 017

冬天的特别 020

一转身的温柔 023

土豆的收获 027

韭菜薄饼 029

豆　干 031

越存越甘醇 034

小家的风尚 038

通往外婆家的小路 042
萝卜干 045
艾　澡 049
致逝去的生命 052
清晨入古寺 055
结缘甘露寺 059
不能少走的路 062
妈妈，您听女儿说 065
岁月教给我 068
我和儿子共成长 071
凡　心 074
父亲的心 079
伞 082
臻美校园 086
书香伴成长 089
与琴谱书 092
虞山之脉 096

第二辑　心有菩提

生命如花 100
爱美的女孩 103
小药芹 105
夏之裙 107

落叶遐想 109

走过老桥 111

水乡的菜园 115

桂花飘香 118

如花似水 121

聚散两依依 124

幸　福 126

“你父亲是谁？” 128

妈妈的心 131

父　亲 133

饭盒上的划痕 136

有爱，就没有沙漠 138

一路阳光 142

鼋头渚点滴 145

不老的歌 148

隔壁阿哥 154

我的老师 156

老朱头的面 159

一片冰心在玉壶 162

静　夜 164

书香萦心 167

语言是露文学是花 170

第三辑　次第花开

春　花　178

灯　光　182

冬　雪　185

庚子春天的诗　187

为你写诗　191

翰墨写心　198

好好活着　203

一位好友　207

小白老了　210

怀念小白　213

徽城过年　215

看　海　218

可爱的生活　221

美好时光　226

梦里琴音　230

你最美的样子　233

秋日私语　236

尚湖观荷　238

绍兴游记　240

苏园之缘　244

魏晋小楷临习浅谈　248

我、妈妈和儿子　251

五彩霓裳入梦来 256
萧平的一课 260
小石洞记 263
兴福寺漫记 266
姚家古牡丹 269
野菜下酒 272
一封家书 275
一九七八 278
亦师亦友之灌仁 282
永远的老师 285
追寻的脚步，永远 291
走进蒋巷 295
下雪了 298

第一辑

掬云得月

影像曾园

摄影师

喜欢照相，喜欢将自己美美地定格在一瞬间的光影里。特别是过了花季，自觉愈来愈成熟的年岁里，照相似乎成了日常生活的一部分，还时不时挑几张满意的照片放进博客、微信里摆摆美，自己开心，朋友也夸好。这样一来，先生便成了我的专职摄影师。

每逢假日，我们总会去外面走走，不管距离远近，无论地点重复，先生总是很乐意地拿起傻瓜相机，尽可能满足我那一点小小的心思。

尤其，当网上购得了那件古味浓浓的织锦棉袍时，没等两天，就拽着他跑向了虞山。在他面前的我可爱又调皮，即便古装在身，也还如小燕子一样叽叽喳喳。他让我好好地笑，我一不小心，咧着嘴乐开了怀；他让我严肃一点，我收敛起笑容，一本正经地等待，谁知等他按下快门，又熬不住眨了眨眼睛。我嘟着嘴，嗔怪他太慢。他一点不生气，又让我重摆姿势。说到照相摆姿势，的确是个难题，摆过了不行，不到位也不行，直接影响到照片的“美丽度”。还好，拍照不过是过过瘾，无拘无束，随心随意，摆不好也无妨。

或许是如此的天真和随性，照片中的我才更自然生动。一张张相片赢得了朋友的赞赏，连同这个“专职”摄影师也被公开了身份，夸他手艺越来越有长进。有个朋友是正儿八经的专职摄影家，见到照片，知道我有此爱好，便邀我闲时做他的模特，重妆亮相，拍一组。我暗暗思忖：若是摄影家拍，岂不是一流的设备，一流的技术，倘若那样，效果岂不更好？然，不免也有些担忧，爱人面前自在活泼的笑颜，别人面前不会有吧？这么一转念，便婉拒了朋友的好意。

但是，平日里，想把自己的影像永恒定格的念头并未就此打住，更何况今年想给自己圆个本命年的相册留念呢！在姐妹们面前一说，呵，不可开交地热闹。影楼不太想去，我喜欢本真的自己。有个叫周华的姐妹，她的儿子和我的儿子同学二胡，四年下来，作为家长的我们渐渐成了好朋友。她热心地向我介绍她的同事——一位业余摄影家，还将他的作品发我欣赏。看我很满意业余摄影家的作品，便帮我们约好了照相的时间。

就这样，在一个阳光明媚的清晨，姐妹开车载着我，去接那位素不相识的摄影师了。

又见曾园

姐妹问我，去哪儿？我不假思索地答：曾园。

选择曾园，不只是曾园的环境美，还因为静谧。已是初冬的虞山上只残留些枫红叠翠，然而曾园依然有着春意盎然之感，曲桥池畔的亭台、楼榭，依旧古朴而雅致；曾经消遣悠闲的山下茶苑多了份喧嚣和热闹，怎容我独自良久徘徊。而曾园因为曾经与她的相遇很美，所以，今儿又见她时，已如恋人般相偎相依了。

伴我左右的是热情的姐妹，还有她可爱的儿子。为我留影的是一位中等个子、清清爽爽的中年摄影师。等得他来，问候之后道了声：“辛苦你啦！师傅笑笑说，不用客气哩，一有空便会跑出来摄影，喜欢的事不辛苦的。”

如此，初冬的晨光还未将寒气退去，我，便成了曾园怀里的一个小女子。此刻，鸟儿奏着晨曲相迎，红鲤扭着腰肢欢舞。柳枝脱去了秋的戎装，疏疏落落地垂着，守着一泓清池，在无风无雨的日子里，望着彼此在四季轮回里的倩影。我轻轻倚栏，抚一抚岁月沧桑里越发精神的雕花古木；又悄然坐下，摸一摸时光隧道下亘古不变的一砖一石。走在迂回曲折的长廊下，望天地间一方胜景，和着穿透紫藤的光与影，心花怒放。

静静的我忽又倍感羞涩，会不会我此刻的独享，让曾园觉得太过自私？抑或是她也喜欢有这样的赏者？纯净、安然与相知。

我将最欢喜的红色旗袍和绣花棉袍换穿在身。我知道，配这园子，当！不论假山池沼还是亭台楼榭，不管山水相依还是树木葱茏，穿越回古，相融与今，典雅大方都是与此映衬的。曾经的那个冬天，我将曾园一览无余在我的心底，而今，我与她融为一体，共同演绎着人与自然的相亲相和。未曾想过，我如此有缘地成了她风景中的风景，眼眸里闪着光亮的江南女子。

不知何时，身边多了位头发花白的老头儿。他手里拿着个相机，笑眯眯的脸上略带一丝羞涩。待我们转过曲桥，他仍然跟着，还有些欲言又止的样子。我纳闷地问：“大爷，您……？”老先生神情激动起来：“姑娘，能不能让我——拍下你？”原来这样，呵呵，有点突然，又有些窃喜。“当然可以呀！”我站在池边，随意将手轻搭在酒红色的栏杆上，微笑着，任眼前这位可爱又专注的老先生摆弄手里的相机，一次次按下快门。

阳光将我温暖，美景将我包围，身旁的姐妹和孩子的欢声笑语也时时萦绕着我。我已淡然摄影师的存在，随意漫步，撩起额头的秀发，理理垂下的披肩，微笑着，感受着眼前一丝一毫的幸福。冬，是为了下一个春，才这么坚韧成熟的吧，如我，是为了那个更美的自己，才闪着亮光么？

孩子手中也举着个相机，一会跑左一会跑右，嘴里还自语，这回作文有题材啦，我得取个什么名好呢？妈妈叫他安静些，他不听，一溜烟跑远了。穿过“涵虚天境”，是一墙之隔的赵园，我想去目睹下残荷满池的情形，却已被孩子道出了遗憾。“我和妈妈上次来还有的。”原来他早顺着小道跑在了前头。望着一池清泓，我能想象接天莲叶无穷碧时的壮观，加之这低低的石桥，行于上，定是宛若荷花仙子凌驾于仙宫清池呢！

荷于夏的烂漫，人人欢喜；荷于秋的静默，我已懂得。褪去缤纷与繁华，在风雨中消了红颜，折了身姿，非是落寞与孤寂，而是真实与从容。像个亭亭玉立，出水芙蓉似的少女经历了风雨和折磨，成长得更加丰韵和成熟，即便孤寂，也已看见整个世界。那枯枝败叶，不是秋的萧索，而是生命本真的熠熠生辉。此刻的我，容得下花开的绚丽，亦心存花落的可敬。然而，眼前唯有碧波一湖，树影满池。或许，眼中少了许多，心里才更会有这么多遐想吧！

找包插曲

时已近午，我才发现自己的一个小包不知落在哪儿了。拉回记忆，过电影般地细寻蛛丝马迹，还是想不起来，或是太专注了与曾园的亲密，将两三个小时的光景忘乎所以地花销掉，连带身边的东西也不顾了。暗自嘀咕，人啊，太投入也是件可爱又可怕的事呢。我们兵分几路，沿着走过的小道寻找起来。因为还有别的行李，便让孩子看着。或是大家将目标转向了寻物，等到包包找着，竟忘了孩子，不见小家伙的踪影。姐妹心急如焚，我也责怪自己，丢了包是小事，孩子可千万别走失啊？大家喊的喊，找的找，又跑了半个园子，原来，若无其事的他站在原地呢。

“你们不是说让我在这儿看包吗？”孩子认真地说。

哈哈，原来这样，大人糊涂时，原来比孩子还糊涂。幸好，虚惊一场。

带着点内疚，我原想要走出曾园了。

摄影师叫住我，说这枫叶多美，过来看！我循着师傅的声音望去，那是一株“孪生”树，同根分着两根粗壮的枝丫、再分着许多细枝的红枫。树下有块半米见方的石墩，我小心翼翼立于上面，想多靠近它一些。约莫四米多高的树下，穿着修身长旗袍的我昂起头来的那一刻，陡然间高挑了许多。看，火红与橙黄相间的树叶密密麻麻地点缀在蔚蓝的天空下，如繁星点点，不，这闪着光芒的精灵簇拥在一起，如燃烧的火，似翱翔的凤！细细的叶柄连同枝条错综复杂地彼此交织着，它们那么细，细得似乎只有夺目的叶，看不见浅褐或深绿的它们，叶尖舒展，抑或微微后翘，又多像俊俏的姑娘舞着细长的兰花指呢！

我伸出手，用指尖轻轻地触碰下叶尖，叶儿啊，今天的你神采奕奕，舞着秋的风韵，是在等我吗？除了将纯真的笑颜送与你，我还能留将你什么呢？你给予我的，是四季的等待，而我，有多少次将你无心的遗忘。我闭上眼，怕一转身便是你的离别。可我错了，睁开双眸，你依然腮红玉润朱颜俏，心向蓝天与白云。

我亦望望蓝天。

曾园与我这般相融，摄于影中的，留于心底的，连同等等有用无用的遐想，抑或因为她将生发出多少剧情美事，我亦不管了。

偷　拍

为我照相的摄影家姓范。当我还在期盼何时能看到在曾园留下的倩影时，我原先的那位摄影家朋友发来一条彩信，我一看，喜出望外，这不是那天穿着棉袍在石凳上读书的我么？身后是亭子的一角，几根历经风雨渐渐发白的红柱上，一串长长的大红灯笼轻盈地垂下，映衬着素颜与古典的我，甚是美好。论取景，论技术，看得出也非一般人把玩而成。我欢喜雀跃，“是我，怎么你会有？”朋友笑眯眯地道出了真由，是他学生在曾园偶得的“作品”。

我没想到，自己会成为别人眼里的风景，或许，那时的我与曾园相得益彰的味道便是摄影师眼中的艺术作品。世事，有时便是如此凑巧。我不认识他的学生，也根本不知自己真会成为别人眼中的一幅佳作。而他认得我，这瞬间的美好便成了永恒。

或许他的学生因为得意这样的作品才发于老师品评的吧，而朋友又似乎没实现曾经与我的相邀会不会有些想法？但我又知道，无论是专业摄影家还是业余摄影师，都有相似的美德，他们喜欢艺术，又为人真诚。如此，亦好。

我将电脑里留存的这些年的照片统统搜罗在一起，看来看去，还是曾园的影像最有味道，便从中挑选了几十张，送到影楼做本影集留念。影楼的师傅说：“36 张吧。”我一惊，怎么刚好是本命年的岁数呢！又忍不住应了那句，世事真巧！

曾园，我已是你怀里走出的知己，多少岁月之后，那些与你在一起的风景，一定是我白发苍苍下依然绽放笑颜的理由和永远的回忆！

穿　越

那是个暖暖的初冬之晨，我淡淡妆容，将长发盘起，穿上特意买来的、古意浓浓的长袍，踏在虞山层层叠叠的落叶之上，如一位古代的女子款款而来。我不知道，自己怎么如此喜欢古意的装束，难道是日日与诗文为友、与笔砚为伍、与香墨为伴的原因么？抑或是内心自恋的情结作祟？但无论怎样，我喜欢我现在的自己，喜欢我现在的装扮，喜欢我现在的心情，套句时髦话，喜欢我现在的任性。

向四周眺望，古木参天，枫红叠翠，冬暖得不忍秋的离别，明晃晃的天，静悄悄的林，几声鸟鸣，抑或风过，哗哗地飘落一阵或红或黄的叶，心激动起来，好美好美的一刻如期而至。

望脚下，落叶归根，不知是高山需要它的厚度，还是泥土需要它的陪伴；叶，一片片堆积，一层层铺展，安静，自在；是啊，它们已看过风云变幻，经历冷雨秋霜，甚至电闪雷鸣，如今只剩下从容与安详。踩在上面，那窸窸窣窣的声音多美呢，像是在和我私语！我提着长袍，怕多打扰了它们，欢颜于我脸上，循着一块大石头，坐下，我想静静地融入这片山林之间，就像这静美的落叶一样。

捧起琴谱书，这是我抄了近两个月完成的小楷册页本。一行行读罢，一页页翻过，文字在心间穿越，书作在眼前呈现。墨香淡淡，眉眼清清。点画之中贵灵动，字字之间有舒展，行行相间亦疏朗，页页清雅扑面来。这是我喜欢亦是追寻的。字如其人，我也愿意做个清雅女子，淡妆之下，心秀之上，修身修心，让净美与高雅常伴左右。

就如此坐着，就如此活着，此生亦足矣！

爱人用相机定格了山林间的我。藏青长袍上，斜襟盘扣，立领绣边，袖口与肩胸、下摆都镶着龙纹，或静读、沉思，或远眺、正视，一颦一笑间都是那般的古典与宁静。漫山遍野的黄叶和郁郁苍苍的树木烘托着我，或许，它们许多年也未瞧见这么一位喜欢静谧喜欢古典的客人呢！我笑了，自然纯真的欢喜从心底洋溢。是我想一身古装穿越于山林，还是要在这几千年的虞山之间寻觅自己的身影?

寻到了吧，该是如此的。我不经意地走在了自己的人生路上，风雨之中，柔弱成坚强；患难之间，真爱铸磐石；感恩路上，文字汇菩提；笔墨之间，书艺觅真然。

我，该是穿越了自己。年少时那个自认为不太美丽的女孩，如今却有着一身的优雅。是风雨历练，是慈悲满怀，是积极进取，是不争名利。如此，岁月便会有情，将我塑造，为我容妆。

我，亦是穿越了远古。吟一首唐诗宋词，已不知今夕何夕；弹一曲《渔舟唱晚》，亦忘怀身在何处；书一幅经书长卷，在墨香和时光里遨游千古，访几处古镇玲珑，在深巷和流水中怀古追逐。

我淡漠了尘世中喧嚣浮华，冷落了霓虹下觥筹交错。许多时候，我总是静静地，静静地，愿时光迟一点、迟一些老去。它不走，我亦不老，它走了，我也不说后悔。在世间的每一天，我都与茫茫宇宙相视，我来过，穿越过，留下多少尘埃，一花一草知道，足矣。

不久之后，当我将林间的照片和琴谱之作放于 QQ 空间，朋友们赞叹一片。一位德才兼备的信佛之友见之，夸我气质高雅之外，嘱我一句箴言：能容纳一切，并以一颗净美之心，感化周界，这是快乐之源，更是天地大美，圣贤之为。我回了一句：愿如此，求如此，唯独这样的美，才可以穿越古今！

旗袍与我

第一次穿上旗袍，是无意的。

好多年前的那个晚上，我与小姐妹在市里逛街，偶遇同事。她告诉我们，有家特别的店在打折，我们一听，就寻去了。一进门，果不其然，各式各样的旗袍展现在面前，我有些不知所措了，挂在衣架上的她们那么端庄，内心虽然喜欢，又真怕自己——一个农家女子，配不上这种典雅和高贵啊！姐妹们倒是乐开了花，说旗袍定适合你的，非要让我选一条试穿。是啊，爱美的我怎么羞涩起眼前这特别的美呢！我选了一条淡粉色的蕾丝旗袍，在试衣间怯生生地换上，姐妹又将我背后高到脖颈的拉链小心翼翼地拉好。此刻，镜子前出现了一个别样的我！一种古典的韵致，顷刻间在人与旗袍的相得益彰中显现了出来。第一次感受这种美，我竟微微地羞涩起来。姐妹们欢喜雀跃，“真美啊，萍，价钱不贵，我们给你再选一条。”我未曾想过，喜欢裙子的我原是更属于旗袍的。

这第一次的偶遇，第一次的心动，也渐渐让我更加懂得了自己。一颗静静的心，可以遨游在笔墨书香和琴曲诗词里，再是农家女子，也难掩其美，难挡其愿啊！而这些，抑或更多富有雅致的情趣和生活，亦是旗袍所希望拥有的呢！文静秀气的我第一次遇见了更美的自己。

一次便是一生，我相信。

曾经拥有无数条裙子的我，之后便对旗袍情有独钟了。

我常觉得，衣服与人也是有缘分的。每次试穿，我倒觉得不是自己在挑衣服，许多时候，是它们中的一个在等我。买衣有原则，不需贵重，适合自己便是美的。因为比较清瘦，衣裙只需最小尺码，而小尺码一般买的人较少，那些款式不错的旗袍就如闺中不被知晓的佳人，常常等不到钦慕她的主人。于是，只要我去旗袍店转转，不用挑新款，就能轻而易举寻到被冷落的她们。穿上一试，店员们总会情不自禁地感慨：这么合身，这么优雅，这放得很长时间的旗袍终于等到她要找的主人啦！嘻嘻，镜子前的我有些小得意。因为新款打折很少，而这些样式一点不旧、质量一点不差、做工可谓精致的“老款”既便宜又漂亮，我当然欢喜雀跃了。

旗袍，最早该是民国时出现的，印象中，电视里的宋美龄穿的大多是颜色较深、大腿之下分叉的丝绒或绸缎面料的旗袍。之后，凡是大户人家的女子，或是学堂里的女教师，或多或少，穿的都有旗袍的影子。因为那是一种特别的美，有大家闺秀的端庄，有知书达理的气韵，显现着秀外慧中又高贵典雅。如此，喜欢旗袍的女子也定如旗袍一样美。人美，美的不只是外表，是举手投足间散发的魅力。穿着旗袍的女子，优雅得能让盛开的花朵含羞，让尘世的繁华黯淡。

穿上旗袍的我，自然也美美的了。

相由心生，美也是如此。心底的和善，眼眸里的微笑，不论身穿飘逸的长裙或是典雅的旗袍，都会更显生动与纯美。

有一年初夏，我准备把用赤金泥粉写成的三幅长卷《常熟赋》捐赠给家乡，同事姐妹见我随便穿了条长裙，赶忙让我回家去换，她们一本正经地说，你那么多旗袍，今天这么特殊的场合，怎么能随便穿呢！我红着脸回家换了条旗袍。

当我已然将捐赠的这段电视新闻忘却，学校又突然问我要这段影像时，我从许多的文件资料中找到了它，重温那个场面，我暗自庆幸，那一身优雅的旗袍映衬着自然欢颜的我，甚是相符。领子下面有一小段是透明的，在雅致间透着时尚。修长的身子配上白色的高跟鞋与盘起来的秀发，一切都那么相得益彰。然后，展开长卷时的一颦一笑，说出心愿时的落落大方，现场挥笔时的沉心静气，又是那么和谐端庄。如一朵绽放着的荷花，清香扑面；似一首悠扬的乐曲，怡然自得。我喜欢这旗袍的一个特别之处，她长到膝盖以下，腿边不分叉，在如此重要的场合，她美得无懈可击。

记得还没学琴时，我请了一位远地的法师到新买的房子里洒净。师父进屋便说，室有清香，我笑问何物，他道：墨香经卷。见我，又问，在学琴否？我笑答：正有此意，还未学也。我思忖着，其实屋内高处，我的确摆了卷自己抄写的小楷《金刚经》，装于盒中。至于学琴，或是见我那几分气质也未尝不是呢？

当我将旗袍融入生活，将生活充溢在那些欢喜又雅致的爱好之中时，我懂得，我与她已然心心相印。工作与生活，生活与追求，融和着，就如旗袍在身，我自在安然，这便是我，我本该如此一样。连同昔日不常见面的姐妹朋友，也会从远方给我捎来一两条素净的旗袍，她说，看着你照片，就是穿越过来的古典女子，旗袍是与你绝配！

漫步春光

元宵刚过，春寒料峭。几天的阴雨将湿冷的江南平添了入骨的寒，人们依旧穿着冬日的装束，穿梭于车水马龙之间，不敢有半点懈怠。然而，再是如此的春寒，只要春天真正来了，万物生灵都会发生悄然的变化，只要你留心那么一点点。

今早，晨光已经洒下，我沿河漫步，心情一路飞扬起来。左侧是宽阔的马路，右侧即是美妙的景致。昔日不知路过多少回，我都只在车窗外遥望。遥望河中婆娑的树影，遥望河对岸小屋走出的女孩，甚至遥望柳梢头下有无惜别的人儿。一次次的遥望即便有时未能如愿，却丝毫未减我对这沿河景致的喜欢，回眸时，偌大的江南都浓缩在了眼中。今天的我，终于停下前行的脚步，再不忍匆匆而过。

看啦，寒冬已将柳枝锤炼成春的模样，只留几片淡绿的细叶，似蜻蜓般的在枝上轻盈停飞，这是冬与春相融相续的礼物啊。有的细叶已经变黄甚至枯萎，但它们还不愿落下，蜷缩着身子仍在从容地注视我。枝上凸起的一个个小不点在轻轻诉说：“春天呀，就藏在我们的枝枝丫丫里。”

“万条垂下绿丝绦”，细细的枝条竟凝聚着被折断的力量，倒向湖面，连同被那打了结的圆圈圈。我猜，定是有人嫌它太长，将它如头发一样挽起了吧！人们真是不懂，它本是属于湖面的，只有垂向湖水，你中才会有我，在四季的轮回里，这该是彼此最美的约定。

小桥绿树映水中，白云飘飘蓝天悠悠，没有美人卷珠帘，却是珠帘醉美人。看那一抹晨阳，透出万钧之力，要拂去冬意，温暖万物，想让春天来得更早些。我的确感觉到温暖了，宁静的湖面因为我前进的脚步，越发开阔起来，白墙黑瓦的旧时小屋林立在两岸，红红的灯笼点缀其中，小桥掩映在更远之处，这种韵味已不是一个美所能表达的。我一声长叹，我无法将你画出，又如何将你诉尽？

河边一米处，设了一条长长的木桥，我尽管轻踏，鞋跟与木头咚咚的声音依旧很有节奏。其实沿河已有石栏，这长桥设在水面之上，又设护栏，定是为景而置。这别出心裁的举措让我有幸地走在上面，不同角度地体验一番。柳条荡漾在头顶，像从天而降的珠帘，和着光。参天树木下，一条黑犬也不忍心打扰这沿河一隅的安静，看到我，一点不叫。它的身旁，有脱下外套伸展腰身的阿姨。迎春花躲在一簇簇的枯枝间，只一朵两朵，却在积聚力量，继续等待一次次春雨，一个个朝阳。

醉人的景致让我忘怀了车声喧嚣，我是多么幸福呢！这晨光下，这自然里，我享受着多少悄无声息的恩赐。星云大师曾回答过别人的疑惑，你毕生辛勤，拥有多少呢？他笑语回答，天地万物都是我的啊！我可以看，可以听，可以想，我不是最富有的吗？

百合花开

生平第一次，我，隆重地接受一束鲜花，在几百个人面前，在一个亮闪闪的舞台上。

鲜花用彩纸包着，淡淡的百合清香散发开来。我小心翼翼将它放在电瓶车前面的车篮里，降低车速，怕少了一花一叶。秋雨刚过，阳光微露，没有了来时的凉意，心里装满了温暖，思绪比回家的路还长。

怎么都没想过，自己曾经的苦难经历，最终演绎成了励志故事，事迹报告，赢得了荣誉和掌声。是啊，12 年了，我从未敢做这样的梦。

第一个故事便是我的。

偌大的会场里，演讲者在讲述我的故事。

台下数百名听众都静听着一个女子的传奇。

我一手托着下巴，一手拿着先进事迹的报告议程，静静地坐在角落里，听着别人在说自己的事，心潮难平，不敢侧身，不敢回头，生怕别人看到自己眼角的泪花。

12 年前的那个本命年，是我故事的开端，也是苦难的开始，两年中的三次大手术，九次化疗，将长发及腰的新娘折磨得面目全非。妈妈将眼泪藏在背后，笑在我面前，爱人不离不弃，日夜相守，因为这番真爱，我奇迹般地渡过了难关，并生下了健康的儿子。我的眼泪禁不住夺眶而出，幸运的是我，受苦多的该是我的家人，故事里的主角不一定就是最美的，任何让人感动的，都是甘心付出的那个。我好想身边坐着的是妈妈，是爱人，我可以在他们怀里痛哭一场，为自己和他们共同演绎传奇再潇洒地流一次真爱的泪水。

苦难不可怕，摧垮了一时承受不了的身体，却摧不垮用爱铸成的磐石般心灵。在一日日的阳光下，我懂得了活着的意义。为自己活着，为家人活着，为生命点亮一束不灭的光，感恩和追求成了飞翔的双翼。

“如今，满怀感恩的她依旧活跃在教师岗位上，手把手教孩子写字，成了大家口口相传的好老师，好妈妈，好妻子。更获得了全国规范汉字书写大赛一等奖，作品先后入展了江苏省首届妇女书法篆刻展、全国妇女书法展，作品被苏州档案馆、常熟博物馆等单位收藏，出版发行散文集《心有菩提》……”演讲者将我的苦难诉尽，神采奕奕地罗列着我取得的成绩。

记得在师范读书的时候，最早看到冰心的那段话，“快乐和痛苦是相生相成的，就像水道要经过不同的两岸，树木要经过常变的四时，在快乐中我们要感谢生命，在痛苦中我们也要感谢生命……”我将它用钢笔认认真真地抄写在笔记本的扉页上，几年后，这段似懂非懂的话语竟在自己的身上兑现，那么真实，那么用心。苦与乐，相融相交后，再见阳光时，已是温暖如春，心澄如水。冥冥中，人，一定要去经历什么，才能明白，才更明白，一句话可以似曾相识，可以诠释自身。

故事结尾，演讲者祝愿我的故事和书法及散文一样，越走越好，越走越远。我感动至极，悄悄拭去眼角的泪水。议程上要我们上台接受表彰，我还被邀请在舞台的中央。领导从礼仪小姐手里接过鲜花，径自走到我前面，将一大束百合放到我手里，向我致敬。我望着台下黑压压的人群，不想找谁，因为家人不在。我微笑安然，已经流过泪花的心灵复归平静，生活，依然日复一日，阳光升起，又落下。

一路上，好像从未有过的漫长，12年的故事穿越过路上的车辆和人群，我回到了家。

我将含苞待放的百合从彩纸里小心翼翼地打开，一朵朵欢心地插在盛满水的花瓶里，耐心地等待赏花人。百合，多么美丽的名字，是百转千回后的孕育才有了和合幸福的花开？它那长长的花苞里装着的定是生命的精彩。那么，是谁让它这般绽放？是阳光雨露，是育者的付出吧！

冬天的特别

四季中，冬天是很特别的。

它像个顽皮又浪漫的青年。常常只顾自己的性子，要风就刮，像刀子般打在脸上；要雨就下，连着几日，又阴又湿的天气让心情也没了阳光。脾气暴烈时，就结下厚厚的冰，给路人制造些不小的麻烦；难得也来点潇洒，纷纷扬扬下个半天大雪，那倒是一番好景致。如果说严冬里少了一场美妙的雪，那可真是一件憾事呢！不管是顽童还是大人，飞舞的雪花总能让人遐想，似乎因为它的到来，世界就变得澄净起来。

记得那次和儿子追着小白（小狗）在雪中奔跑嬉闹的场景，是多么快乐啊！漫天飞舞的雪花如精灵般在我眼前跳跃，仰望，双手捧着，待一片片雪花落在掌心，从指尖滑落，白茫茫的世界里，我如天使般睁开明眸，于这肃穆净美中，嫣然一笑。此情此景，唯有立在银装素裹中，敞开心扉地享受，才能感受漫天飞舞的雪，感受那份欢心和纯洁。或许，冬雪便是这“青年”送给喜欢它的人最美的信物吧！

冬天很多时候，是深沉的，无情地让人觉得冰凉冷漠。这与江南温润的脾气撞上了，会怎样呢？它俩谁也不服输，阴阴的冷，直接钻到骨子里。好想躺在温暖的被窝，或是逃到有空调的地方，只是不能如愿的当儿，幸有阳光看在眼里，不希望美丽的江南平添了许多被冻坏的佳人，常常放开宽广的胸怀，照耀着路人与怕冷的我。

我是极怕冷的。小时候怎么过的，似乎没多大印象，倒是师范读书时，对刺骨的寒冬格外清晰。那时，只要见到初升的太阳，我总是急急将被褥抱出来，晒在一条条间隔不大的铁杆上，希望暖阳照进每根纤维里，将热度留到半夜，温暖冰冷的双脚。晚自修结束，先将热水袋装好，焐在被窝，等洗漱完毕，即刻钻进去。刚开始，温暖将我包围，待书看了一两个小时，被窝里的热气已被我耗尽，渐渐地，我骨子里的冷直向被窝四周蔓延。我蜷着腿，弓成虾形，等待睡意成熟，可是，越冷头脑越是清醒，翻来覆去总是难以入眠。有时，对床的圆圆（室友小名）会悄悄爬下床，钻到我的脚边，用她温润的身体将我凉凉的被窝焐热，带着幸福的微笑，我暖暖地睡着了。是她一点不怕冷还是有着温暖别人的好心肠呢？反正，她的“义举”让我一生难忘。

如今，冰美人（好听，暂用一下）会和严冬小做斗争。白天有空调，就多做点事，脱下皮靴，穿上保暖鞋，写字一点不冷。晚上没空调，只写一小会字，妈妈提前将电热毯开上，等我搬着笔记本在床上写文章时，被窝已经暖暖的了。敲击键盘时，手是不觉得冷的。当躺下睡觉时，才知道手的温度已不舍得碰到身旁的爱人，我会将手放进脖子里，感受冷暖的交汇，不一会儿，他的大手已将我的冰手夺去，紧紧握在手心，我感觉到一股股的暖流在我的手背慢慢传递开，连五指，到手心，等我觉得不再冰冷时，我能清晰感觉出他的手比我凉了。或许，这是冬天里最温暖的一刻吧！冷冷的冬让我害怕，但绝没有让我懈怠。有时，我还感谢它，因为我的许多文字都是在寒冬下的被窝里诞生的。这里有家的温暖，有心的飞翔。

即便怕冷，我也未将衣服一件件地裹紧身子。我知道，在御寒得当之外，是不用像外婆那般加了一件又一件的。寒霜下，北风里，我仍会打扮得如花一般芬芳。裙子依然是每天舞动的，只是少了春的艳丽，夏的飘逸，此时，它需要和这位青年相得益彰，黑色丝绒的连衣裙外披上或短或长的亮色羽绒外套，或是红色的裙子配上黑色的短棉袄，都是经典又优雅的装扮。

围巾、帽子自然少不了。细数每年冬天新增的围巾，如百花齐放了。今年自己还未买，光姐妹们送的，就有四五条，其中一条是大红底色上印着暗色花朵的羊毛围巾，我将它围在黑色的棉袄或呢大衣外面，平添了冬天的一抹靓丽。有个学字的孩子，得了我的字（学校表现好，我写小楷古诗奖励送孩子）给妈妈看，用心的妈妈用钩针钩了一副淡紫色的手套给我，怕厚了我戴上写字不舒服，她就以镂空和花边为主，薄薄的手套尽管御不了多少寒冷，却是起到了一点防护作用。看着它，不禁想起去年姐妹织给我的羊绒围巾，一样的美，一样的暖心。冬日，让不常联系却情意浓浓的姐妹们更加贴心了。

特别的冬天，给了我特别的感受。怕它，最终还是爱上了它。

一转身的温柔

朱自清《背影》里的“背影”是父亲跨过月台时的一刹那。读过许多年，至今感动着他对父亲的那份深爱。

诚然，父母的背影更让我们怜惜与感动，同样，爱人的背影也温暖至极。

结婚才半个月，我就被病魔折磨得送进了医院。然后一发不可收拾，手术、化疗，再手术、再化疗——爱人天天守在我身边，看着我难受，他既担忧又心疼。白天的时间长，受苦的时间更是变得漫长。每天早上，他看我洗漱完毕，吃好早饭，就会出去买份报纸，再带点我想吃的东西回来。那些日子，我已习惯望着他转身离开的背影，平凡又温暖，才过没多久，我就会问身边的妈妈，时间过了多久了？他快回来了吧？看见门开，躺着的我总是笑脸相迎，他就慢慢给我读读报上的八卦，讲点幽默的故事。看着我时而一阵阵的疼痛，他就一刻不走，一边轻轻抚摸着我正在输液的手臂，一边擦拭我额头上的虚汗。有时推门进来的是医生或别人，我就细数一分一秒的嘀嗒声，继续耐心地等待。中午，他去食堂买饭打菜，看到他转身离开的背影，我就想着今天他会买什么好吃的给我。他一米七几的个子，微微发胖的身子，一点不讲究的打扮，如此平常的身影，每天在我眼前进进出出，晃晃悠悠，成了我精神上最大的依靠。临睡前，他总是先铺开小床，看会手机，再望望病床上的我，问我有没有不舒服，需不需要吃点粥，才放心睡下。我白天睡过，倒常能听到他的鼾声，看着眼前这个英俊的新郎，还没有享受爱的甜蜜却在病榻前将我照顾得体贴入微，禁不住别有一番滋味在心头。

在手术及化疗期间，我的抵抗力、消化力都很差，没有胃口吃东西，他就和妈妈变着花样去做，去买。我想吃苹果，可牙齿发软，他就用小勺慢慢地刮我吃，边喂边看着我。我说，都成光头了，还看。他笑笑，就是盯着我看，怜爱写在他脸上，直到两人对视得眼睛吃不消了，就一起咯咯地笑。痛苦的日子里，有了这些欢笑和甜蜜，总会在心间升腾起一股股爱的暖流。

有一天，我特别想吃荠菜羹，偏偏那时不是荠菜上市的季节，他跑了好远，兴奋地给我端来了做好的荠菜羹，可我吃了两口，又恶心地摇了摇头。他望着我，眼角充满了失望，更多的却是心疼。他想让我多吃点啊！他转身离开了。我能猜到，他一定是去擦拭眼角的泪花了。在那些难熬的日子里，他知道，没什么可以替代我承受的痛苦，唯有他的那份深爱将我小心地呵护与疼惜。我望着那扇门，想叫他回来，可话到嘴边，心酸的泪水早已夺眶而出。面对这么好的爱人，我却在用病痛与折磨考验着他，是多么地不舍与无奈啊！

在妈妈和他的呵护下，再多的苦痛，也抵挡不住温暖与至爱的无穷力量啊。

后来的故事终于皆大欢喜。我吃了很多苦，但是总算渡过了难关。他照例去远方工作，难得回家几天又要离别。我在妈妈身边慢慢地调养身体，重新踏上了心爱的讲台。再后来，我们有了可爱的儿子。

无情的风雨磨砺了我们的爱情，更成全了我们的真心。但，故事还没有结束，那些忘怀不了的我和他之间的爱的片段，总是清晰地浮现在脑海。有一天，我提起笔，将我和他的故事诉诸笔端，写成了感动过许多人的《传奇》。当他看到文章后，斩钉截铁地在电话那头说：我决定回来了！于是，他辞去了十多年来发展得较好的工作，从千里之外，返回了我身边。

都说“好男儿志在四方”，他的工作与事业是他自己一步步努力得来的，而若是回家，他就要放弃已有的一切。在家与工作中抉择，对于在外工作得很顺利的他来说，一定是艰难的。我怕他为我而委屈了自己，认真地问他：“你再想想，不管你做怎样的决定，我都不怪你。”

他真的回家了，再也不要我独酌相思酒了。同事们开心地说：“牛郎织女总算能在一起了。”小姐妹笑嘻嘻地问：“现在那些相思的诗词写不出了吧？”

他一面自己在市里找工作，一面忙着买房的事，奔来跑去，从不说个累字。妈妈心疼他，让他别担心工作，挣少点没关系。我也安慰他，一定别有压力，能在一起，团团圆圆，比什么都开心。

回家了，他舍弃了顺利的事业；团圆了，他负起了一个男人更多的责任。家，成了完整意义上的家，爱，也浸润在每个平凡的日子里。

我们在家时，他常系上围裙，在灶前忙得不亦乐乎。我说，要帮忙吗？他一边洗菜，一边瞟着锅里的鱼，笑笑：“你累了，去沙发上躺躺吧！”我出去了，把厨房的玻璃门拉上，依然听到锅碗瓢盆在他手里拿呀放的。隔着门，他忙碌的身影还是那么清晰，我能断定，他的额头一定沁出了汗珠，工作了一天的他也一定累了。可是，因为要让我多点休息，多些营养，原本什么菜都不会做的他竟然从网上很有耐心地学习菜谱。一次、两次，渐渐地，起初看着菜谱做菜的他慢慢熟练了，做得也越来越美味了。儿子夸他，老爸比好婆做得还好吃。

躺在沙发上的我甜蜜又深情地望着他的背影，感受着家的温馨与幸福。这个与我风雨同舟的男人没有一点大男子主义，有的只是全心全意把我照顾好，把家呵护好的爱人形象。

享受完他给家人带来的美味，他又动手洗碗。我说让我动动手吧，他手一甩，“你去洗手吧，等会还要练琴呢！”我说：“我这不成贵宾啦？”“呵，你比贵宾还珍贵哩！”有时，他打电话给他父母，电话那头总是嘱咐他要好好照顾我的话，我抢过电话，开心地说：“妈，你放心吧，他照顾得比我妈还周到呢！”

那天，我学完琴，他接我去书店买钢笔。我坐在他的电瓶车后面，双手抱住他的腰，头贴在他那宽大的背上，一阵阵凉爽的晨风将我的长发飘起，我惬意又快乐。等红灯的片刻，边上停着辆豪车，他转身与我耳语：“你这小才女，应该坐宝马啊。”我用拳头敲了他两下：“傻瓜，什么好车也比不了坐在你身后开心啊！”

土豆的收获

如果不是亲眼所见，还真把他们的话信以为真了。

告诉我事实真相的，竟然是不会说话的土豆。

一个多月前，妈妈让我买些土豆回家，当种子。我问，怎样的算是好种子呢。她在菜园里边忙着翻土边回答，外皮上有凹下去的小眼眼，就能长芽儿。

为了完成任务，第二天我就把菜市场兜了个遍。不仅细看，还摸摸土豆的外皮，新的，老的，大的，小的，就是没找着有许多眼眼的，问遍了菜贩子，他们个个都对着我摇头，说，这是吃的土豆，作种子可不行。我刨根到底问个究竟，他们偷偷告诉我，不要说这儿，连批发市场里卖的土豆也没芽孢，因为都被下过了药水。我想，他们说的该是对的，不然，为啥有上门的生意不做呢。土豆虽没买到，心里倒不由得升腾起一股敬意，以表示对他们诚实经商的高度赞扬。

妈妈说，没有就算了。

此后我也没再问种土豆的事。

从四月中旬开始，爸妈每天傍晚总要在河边的小菜园里忙上好一会儿。我收拾衣物，煮饭烧菜。待夕阳的光芒渐渐消退、昏黄与淡蓝交织的天边只剩下几缕彩云时，一家人的晚餐才开始。那阵子的饭桌上，爸妈说得最多的也是明天要准备种什么，哪儿需要翻土，哪儿要浇点粪肥。乐呵呵的说笑声中掩盖不了他们疲惫的身影。饭后八点不到，累了一天的妈妈就上床休息了。我不忍心他们这般辛苦，只能劝他们少种点。而妈妈呢，嘴上总说不累，还言之凿凿地宽慰我，忙过这一阵，要不了多久就能吃上一暑假的菜哩！

现在是五月底的一个傍晚，妈妈照例在菜园忙碌。“阿萍，快来！”妈妈兴奋的喊声让我跑进了难得去一看的菜园。“看，这么多土豆！”妈妈说，“还说不会生的呢！”我看着新鲜的土豆，纳闷了，这是街上买的土豆种子生的？我不是没买吗？妈妈告诉我，后来她买了准备做菜用的土豆，又不死心，就试种了几颗。“就几个土豆，一点地方，竟然长这么大，这么多。”妈妈满心欢喜。我看着爸爸用锄头翻出来的土豆，个个白嫩嫩，圆滚滚的，在只有一米多见方的地方，清清爽爽地躺着，看着真喜人啊。

我终于明白了，土豆总是会生的啊！任凭是否如菜贩们所说浇上了药水，任凭我也没在它们身上找到很多眼眼，呵，看来经验有时也会害人啊！

后来我琢磨着，可能菜贩们说的不能做种子，只不过是一种策略，无非是想让我一直去买他们的土豆。他们害怕要是好多人家的菜园子都种了土豆的话，很难想象，两个月后他们的土豆生意就不好做了。虽然我有一种被欺骗的小感觉，又有着无与伦比的激动——因为我知道土豆是可以做种子的，是种子总是会生长的！

这不会说话的土豆不仅给我们收获的喜悦，还告诉我不少普通又深刻的道理呢！

韭菜薄饼

韭菜薄饼，这是我自己给它取的名字，因为方言那几个字还不知怎么表达成普通话。简单地说，就是一张薄薄的面皮，里面伴着切得细细的韭菜。我爱吃，妈妈爱吃，连挑食的儿子都夸我比奶奶做得好吃。香香的薄饼，烫手时是最好吃的了。

怎么做呢？我先舀两三勺面粉在一个大碗里，拍一个鸡蛋进去，跑去菜园里摘一小把碧绿的韭菜，洗净，切成星星点点状，倒在面粉鸡蛋的碗里，放点清水，用筷子搅拌均匀成糊糊状，放进味精、盐，等上两三分钟。

接着，往锅里倒上两勺菜籽油，等油七分热时，把碗里的面糊倒进锅里，轻轻提起锅，均匀晃动，让面糊随着锅子的边缘缓缓延伸。油所到之处，将面糊黏住，即刻，一个圆圆的白里透绿的面皮就成形了。我喜欢做成薄薄的，所以每次倒的面糊不宜多，见面皮成形，我马上将火开小些，手提起锅子轻转，让面皮每一部位均匀受热，等着面皮变色，就表示下面的皮子已熟，需要翻面。而这也是摊这个薄饼最关键的时候，如果翻不好，就会将这面生的和下面熟的混在一起，不仅形状不好，也影响口感。在翻面前，我预先在锅子边缘淋上一圈油，待油慢慢渗入锅底时，左手搭着面皮的一边，右手用锅铲小心翼翼地用力一翻，就这么成功翻了过来。当然，这也需要好多次练习才能达到娴熟的。

在煎韭菜薄饼另一面时，需要再淋些菜油，渗入皮子，转动锅子，使下面的皮子也均匀受热，等待面皮变成金黄翠绿的亮时，才可以关火。

整个过程可以用两句来概括“万事开头难”“过程踏实做”，若是准备工作不周全，每一步不细心，这闪着金色的韭菜薄饼就不可能色香味俱佳啦!

最后，我在大的砧板上铺上洁净的纱布，把锅子里的圆饼倒翻在上面，用刀轻轻地切成米字形。闻着韭菜蛋香，看着一个个小蛋筒形状的面皮，青里透着晶亮的黄，满心的欢喜。我把它们整齐叠好，装进饭盒，带到学校，请同事们分享。当我还心有顾虑地担心同事们刚吃过早饭不一定有胃口时，她们已经秋风扫落叶般地分享完了，嘴里还连连说好吃好吃，真是色香味俱佳，下次多做点哦!

从此，每回学校组织春游，我总是会带上一饭盒，和大家一起分享亲手做的韭菜薄饼。也许是同事们经常吃美味大餐，难得吃上一两回“乡土”的韭菜薄饼，还真十分惬意呢！他们都称赞说这是小时候的味道，很香，能勾起童年美好的回忆。

没想到这小小的韭菜薄饼，不仅好吃，还能让大家回到童年。这意外的收获，更让我觉得韭菜薄饼的香甜了！

豆　干

豆干，一种普通的食材，能在大江南北烹饪出无数种廉价的美味，真是它的大贡献。它来源于豆子，比不了豆腐的嫩、滑，却自有它的筋道，煎炒炖炸，无一不可，做菜之外，还可变化成各种味道的豆干小吃。

小时候，吃得最多的是豆腐。每个清晨总有一个骑着自行车的中年男子在村子里唤着“嫩豆腐嘞！”等到清脆的车铃声回荡在自家屋旁小弄时，“等下。”妈妈亮了下嗓子，从碗橱里挑了个大碗，我呢，差不多一听见妈妈的回音便会蹦跳着出现在她面前，欣欣然接过大碗和一枚 5 角的硬币，跑出去寻找那个卖豆腐的叔叔。一回生，两回熟，叔叔见我懂事乖巧，总是乐呵呵地多切一小块豆腐给我，妈妈呢，看到翘着羊角辫的小女端着比邻居家买的分量要多的一大碗豆腐时，总是笑眯眯地夸我。那时，豆腐是家里的常客，因为比起街上的其他菜，它最便宜，很多时候，妈妈总是将一碗豆腐炖在饭上，滴几滴菜油，撒一点味精，再炒个青菜，就此打发一天。

其实，豆干也不贵，但是买了豆干，总要配点其他蔬菜和它炒炒。我和妈妈血压、血糖都偏低，家里不种药芹水芹等，桌上自然就少了一道芹菜炒香干的家常菜肴，所以儿时吃豆干的日子屈指可数。只有等到家里小河边的茭白鲜嫩可口时，才会买上几块红豆干，切成薄条状，一起翻炒。那时，油少，也没有肉丝增鲜，唯有客人来，才会舍得去街上买点瘦肉。因此，豆干无论怎么炒，我总觉得它并不是特别好吃，不像豆腐，随便拿酱油腌下一小块，我也能吃上一大碗粥，童年就这么简简单单地飞逝而过。

常吃豆干的日子，大概是结婚以后了。因为老公爱吃，我也渐渐喜欢上了有豆干的日子。大蒜炒豆干，猪肝炒豆干，香芹炒豆干，豆子炒豆干，凡是他觉得能组合在一起的就一定会尝试，自然，这些炒菜里都少不了肉丝，小时吃不到瘦肉的我，一点也没有想补偿回来的欲望，总是问一句，放肉丝干嘛？他一本正经答道，调鲜啊。的确，肉的鲜香经过炒、焖，逐渐渗透进豆干之中，原本少味的素食在时间、配料及有心人的作用下慢慢变成了一种家常美味。

不仅如此，超市里各种散装的豆干也成了家人常吃的零食，苏州特制的卤汁豆腐干香甜可口，咬上一口，里面满满的汁水时不时从嘴角溢出，这种水漉漉的甜就是江南的味道，我喜欢，而老公不然。他喜欢咸、香、辣，是大江南北普遍重口味的典型。散装豆干就是附和了大众的口味，香菇豆干、香辣豆干、鸡汁豆干等应有尽有。包包里放上几包，饿了来一包，馋了过个瘾，逛街游玩时随取，烧香拜佛时必备。

记得暑假里在去九华山进香的大巴车上，各自包包里带得最多的是豆干，有如我一样从超市里买的，也有许多人是半夜起来烧煮的。这当儿，大家嬉笑颜开，像一大家子般亲切。有个五十多岁的阿姨，煮了满满一大袋子豆干，从车头一个个派发到车尾，她一手扶着过道里的座位，一手给我们递豆干。边笑边说：“半夜起来煮了一个多小时，大家尝尝。”我尝了一块，欣喜，是我从没吃到过的味道，好像混着几种香，微甜，细细嚼，还有一丝辣，汁水又多，软硬适中。这比买的好吃多啦！怎么做的啊？先尝的连连点头，问着秘诀；没吃到的已嘴里生津，迫不及待，车厢里因这豆干顿时欢乐了很多。“阿姨，还有吗？我还想吃。”我像个孩子一样，总是在这些香客间没大没小。阿姨从车尾折回身来，笑嘻嘻地把袋子递给我，“还有几块，都给你。”我接过袋子，咯咯地笑。“你也是大孩子，吃吧！”另几个阿姨也拿出了自己煮的豆干，味道不一，但都没刚才的好吃，或许是吃多了，别的就没味道了。我正儿八经询问阿姨美味豆干的制作方法，阿姨笑笑，“有沉香、桂皮、冰糖、茴香还有辣椒等，对了，你别记啦，以后阿姨做给你们吃就行啦！”

附近的小街上有野味卖，我和儿子隔三岔五会买些其中的豆干，当作傍晚填肚子的美味小吃。小白（我家小狗）闻见了野味的香，在身旁转悠，我掐了一小块给它，它舔了下，一口吞了，这家伙，鬼机灵着呢，什么好吃的都落不下它！

越存越甘醇

世间有许多东西都是越存越香甜，越放越醇厚的。好酒如此，佳作如此，连秋收的红薯都是这品性。

每每收上一大筐红薯，妈妈会把它们一咕噜倒在院子里，在阳光下边晒边分大小、好坏。看着它们，我已经不像儿子一样吵着急于享受它们了。我知道，现在的它们还少了点味道，待放的时间久一些，它才越发美味。那种甘甜，仿佛是阳光和泥土芬芳的聚会，是我、儿子连同其他水乡的孩子都欢喜的味道。

大半个月后，妈妈变着法儿将它们请上餐桌，给全家带来一道道天然又健康的美食。普普通通的它们或蒸或煮，抑或是削皮后生吃，都能吃出不一样的味道。

刚煮好的红薯温度极高，香甜的味道在空气中弥漫开来，直钻我的鼻翼。我将它小心翼翼取出，一边剥，一边吹，薄薄的外皮包裹着金黄至红的薯身，实在烫手，迅速将它换到另一只手，这当儿，嘴巴已迫不及待凑上前咬一小口，即便烫嘴，甘甜已入心。煮红薯的法子方便，只需将红薯洗净，放大锅里煮上些时候即可。我发现，小时候爸爸在灶膛下用柴火半煮半熬的红薯更是香甜。

而那时，小小的我最喜欢玩的是在灶膛下煨山芋。亮堂堂的灶膛映红了嫩嫩的小脸，我一边烧火煮水，一边将存放上一两个月的中等个头的山芋用铁夹送进灶膛，埋在炭灰下面。等一大锅水烧沸，锅盖上热气直冒，我便会偷偷拿着小板凳垫在脚下，拿水瓢舀起半瓢水，学着妈妈的样子小心翼翼灌进水瓶里。有时被妈妈发现，嗔怪几声，我就立马跑到灶膛前，寻找自己的劳动成果——一个黑乎乎的山芋。待小手将黑皮剥掉，送进嘴里，满口的香甜着实胜过吃到了蜜糖。这不是烈火的功绩，是燃烧成灰的柴火将它慢慢烤熟的过程，这普普通通的山芋在特定的时空下煨透成熟，便有了格外的香甜，吃到最后，才发现小手是黑的，镜子里的嘴角也是黑的。

许多时候，妈妈是将红薯去皮切块放粥里同煮的，当红薯熟时，粥也稠了，红薯的香甜浸润在整锅粥里，淡了红薯，却香了白粥。它们互相融合，成了我的美味早餐。有时儿子去街上吃面，我总是吃了红薯粥再带他去，旁人见了，总和我打趣：怎么儿子吃面自己不吃呢？我笑笑，家里红薯粥、南瓜粥还没让我吃厌呢！其实，喜欢清淡和粗粮的我，吃不惯那野味香浓的汤面。

若是去皮切块单煮红薯汤的话，我总会放点冰糖进去，让两种不同的甜相溶成另一种醇香清甜，喝几口汤，吃上几块软软的红薯，儿时是一种享受，如今，它更称得上一道健康甜点了。简单又自然的食物，最后总是会被人接受和喜欢的。或许红薯是如此，人心亦是如此。

一样的东西，因为时间的等待、熬煮，它们可以越发甘醇。想想人也如此，我们也是原来的那个自己在时间的容器中慢慢煎熬成现在的自己，只不过有的熬得更加有味，有的熬得还不够。生活的喜怒哀乐，就是时间给你的调节剂，这一切终将过去，待你找到生命的意义或是幸福，那么你就是一个煎熬成功的你，你拥有的真善美会冲破时间，无视生命的长短，行将下去。

儿子和我一样，看到红薯，吃着红薯，也写一篇《收山芋》。读着儿子的作文，我不禁感慨，我就是如他一样过来的。人，都是时间的孩子，只是都在走一样又不一样的路而已。还是让我们来分享一下他的作文吧：

收山芋

今天是国庆节，阳光明媚，真是个收获的好日子，我缠着奶奶去家附近的小菜园里收山芋。

山芋叶长得真茂盛啊！它们挨挨挤挤地伸长了脑袋，交头接耳般地相互缠绕着。“今年的山芋肯定是个丰收年啊！”我自言自语道。奶奶弯下腰，手拿镰刀，一边把山芋藤割断，一边说：“那也不一定哦！”此时路过一位外地来的阿姨，她和奶奶打起招呼，还问奶奶：“能不能将山芋藤给我一点，我回家拨了外皮做菜吃。”奶奶笑嘻嘻地满口答应了。我心里嘀咕，山芋能吃，这藤藤叶叶原来也有用啊！

一眨眼的工夫，地上的藤叶已被奶奶收拾到一边。我催着奶奶快些起山芋，奶奶用铁耙轻松地往土里一耙，一个大大的山芋就露出了可爱的脑袋。我迫不及待地跑上去，用手一挖，胖嘟嘟的山芋就到手了，我兴奋极了。还没等奶奶耙两下，我就跑上去捡。可是，怎么，山芋变得没我想象得多了呢！奶奶笑了，今年暑假里雨水过多，这边的小菜园又背阴，少了阳光，收成自然会减少啊！正当我有些沮丧的时候，奶奶一耙下去，呵，一个大山芋被耙成了两半，一半在铁耙上，一半留在了土里。我笑了，“奶奶，你瞄得太准了呢！”

土里的山芋越来越小，我还发现了另一种颜色发白的东西，我以为是土豆，奶奶告诉我那是正宗的白薯，就是个头太小了。奶奶耙完了山芋地，可我的兴头还没过瘾。我只好在土边看奇妙的昆虫世界，这儿有大名鼎鼎的松土专家——蚯蚓先生，还有我叫不出名字的怪怪的小虫子。

山芋虽然收得不多，但我也体验到了劳动的快乐，收获的喜悦。

都问时间去哪儿了，其实彼此都明白，它在父母的两鬓白发里，在孩子日益长高的个子中，在月满西楼的思念间，在日复一日的疲倦里……

久不联系的朋友看我新近的空间作品，大为赞叹。我向她表示歉意，说好送她的散文集还没到她的手里，她发了个笑脸，说不急，好东西越存越甘醇，就如看你的作品，时间流逝，越发精神，馥郁芳香。

是啊，无论是过去的时光，还是未来的岁月，都让我心生欢喜。

小家的风尚

孩时，有那么几个月，中午寄在奶奶家吃饭。她要么热热隔夜的饭或早上吃剩的粥，要么就是煮上半锅南瓜，难得去菜园里摘点蔬菜，也只放少许菜油，将菜哗哗一炒就用来下粥或下饭了。碰上南瓜粥，奶奶许我放上一勺糖。我虽然不挑食，可毕竟还小，吃了几个月，竟在妈妈面前流下了眼泪。因为下午念书没多久，我的小肚子就会咕噜咕噜地叫。我总以为奶奶偏心才对我这样，后来才知道，奶奶自己也是不舍得吃的，怪不得她的南瓜粥里从来不放糖，炒了青菜她不下粥吃，说有咸菜呢！七八岁的我不懂，原来这就是节俭。

妈妈不忍心我一直这么下去。她用小刀在长方形的铁皮饭盒里面划上一条线，每天给我准备中午的菜，有时是咸菜肉汤，有时是青菜加个荷包蛋，还有时候是爸爸隔夜抓的小鱼，妈妈一早烧好的。从此，我自己拎着饭盒去学校食堂加水蒸饭，从此，妈妈也起得更早睡得更晚。那时她在镇上上班，爸爸在更远的南湖砖瓦厂干苦力，家里还养了几头猪，每个傍晚，我总能看见妈妈瘦小的身影在小屋和菜园里穿梭，霞光映照在妈妈的额头上，亮晶晶的。我搬着小凳子在屋檐下写字读书，每每抬头，总想问妈妈：你脚步极快，那装着满满猪食的桶难道一点不重吗？爸爸是个干苦力的老实人，大小事不会拿主意，村上有些人会背着妈妈说他几句憨傻之类的话语。

在妈妈的庇护下，我倔强起来，为她擦干被爷爷奶奶冷落的眼泪。在妈妈的勤劳中，我成长起来，优异的成绩，勤劳的小手，成了妈妈贴心的小棉袄。

在妈妈的怀里，她告诉我她小时候的故事。我的外婆其实是她舅妈，妈妈是被领进她家做女儿的，原因是外婆当时一直怀不上孩子，在妈妈进门之前，也领了一个，没多久却夭折了。后来，外婆顺利地生下阿姨和两个舅舅。从此，成了长女的妈妈自己是个孩子，却还要照顾弟妹，帮忙料理家务。等到阿姨背着书包上学，妈妈也开心地跟着去了，只是没有书包，坐了一天的空桌子。勤劳善良的妈妈多么想和别人一样上学读书啊，可是，坐了一天的板凳，听了一天的课，已是妈妈与学校的缘分。每每说到这儿，妈妈总会哽咽着说不下去。等她看大两个舅舅，可以上夜校时，妈妈又跑去报名读书。没想到，事与愿违，夜校要16周岁才能读，已经进凉席厂的她那会只有15岁。读不了书的妈妈就这样一辈子与文化失之交臂。然而，我深知，即便不识字的她却懂事非，知善恶，在生活的这所大学里，妈妈是非常优秀的。在席厂里，瘦小的她年年挣的是全厂最高的工分，交与外公，外公总会夸赞之外带着亏欠，是啊，自己的孩子有学上，妈妈却和他们在一起撑家。每每听这些故事，我总是心酸落泪，唯有好好读书，好好爱妈妈，才对得起她啊！

那时，村上有几家人家盖上了楼房，才十来岁的我悄悄地问妈妈："我们家什么时候也可以住上楼房？"我不是光羡慕人家，因为家里的三间平房没有一间是不漏的，下大雨的时候，连床顶上都要放个脸盆。妈妈因为我的那句话，从镇上的眼镜厂回来，学做上了服装加工。这下，一家真是全派上用场了，刚开始，我只会打打下手，做点钉纽扣、缝里子之类的容易活儿。后来，只要看见妈妈怎么做，我就准能比她做得还好。我那做裁剪的姨夫对他们说，“这丫头，以后不用上学，跟我做裁剪吧，是块好料子！”爸爸呢，也从南湖辞职，两个学木匠的舅舅带着爸爸一起干起了木匠活儿。白天，爸爸去人家家里忙，晚上，他踩着自行车，风雨无阻地接送妈妈做的活儿。妈妈和我则要干到半夜，几次，我都被妈妈骂了才离开缝纫机。我多么乐意和妈妈在一起干活，能用自己的小手为家里多挣一点钱，早点盖上楼房，那肯定是比得了奖状还要自豪的事啊！

1990年，三间小屋果然变成了高大的楼房。爸爸只会干苦力，里里外外要拿主意的，妈妈只好让两个舅舅帮忙，舅舅们打小就知道家里亏欠了姐姐，如今能帮上忙的，他们随叫随到。把我这个懂事的外甥女更像亲生女儿一样待着。造房子欠下了点债，可家人都不怕，因为一家子都能勤劳地干活啊。我那时准备上初中，妈妈不许我晚上再干，我不同意，答应她，如果哪天成绩不好，我就不再开夜工帮忙。妈妈输了，初中三年，每学期我都是三好学生。爸爸说：“你就别考高中上大学了，这样陪着你妈妈干活，多挣点钱多好啊！”我鼻子一酸，“我想为家减轻点负担，可我不是不想读书啊！”后来，我被保送了师范。

我离开了妈妈身边，过上了一个人独立生活的日子。记得，从未出过家门的我第一次放假回家，妈妈当时在外婆那，我一口气奔跑在那条长长的小路上，从没有过的胆量，从没有那么深的思念。月光下，我和瘦小的妈妈相拥在一起，哭着，笑着。我不知道，那些深夜透进院子的月光是否染白了妈妈的鬓发？那些爱女和她在一起的快乐片段能否填满妈妈思念的心海？

我知道，我不在她身边的日子，她肯定更艰苦，没有欢声笑语，只有一个人静静地忙活。有个冬天，爸爸跟舅舅出远门，整整两个月，妈妈都是形单影只，她的胃不太好，因为想多做点活儿，总是将就着吃吃。我每次回家，她总会按时将生活费给我。我清楚家里的条件，太仓三年，我没买过一顿 2 元钱的菜，因为我清楚妈妈给我的生活费是她去舅舅那暂借的。妈妈给我多少，我到学期结束都会还给她多少，因为我每月只用学校给我的五十多元饭菜票。她看着我，总将比她高的我揽在怀里，“孩子，苦了你了。”其实，我一点不觉得自己苦，我有为我焐被子的好室友，有教我写字读书的好师长，有优秀的成绩，有温暖的集体，我收获了很多很多。

爸爸憨厚，有些事，总比一般人吃亏多。可他却不以为然，干了大半辈子苦力，脸上却总是乐呵呵的，看上去比实际年龄要年轻好多。小时候，人家是看不起他的，如今，老人们都说他有福气。

其实，福气也是自己攒的，善良，勤劳，忠厚，节俭，就攒成了一家的和和美美、顺顺利利。我想，父母虽不识字，不懂什么家风，不过他们的确是用了大半辈子在教育他们的女儿。

通往外婆家的小路

我家和外婆家隔着一条河，人们都叫它外河。从我家屋背后向东望去，小河弯弯，小路悠长，寻不到外婆的家，可分明望得见外婆佝偻的身影。

外婆八十多岁了，心脏不好，视力模糊，腿脚也不灵便，来家的日子比前些年少多了。难得来一回，总是气喘吁吁地，一边将包里剥好的豆子慢慢倒腾出来，一边嘀咕："不行了，走不动了，一路停了两三回，让你们来拿么也不来……"妈妈去小屋里喂好鸡食，在打满水的桶里洗了洗手，进厨房端菜到外婆面前，"妈，我们也种的，你别拿来，少走走路，快坐下吃饭吧！"我给外婆夹菜到碗里，嘴里却不知怎么搭她们的话。让外婆多来吧，她走不动，不让她来吧，她又闷得慌。让妈妈常去吧，也做不到，每天忙忙碌碌的她已是很辛苦。

怪只怪隔着条外河的那条小路太长了。从我家向西到洞泾大桥两百来米，从桥折向东到外婆家又有一千余米。小时候，每每跟着妈妈去外婆家，总是绕到了家对岸就叹气，这里有座小桥多好呢；从外婆家回来，又会望着自己的屋感叹，这儿有条小船多好呢。小时候，小路窄窄的，骑车的怕前面走路的，走路的要当心河岸边。我不会坐后座，坐在妈妈自行车前，一路按着嘀铃铃的铃铛，心里还害怕车把的晃动。后来，索性拉着妈妈不骑车了，在漫长的沿河小路上，娘儿俩边走边说，故事讲完了，还没能走到外婆家。

小路是石子铺成的，近些年才浇成了水泥路。临水的屋子在小路旁种上一点绿，怕行人踩到，许多地方围上了简易的栅栏。印象最深的是小路中有一段路特窄，或许它一边临河，一边是荒野的缘故。小时候，我独自不敢去外婆家，就是怕走这一段又窄又静的路。想想也是，一个读了点书的黄毛丫头，知道些鬼怪狐仙的故事，逢到天黑就觉得野外会有动静，哪敢瞎跑。临河的那边不知是哪家也种上了蔬菜，实在嫌地方小，便在成梯形的河岸处做文章，我真不敢想象，种菜的那位婆婆或是伯伯怎么不怕底下的河呢。

外婆对妈妈说，几时下班后去她那拿红薯，阿萍（外婆叫我的小名）喜欢吃的。我说，我们自己家还有好多，这又不能当米饭吃啊！妈妈笑了："你外婆和外公年轻时在很远的大坝上，开垦了一块又一块荒地，种上一片片油菜，一地地红薯，养活了一大家子。"我嘿嘿地笑，"你也要去帮忙吧？"妈妈抬起不知几时爬满皱纹的额头，"我排老大，什么活都要学着干，还要照看弟妹，上了一天没有书的学，哎，那个年头，真苦。"我缄默不语，怎么又挑起妈妈的心酸事呢。

吃过晚饭，妈妈从楼上抱了一床棉毯垫在了楼下东间的床铺上，这床一年四季留着，专门给外婆用的。外婆看着妈妈忙碌，张了张嘴，欲言又止，我看到了，叫了声："妈妈，外婆有话和你说呢。"外婆柔柔地答："雪珍，我想和你们一起睡楼上，好说说话。"儿子插过来："好啊，我也想睡你们那，听你们讲小时候的故事。"妈妈将刚铺好的被褥又抱回楼上，晚上，外婆、妈妈和儿子睡在了一张大床上。第二天儿子喃喃自语："故事听得很带劲，只是老太太呼噜打得太响了，我好久才睡着。”“嘿，啥故事啊？”

妈妈已在准备早餐，“还不是讲些他没见过的事啊，那时候，你爸在小队里借了船，从家里拿了些米啊粮的，咯吱咯吱摇到外婆家，讨好老人，有时，骑着个破自行车来接我看电影，后来我就嫁到这儿了。”

爸爸还没出门，我诡异地朝他笑笑，“老爸，那条小路你一定闭着眼睛都能跑吧？”“当然，哪怕下雨天，一路坑坑洼洼，照样穿上胶鞋，跑得快呢！那时可是泥巴路，哪像现在水泥小路后面又有大马路通着。四十年，翻天覆地的变化。”

小河还是那么长，只是水没有儿时那么清了。

小路变好了，外婆也老了，不能让想念儿女的外婆走得太多，只有让做小辈的我们再多多地跑跑那条小路了！逢上节假日，家人都会带点东西给外婆，这不，农历十二月二十四，我们这儿俗称小年，妈妈厂里不放假，她就一早叮咛着我别忘了买汤圆看外婆。我买好汤圆，又买了些软面包，骑着电瓶车送到外婆家。外婆坐在屋子里，正和村上的邻居聊家常，看着白发苍苍的老人们，我也坐下了，陪她们一起说说话，让晚上外婆吃上的汤圆更香甜。

萝卜干

小时候，但凡农民家的孩子，吃得最多的该是咸菜和萝卜干。我也如此，妈妈伸手从倒放的咸菜坛子里抓一把咸菜，放点菜油炒上一大碗，然后夹几筷子放进我的小杯子里，再从拧得紧紧的玻璃瓶里取出两块腌制的咸肉，交代我今天的美餐——咸菜肉汤。在 20 世纪的 80 年代，这于我，已是美味。

萝卜干也是妈妈自己腌的，不脆，偏咸，也不放香料，每天下粥就是咸菜或萝卜干。吃多了，便觉得怎么总是这个味呢，那时还小，同伴在洞泾老街上一个婆婆店里买了萝卜条给我吃，我才吃到了萝卜干还有别样的美味，鉴于礼尚往来，几天后，我把兜里揣了好久的三分钱斗争了半天后，终于和婆婆换了一包像是用我们的作业纸包装好的萝卜条。老婆婆满头齐耳的银发，老花镜下笑眯眯的眼神充满着慈爱，对于难得买零食还略带羞涩的我来说，真是一种善解人意的馈赠。我将纸小心翼翼拆开，用另一张作业纸包上几根给同伴，然后捏起一根向口中塞去，细长的萝卜条只一半含在口里，唾液便分泌得旺盛起来，抿一口，再轻轻用舌头卷进残余的半根，嚼一下，咸香中带着酸甜，真是奇妙的味道。我想起婆婆那张清瘦的脸，难道婆婆有妙招？

我真恨不得去看看她怎么做出这个味道的。我兴奋地跑回家，让灶头下忙活的妈妈闭上眼睛，塞一根在她嘴里，好吃吗？妈妈笑笑，“好吃，不过这是街上店里卖的吧，不是自己腌出来的。”啊？我才明白过来，这萝卜条固然味道独特，却不是出自婆婆的手艺，第一次，我懂得了有的东西必须买了才有，而有些东西却想买也买不到。

这么说，妈妈腌制的萝卜干就是买不到的了。

这么想着，就觉得那经常吃的味道便是他处没有的了。

长大后，出去读书，回来工作，家境渐渐好转，吃萝卜干的日子真的不是经常的了。只有在立冬左右，早的红萝卜一个个从土中轻松拔起，妈妈又开始腌制起萝卜干来。

妈妈将十来厘米长的红萝卜洗净，除去根须，切成条状，放一层盐，使劲地揉，再放盐，再揉，揉得两臂发酸，双脚发麻，妈妈才将它们放进缸里，上面用重重的石头压上，次日晚，妈妈将缸里溢出的萝卜汁倒去，重新洗净，撒盐，反复颠几下，再压上石头。再过一天，将它们铺在竹帘子上连晒几个晴天，便大功告成。最后只需将缩小了好些倍的它们装在罐子里，用尼龙袋封口。

我问，为什么萝卜干都不去皮呢？妈妈告诉我，没有了这层皮，再好的萝卜也脆不起来。我若有所悟，这薄薄的外皮既保护了萝卜的生长，又让它在变成家常腌制品时享有独特的爽口。有时最不起眼的东西却是最重要的，感觉最重要的东西却不一定真正有用。

一有此念，便想自身，哪些是华而不实的，哪些是如那层外皮一样重要的。

一有此念，便越发觉得萝卜干的实在，萝卜皮的可爱。泥土里长，阳光里晒，勤劳的手里，几日光阴，便出落成口中腌菜。这自自然然的过程，清清爽爽的面目，是真味，是天资。

立冬后的一个周日，我与十多位班主任前往叶圣陶实验小学培训学习，去前，联系角直的好友司马，以为她身在角直，师范毕业后应该就在那儿。谁料，她告诉我不在角直，但嘱咐我去时当日一定要到学校门卫上取点家乡特产。我们久未联系，但一说话，亲切之感就如当年。培训完，我去门卫上提东西，原是两袋沉沉的萝卜干！我第一次来她的家乡，在未见到她人的这当儿，却提着她托父母给我准备好的家乡特产，快乐无比。上车时，我回了条短信给她，让她代为感谢她爸妈。她不好意思地说，我也好久没回家看看他们了。我懂她，又回，父母都理解自家孩子的，啥时我们一起逛古镇，再当面谢谢他们呢！其实孩子和父母之间也是真心自然，无须半点矫揉造作的。再累再忙，孩子总记得父母，哪怕自觉亏欠了他们。父母呢，再念再想，也还是爱在心头。从孩子时代到自己有了孩子，从父母之子到身为父母，变了角色，不变的永远是一代代的真心与亲情。

老公看见妈妈腌萝卜干的缸不大，便笑嘻嘻地告诉我，“小时候，我和姐姐两个人是经常在大大的缸里给父母踩咸菜萝卜干的，要连续踩好多天，家家都是小孩踩，脚酸了也不让从缸里出来。一米多宽的缸呢！”“为啥让孩子踩啊？”“嘿，你想呢，不是童男童女吗？好兆头呗！”一句话把我逗乐了。笑过之后，我不禁想象着，那个年代，这不起眼又大量腌制的萝卜干意味着什么。

如今的餐桌上，是吃腻了荤腥，反过来寻找曾经的粗茶淡饭，于是，用萝卜丝做成馅料的汤团和包子，超市中比比皆是，且不比肉馅的便宜一分一毫。萝卜干做成的冷盘，也是饭店经常推出的菜肴。大家从那个年代的清苦中明白了幸福生活的来之不易，享受着物质生活丰富的同时，也越发懂得了绿色、自然的东西要比山珍海味、油腻荤腥来得健康。简简单单的食材，普普通通的做法，其实是离人类最亲近的，人类要回归自然，不是去过穷日子，而是将自然赋予我们的，感恩地去接纳和尊重，这才不辜负了劳作的人们，不辜负天地万物。

艾　澡

每年回婆婆家，总要洗上一次艾澡。

原先，我对它只是粗浅的印象。每年的端午，妈妈都会从田间小路上随手拔些回来，用红绳子系好，绑上一面小镜子，插在门楣之上。小时候不解，后来读到屈原的“路漫漫其修远兮，吾将上下而求索”，才知道这一天不仅要吃上粽子怀念两千多年前的屈原，还要用艾叶来辟邪驱毒。

在安徽老家，婆婆第一次为我准备艾澡的时候，我很惊奇，为什么用它洗澡呢？我迫不及待地想去了解它。

艾，又名冰台、艾蒿、艾蓬等。艾叶就是艾这种菊科植物的叶子，以李时珍的家乡湖北蕲州产者为佳，称“蕲艾”。我国的天南地北，都有它的影子。只要是向阳而排水顺畅的地方，它都能生长。路旁、草地、荒野处处都能安家落户。因为它普遍存在，所以在民间很受欢迎，食用充饥之外，更多的是治疗祛病。因为味辛、苦，可以降湿杀虫，亦成了辟邪驱毒的信物。夏季，花未开时采摘，除去杂质，晒干或阴干，是中草药中常用的一种。在医书《别录》中记载：“艾，主灸百病。可作煎，止下痢，吐血，利阴气，生肌肉，辟风寒，使人有子。”

今年回家的第二天，我又对婆婆说，想洗个澡，和以前一样，放点艾叶。婆婆说，好的。她去烧水了。我等着时，老公给我准备好浴盆，还是我每年都洗过的那个老浴盆，木头的，很沉，圆圆的两边有两段宽的边，可以一边坐着一边搁脚。等婆婆把水提来，想倒进浴盆的时候，我问，艾叶呢？我一直以为是放了水再加进去的艾叶，婆婆笑着，带我去看锅里煮沸的艾叶，满满的一锅水里放着两小扎艾叶，已看不清原来椭圆带锯齿的叶片了，看上去只有竹叶那般细小了。热气中散发着浓郁的清香，婆婆说："这艾叶已经放了一年多了，听人家说，一年洗上几次澡，可以祛除体内毒素，最安全，最天然！”只见婆婆用瓢把锅中的艾叶挪至一边，用力舀起沸腾的水，小心地倒向水桶。许是刚才在灶下烧了半个时辰的柴火，她的额头布满了汗津津的皱纹。我说，又添忙了呢！她继续舀水，笑笑说："平时都不能为你们做啥，回来几天能忙些才开心呢！”我的鼻子酸酸的，为啥老人总为儿女们着想呢，不能伺候他们，还把责任推向自己，真是可怜天下父母心啊！

我想想也是，用惯了沐浴露、香皂的现代人，难得洗上几次艾澡，可谓能洁净身心呢，最原始的药材和方法，在如今，倒是稀罕了。

婆婆把水倒进浴盆，热气直冒，艾叶的味道弥漫在整个房间。红色的浴罩顿时被热气膨胀成圆形的小帐篷。我让先生提些凉水放边上，婆婆见了，即刻就把水桶拿走了，“坐着多熏熏，对身体有好处，不要加凉水。”我坐在浴盆边，用毛巾在水中不停地晃动，想让热气散发得快些，当我坐得双腿发麻，那些热气汇成的水珠滴滴答答从浴罩上掉落到头顶时，我才将脚小心翼翼伸向浴盆。这二十来分钟的光景，我只感觉艾叶的热气直冲向我的鼻子，润湿了的双眼，浸透着我的肌肤。在隔着浴罩灯光的映照下，褐色的水让我的肌肤倒越显细白了。每年回家，我都会洗上这么一两次艾叶水的澡，红色的浴罩，木头的浴盆，在一个不大又不亮堂的房间里，我，犹如穿越回到了古时。

出来倒水时，婆婆说，村上的人洗过的艾澡水是用来拖地板和浇花的，是最环保最有效的家庭消毒剂。于是，被艾澡洗过，被老人特别的疼爱荡涤过，满身清新与舒心的我准备带点陈艾回常熟小家。

致逝去的生命

有的人活着，他已经死了，有的人死了，他还活着。生与死的界定不只是生理上的有没有呼吸，更区别在精神上的猥琐和高尚。且不论从精神价值去衡量生死，生命本是多么可贵。举个简单的例子，无论是谁，若是听到身边的认识或不认识的人突然逝去的消息，悲悯之心定是多于自然界的花花草草，猫猫狗狗。除非养了许多年，有了感情，将原本平凡的生命当成了自己的朋友，才会特别心酸，特别不舍。

有只流浪到我家的小猫，用短暂的生命给人类上演了一出悲剧，今天，我只能将它回忆。

也不知它从哪儿来。那天傍晚，我和儿子回家的时候，看到它躲在我家小院里，一条细细的尾巴在它瘦小的身体后面显得特长，黑白相间的毛稀稀拉拉地散开，没一点光泽，眼睛里多的是胆怯，轻轻的喵呜声从它张开的嘴巴里传来。可怜的小猫，你从哪儿冒出来的啊？我们疑惑不解，轻轻地靠近它。它一看到我们，马上窜到了走廊里，然后看见儿子刚开好的门，往屋里跑去了。

面对这位不速之客的光临，我赶紧找吃的喂它。我把隔天吃剩的鱼搅和了点饭放在小盘子里，先在屋里咪咪咪地唤它。它许是饿极了，听到声音竟跑到了我身边，我开心地将盘子放它面前，走远些看它吃。它的确饿了，迅速将一大块鱼肉从盘里叼出，用爪尖抵住肉的一边，再用锋利的牙齿一咬，头一晃，嘴里的肉已经吞进了肚子。等到另一半的美味轻而易举享受完，地上就只剩下了几根大鱼骨。我想，它应该再吃点饭，肚子才会填饱些，可是，它竟跑出来，又躲到院子的角落里舔毛去了。难道怕我们伤害它?

我该给它点时间。我没有将它关进屋子，想着它的到来给我们的惊喜与意外，我就更加随缘与它。次日清早我上班时，看见它仍在走廊里，我笑了下，倒不是常言说的那句“狗来穷，猫来富”使我动心，确是觉得这猫咪像是来寻我们的。待到下班，它还在院子里和我家的小白（小狗）在一起嬉戏时，我真的乐开了怀。曾经有好多只到我们家的猫咪都被小白赶得无影无踪，今天，猫狗怎么成了朋友? 它的小爪子在小白翘着的尾巴上左右拍打，弄得小白痒痒地走开了。我左手端盘，右手拿碗，先喂小猫吃，再走远些喂小白吃。猫咪挑了鱼吃完又到小白的碗里找肉吃。小白也不抢，走到院子里，懒懒地趴着，也看着猫咪吃食。我摸摸小白的头，“真乖，平时你早围着我要吃的了，此刻都知道让小的了！”就这样，每天傍晚我总希望在院子里出现这样的一幕，夕阳映着我和孩子的笑脸，连同新来的猫咪和养了十来年的小白。

可是，有那么一天，不见了猫咪。我四处找寻，咪咪咪地拿着盘子唤它，都没唤出它的影子。半个月的相处已让我快乐，每天早上，它总会来我脚边喵喵地叫，有时声音轻得听不见，我就给它盘子里放点水。每天傍晚，吃饱了的它调皮地在屋里窜东窜西，我叫它，它似乎听得懂，小跑过来，我小心抱起它，它轻轻的身子蜷在我两个掌心里，不过，它只停留一会，努力要回自由。难道，此刻，它又向别处去要自由了吗？或许会吧，悄悄地来，悄悄地走，原本小小的生命有多少人会在乎呢？那只属于它的盘子仍在走廊下，我不舍得撤掉，希望它有一天再悄悄地冒出来。

然而，真正的悲剧不是猫咪不见了，是父亲在家门前的小河里看到了它，已经死了好几天了。这个可爱的小生命竟永远不会回来了！我不知道那一刻发生了什么，是小白的追跑？猫咪的失足？还是可怕的人为？我只能将可能发生的种种进行主观的猜测，可是，即便我怎样想，时间不会倒流，没有人告诉我真相。

它实在太渺小了，或许，过些时候，连我都会难得想起它来，可怜的生命给了我一个解不开的谜。然而，每每想起，我眼前总能浮现小白和它在一起吃食和嬉戏的场景，总会害怕得闪出一个不愿接受的念头，若是猫咪偷食，被人为扔下河的呢？在它们面前，强大的人类可以爱它，也可以无视生命的存在，只是随心所欲的背后，猫咪不会开口，无力反抗，人就变得异常可恶了。

我有些悲愤，可还是希望真相不是那样的！

清晨入古寺

金秋十月，沐浴着清晨的第一缕阳光，我步履轻轻，去造访虞山北麓的兴福禅寺。（身为这个城市的子民，造访家乡的古寺，该是最平常的事了。然而，我常随庙里皈依的姐姐与众香客拜于四大佛教名山，四五天的行程，早起晚回，步伐坚定，却没有常到家乡的古寺造访，真是不当。）

古寺隐于山间，一路上，我且行且思，光由明至暗，道越发清幽，大概行了 15 分钟的路程，已至寺庙大门。买票取香，红匾金字的“兴福禅寺”映入眼帘，两侧题联：“山中藏古寺，门外尽劳人。”像是述说着这座有着 1500 年的山中古寺旁观到的繁华落尽与人间沧桑。我早早了解到，早在南齐年间，邑人郴州刺史倪德光舍宅为寺，初名大慈寺，梁大同三年改名兴福寺，唐贞观后称破山寺。

进门，左侧院墙上题着“般若”，我手捏三支清香，心怀虔诚地走进去，这里是普照堂，即上香处。点香供完四方，再返至进门正中道路，一一走过、谒拜无上法门殿、大雄宝殿，殿内有一块兴福石，大如伏牛，纹筋纵横，左看像“兴”字，右看像“福”字，这便是“兴福寺”的由来。宝殿后便是最高的玉佛楼，楼的三面皆被树木环绕，若是从山上往下，抑或是从门外寻觅，都是见不到它的。只有光芒照耀于它，与静谧的山林一起迎接我的到来。

从玉佛楼下，见左侧有一拱形门洞，上写“通幽”，又连一圆形拱门，题着“烟岚环翠”，欣赏完古朴的书法题匾，朝门洞内边走边望，青青翠竹直立在曲廊的院墙边，与后山的竹林隐约相连。廊下院墙中有雕花、扇形窗户，偶有角落处也有假山、幽草相伴。漫步在曲径通幽之处，见前，望远，都是好景致，也无怪乎会有那样的题字了。

穿廊至西，阳光将我拉回外界。芭蕉悠闲地伴着白墙黑瓦，一岁岁地竟忍不住探出了脑袋，伸展得更加潇洒，成了我眼中的一隅仙境。大片的树林环绕着我踏进的园子，静静地，只有几声空谷鸟鸣；轻轻地，只有参天古木在院中直立，几片黄叶慢慢飘落，伴着穿透一切的晨光徜徉在斑驳的树影间。四围的院墙显得矮小，连文殊殿和财神殿也在它们的遮掩下若隐若现。我轻踩石阶，向更高的文殊殿走去，此刻，光芒万丈，我回望着它前面屋檐瓦砾间长着的葱郁小草，不禁感慨，这山间的生命何等旺盛，阳光雨露又有多么神奇。高耸的树木落下经年的果子，竭尽全力在可以生根的地方发芽开花。日复一日，年复一年，绿满了山，红遍了秋。这可真如有德行的师长，德高望重又谦恭有礼，诲人不倦终桃李天下。

拜过两殿，算是行程一半。剩下的时光里，我把脚步放得更慢，任自己随走随想。看，在檐牙高啄的亭子里对月谈经，在小巧古朴的罗汉泉中沐手诵经，在倒映着一池枫红柏绿的湖边细嚼清风，在藤牵叶茂的长木凳下饱餐明月。这一切的一切，是世间少有的智者，亦是佛门应见的放下。我从光影下寻觅过去，思想将来，所有的所有，似曾有过，又未得到。唯有这破山寺，唯有这满山绿，伴着明月清风，穿越时空。空了杂念，成了永恒。相机里出现的一幕更让我惊叹，对着参天古木，相机中紫色的光柱笼罩在园子中间，一幕幕，神奇无比，如见仙境。

回到正门中央，我打算向东漫步。“般若”对门，题着“菩提”，门口还悬挂着“常熟市兴福寺慈善功德会”的木匾。穿门过去，白莲池中红鲤嬉戏，池边回廊曲折，飞檐古香，假山嶙峋，树木葱茏，有姑苏园林之美，又超乎它们的宁静。哪能不是呢，山中古寺，寺中园林，可谓难得。之前到此，我都折回出寺了。今儿，我还继续前行。又见一拱门，上有四字“暂息尘劳”。第一次见到它，颇觉趣味。方才几个园子都景致非凡，为何偏在这儿题如此之意的名字？难道是别有洞天？

我独自进得园子，放眼望去，气象开阔，除高耸的树木外，还有一个以黄石围之，似葫芦状的池子，水清冽见底。我向前走去，池中一条曲曲折折的石桥卧于池水之上。我轻踩莲步，不觉身已飘飘然。我笑了，怎么会有如此感觉呢？望望池中，飘落在湖中的黄叶被一阵阵风儿吹过，向前移来，哦，原是它们让我飘飘欲仙呢！水中树影婆娑，落叶点点，突又鱼儿被惊，嗖地逃窜，虚实相间，动静结合，我立于池中，已然将自己忘却。至桥头，在石头上赫然写着“空心潭”，这仙湖，这园子，我全然懂得了进门所见的四字。空心潭为破龙涧流入寺内潴留而成，于此，进园之人可将心掏空，把辛劳与得失暂且放下，与天地相融，与自然相亲，更与静谧安然相伴。园中各色古木参差交杂，池对面又有一亭，曰“空心亭”，亭有两层，门锁已锈，望内，是手持净瓶的观音画像。亭后又有一小池，亭子前后均摆着石凳石桌。几棵高大的桂树围在亭子四周，隐约的余香还钻进我的鼻翼。

最后寻得的便是那首寺因它更美、它因寺更出名的《题破山寺后禅院》的诗了。

清晨入古寺，初日照高林。
曲径通幽处，禅房花木深。
山光悦鸟性，潭影空人心。
万籁此俱寂，但余钟磬音。

清代乾隆年间，邑人言如泗守襄阳郡，得大书法家米芾书写的此诗真迹，带回故乡，请石刻名匠穆大展刻碑立于寺中，唐诗、宋书、清刻集于一身，人称为“三绝”碑。这块穿越古今的石碑立于“诗境”之内，什么是永恒，这儿又有了不一样的含义，所有经典，即是永恒在世间的，不管多少年，哪怕碑亭老旧，石刻风化，那一代代留在世人心间的不朽之作，最是永恒的魅力！

当我收获满心欢喜，跨出古寺的时候，寺内传来悠扬的诵经声。今儿，我寻得了什么，似乎那首诗已将所有都诉尽，他是否和我一样，也是在这样的清晨来得寺中的呢！

结缘甘露寺

甘露寺在九华山半山腰，又叫九华山佛学院。从山上下来，以为它在山脚下了，但是当我们离开九华山，回望甘露寺时，才明白是山腰间。但这样的地点，已经让它够冷清了。

原来，我们是不准备与它相见的，正如那么多来自五湖四海，不远万里到九华，再一步步向最高峰天台山行进的信众及和尚。如果，没有姐姐如鸥居士的坚持，铁了心要来的话，我们也会和它擦肩而过。

第一天傍晚，导游和姐姐险些吵起来。因为姐姐是带信众出来烧香拜佛的组织者，我们每天的行程里既有导游的安排又有姐姐的意愿。导游知道姐姐想第二天在九华山做佛事，为信众们死去的亲人和先祖超度，希望她在离住处较近的庙里请和尚做这一佛事，而姐姐执意不应，非要选择山下的佛学院。若按常理，每个人都觉得姐姐的做法有些固执，山上庙宇林立，随便去哪座庙里请愿此事，百分百可以进行佛事，而山下的甘露寺，听知情人告知，早已破败不堪，整座寺也没几个和尚在里面，佛学院已经名存实亡，此时已是六点多，估计已经关门。若是去，不要说明天的法事，就连大门也保准进不去。

而姐姐一定要去，而且马上就去。在她的固执之下，旅馆老板一脸不情愿地带着姐姐、我、导游及另一个信众出发。山上检票人员告诉我们，车子必须在七点回到山上。看看表，只有四十分钟了。车子飞驰在曲折蜿蜒的下山路上，我无心看窗外的景色，手牢牢抓住扶手，身子随着曲折的山路左右摇晃，来时半个小时的盘山公路竟用了十几分钟。胆战心惊之余，心里仍不停地追问，佛学院到底怎样的一副模样呢，姐姐是一个虔诚的居士，真是受着菩萨的引领执意要见它吗？

的确，当我们四人出现在甘露寺面前时，冷清与萧条覆盖着整座寺院。幸而大门未关，我们能进得去，然而，只有一声声“有人吗？”“师父，有没有人啊？”回响在青苔丛生与斑斑驳驳的高墙之间，循着落叶满地的小路，我们从前门寻到后院，总算有个俗家人正坐在藏经楼前面的石凳上，见我们来了，立即去里面叫出了一个小和尚。

小和尚是常城师父，来甘露寺几年了，是专门讲学的。我们只有一点点时间了，长话只有短说，姐姐坐着，将心里话面对面讲与师父听。姐姐先表明自己的来意，是菩萨引领排除万难才到得甘露寺的，接着将所有信众出资供养米粮之钱悉数交到师父手中，然后姐姐指着我对师父说，这也是我们念佛堂的信众，她是老师，又是书法家，这是她写的《地藏经》，发愿供于九华山佛学院的。师父小心翼翼打开长卷，只展开一点，即惊叹起来：“这是我今天最惊喜的事了，这么漂亮的小楷，这番诚心诚意，令人敬佩！”最后，姐姐请愿明天能否在甘露寺做佛事，师父一口答应。那个老板进来催我们上山了，我们和甘露寺短暂的见面暂时结束。

暮色之中，我的思绪飘飞起来。

师父没想到，偌大冷冷清清的甘露寺会在 7 月 10 日的夕阳下迎来了远方虔诚的香客；师父更没想到，日渐萧条的佛学院会让一个清瘦的信女诚心献上抄写了几个月的小楷长卷。我们没想到，香火旺盛的九华山原来指的是山上；更没有想到，或真是菩萨的引领让我们定要结缘在甘露寺，用一颗真心将愿望和希冀放在这等待重整旗鼓的佛学院之中。

我真的没有想到自己辛苦抄写的地藏经如此简单地被放在了这里。不知谁会看到，那位没有见面的藏学法师会不会去展开一下？以后是不是和这佛学院一样归于寂寞？和我曾经在普陀、妈妈替我在峨眉献经文都是那么的不一样。或许是我的心没有真的安静吧，那一笔一画只是为了自己的诚心敬意，为何要在乎别人的眼光呢！静静地写，轻轻地来，然后静静地离开，这不是最平凡也最圆满的吗？

不能少走的路

冬日的一个清晨，我早早坐上了乡下去市里的公交车。车子是升级版的，和城里的公交车没什么两样。空调已经打开，暖暖的，我将围巾和帽子取下。从等车的那几分钟，到车慢慢停在身边，最后安心坐下，犹如归家的感觉。

窗外，西风已将银杏树梢最后几片黄叶残卷了，路边，黝黑黝黑的香樟籽儿和色彩斑斓的落叶让环卫工人扫了又扫，只有那绿化带深处，厚厚的枯枝败叶已记不清从哪年哪月开始堆积，只静静地等待着一次次的雪雨风霜，甘心将自己化作点点春泥，和老树的根相依相伴。

当忙碌的工作或生活累了自己的心时，静心守候一次它的到来，你会发现原来自己和别人是一样的，彼此都是素昧平生、匆匆聚散的过客，都在为各自的生活奔波忙碌。尽情享受一次它给予的惬意，想，抑或什么都不想，闭目养神，打打小盹，自在安详。

到站，我需转乘市里的公交车。因为对目的地究竟乘几路车不太明白，见身后有一辆公交车驶来，门开，脚不敢迈上去，先问道："师傅，文化局能乘这车吗？"师傅点了下头，等我刷卡，他又添了句："你要提前下车，再走些路。"曾经打车去过一次的我，只记得文化局的大致地点，对于绕来绕去的公交车，便没了方向。望车上贴的站台标记，有些犹豫，到底哪一站下较近呢？想开口问人，想想还是任由自己吧。

我在一个从没有到过的站台上下了车，此刻的自己真的不知道往前还是往后走，只能循着斜对面的站台走去，我要在站牌上寻找目的地的名字，呵，还真有，而且就两站路了。几分钟后，另一辆公交车把我载到了文化局站台旁。心中的路线即刻清晰了，原来，若是我早一站下车，只需走过一个十字路口，左拐便到了。然而，如果我早下车了，也会找不到方向，也还需问路。这么一算，我还是觉得自己收获很大哩。有些路，看上去多走了，其实是必要的，乘车如此，做事如此，人的成长不也是一样么？

办完事，我步履轻快地返程，穿过十字路口，阳光已万丈。继续等车，悠然，此刻上班的高峰已过，路上清静了许多，只几分钟，要守的公交车缓缓驶来。上车，车厢后面坐着许多六十多岁的阿姨，正聊得起劲，细细听来，也算是知道了故事梗概。一位阿姨的儿子在倒车时擦了一位老大爷，被对方索要了高出实际三倍的金额，双方争执不休，阿姨越说越气，旁边应声附和的像是她熟悉之人，也说对方太不讲理。老人们聚在公交车上，谈买菜哪儿便宜得多，带儿孙学这学那的也有，今儿，还真是难得看到半车子老人在听一人讲故事的。我虽不知事情真相，但有一点是肯定的，在越来越拥挤的城市里，停车倒车却是一大难题，我想，对于擦伤别人的那位青年，一定是受了一次不小的教训，而对于受伤的老者，盼着自己早些康复，也真不必一边养着受伤的腿，再用不善的言行去伤别人，毕竟谁都不想发生这样的事。想着想着，不仅觉得公交车好，连着自己能乘公交车出行也是好事一桩了。嘿嘿，人知足就长乐呢。

这几年，公交车的改革是显而易见的，特别是城乡公交车。原先到傍晚五点半就是最后一班，再晚只能自己打车回家，从城里到乡下，至少要三四十元，一个普通老百姓咋舍得花这钱呢，实在没办法也就硬着头皮，想着别的法子解决。有时碰上黑车也不懂得保护自己。然后车站增开了两三班晚班车，人们开心得很，不用担心晚了没车了，不过车站五点半后关门上锁，临时增开的车辆要在外面候车，也就是遇上严冬或暴雨什么的，苦了等车的人。后来，公交公司对每个乡下线路都调整了策略，不仅增开晚班车辆，还可以和平常一样在站内坐着候车，冬暖夏凉，一点不急。再后来，就是现在，公交实现城乡一体化，不仅车子统一装束，连间隔时间也差不多，对于农村百姓进出城市，着实方便了许多，车多了，座位相应也空了，出行便利，又节省时间。

公交车的票价连连下降也让百姓打心底里叫好。从最初的 5 元到如今的 2 元，用市民卡还能享受八折的优惠，学生和满 60 岁的老人能半价上车，70 岁的老人全免。越来越人性化地服务于百姓，真是如沐春风般的温暖。

这一步步的改革，就如蹒跚学步的孩子，总是慢慢进步才会迈开坚实的步伐，又好像我多走的那点路呢，今儿我走得近，若是大城市，我许会走更多的看似不该多走的路，但是，真要让自己清晰铭记，多些曲折未必是坏事。

我懂了，有些路，不能不走的。故而，有些事，不用先畏惧。

妈妈，您听女儿说

您说，儿啊，我把你放在手心怕冷，含在嘴里怕烫。在远远（儿子小名）还没出生时，我总觉得那是一种溺爱，如今带着儿子，朝朝暮暮地陪伴，明白了原来那是母性特有的，怀胎十月，乳汁喂大，做父亲的体会不了。

您说，儿啊，早饭记得吃，路上慢慢行，衣服及时添，晚上少出门。您没叮嘱孩儿努力工作，没埋怨自个早起晚归，每天的平平安安，每天的和和睦睦，就是您最渴求的幸福。

您总是在放心与不放心间徘徊。

师范三年，正是没有手机和电话的年代。一封您不认得字的家书，让您高兴又让您泪流。邻居家的阿婆劝您："孩子从小就乖，像寄在信封里一样，到哪您都放心好了！"您笑笑，鼻子一酸，泪又来了。孩儿明白，您放不下的是您自己的那份爱，甘心付出就是您最愿意的事情！

记得那个深秋，该是我师范读书回家的日子，可是，我在学校发高烧，被室友连夜推着送去医院挂了水，不知情的您在家心急如焚，第二天，虚弱的我躺在宿舍无精打采的时候，您背着棉毯提着大包小包出现在儿的面前："孩子，妈妈不在，苦了你了，这次回家，一定让他们来安个电话，以后有事就往家里打电话！”我像受了委屈的孩子一样扑在妈妈怀里，泪流满面。那一刻，儿需要的正是您的慰藉啊！当我抬头看到脸色苍白的您眼睛里满是血丝，也多么的不舍，您一定熬了一个漫长的夜，一晚的思念与焦虑让您鼓足勇气来寻女儿。平时的您很少出门，又晕车不认得字，从家里摸到市里再转车到太仓，这一路的颠簸和辛劳，儿能想象得出。

您总是想着我们不想着自己。

您将晨起的一锅粥熬好，最后一个吃的才是您。您养了一群小鸡，中午半小时的吃饭时间天天跑回来喂它们，您说，自家的鸡蛋孩子吃好，过年还能宰个一两只鸡。

您叫孩儿下了班把饭煮上，菜别动，您回来再做。可是好多次，都不是这样。儿也想为你分担些，把饭煮上后，儿就准备煮个肉汤啥的，可打开锅子，里面已经有一锅萝卜炖鸡汤了，我懂了，您一定是在厂里蒸好中午带回来的，您早盘算着傍晚回家煮得会太晚，想着女儿也有自己的事要忙。殊不知，女儿即便忙着自己的事，也满是对娘的谢意啊！

您上班累了，胃病犯了，总是应付应付，女儿拉您去医院，您还说，多穿点衣服，别冻着我儿了。您总把生活的苦楚自个咽下，亏了您自己乐意，可女儿不愿啊！

妈妈，您听女儿说，孩儿也是一位母亲了，您身上的慈爱和尽心，女儿都在一朝一夕间深深体会和传承开去。

儿愿意您一辈子在放心与不放心间。孩儿的工作与学习，您就多放心些，有了荣誉会向您汇报，有了压力会向您诉说。孩儿小家的饮食起居，您也可放心，两个大人照顾一个孩子，老公照顾您女儿，没什么可担心。您放不下心的儿也愿意承受，您有时多唠叨几句，孩儿一直觉得是幸福。

儿希望您能多想着些自己。或许您对家的关爱照顾减一分，才肯想着自己多一分。若是您不同意，就请允许女儿这样做吧。不要总把好的留给我们，和您一起分享，我们最安心。给您买的新衣别不舍得穿，您这辈子没穿过像样的好衣裳，老了，就让女儿看看妈妈夕阳红的风采。上班累了就请个一天假，不要总觉得自己还如年轻一样，那时全厂挣得第一工分的您如今已拥有了老年卡。孩儿曾一度不许您上班，您竟像个孩子一样哭闹着，道了句：我天天闷在家里才会得病呢！我懂了，您也要实现自己的价值，也需要自己的圈子。于是，女儿任由你去，然而，您一定记着，身体第一，您总是这么跟我说，怎么就不对照下自己呢！

孩儿乐意您节假日吵着我们去外面兜兜，带着您和爸，散散步，爬爬山，像上次去沙家浜一样，乘着舒适的公交车，一家其乐融融地享受大自然赋予我们的美景，多好啊！别总推托要种菜，菜种不完，却吃得完，可日子过了就不会再来了。妈，您说是不？您多笑笑，即使陪着您走走停停，儿也愿意，留下些美好的回忆在您今后的日子里，做儿女的才不愧对爹娘啊！

儿还想您去城里住住，和已经在城里的熟人唠唠家常，您一定会感叹许多。世事无常，唯有每天开心地过好，才是最真切的。妈妈，您也要让女儿多尽一份孝心，别总是觉得您做的都是应该的，您这辈子这样的表率，儿做的不知能得几分。您没读过书，却比我教儿子教得多。所有的言语都比不过行动，怎样的用心都挡不住爱意。许多时候，儿还需多学您啊！

妈妈，您听女儿说，岁月无情，您就少些辛劳，让女儿多担一份爱吧！

岁月教给我

你一定见过高山，不但见，你也一定攀登过，有没有发现这样一个常理：远望时，山的高度很清晰，一旦到山脚，你已经不可能望见山到底有多高，局部盖过整体，原因是离得太近。由这个现象，我在教孩子写毛笔字时，关联出一个道理：你想坐着写大字是不可能写好的。怎么说呢？从姿势上讲，坐着悬腕很费力，时间一长肩膀会酸，没有站着悬腕更自然。从书法上讲，大字以站立为宜，既能做到气象开阔，伸展自由，又可造成力到笔尖，一气呵成之势。从我发现的道理看，大字如山，要看整体，倘若坐下，看细处的一笔笔，再到位也看不清整体的结构。当你坐下写完再站起来时，一定会发现整个字缺了点精神。我告诉孩子，人站着，字也会站得好好的。

儿子在安徽老家的灶下学烧火，他发现越是往灶膛里多塞柴火，火反而灭得越快。几天下来，他懂了其中的学问，太满会灭，留点空隙方好。我说，许多事都是这样的。奶奶种菜，为啥中间留下间隔，要想每棵菜长得旺盛，不留余地怎么生长开来。

如果关联起领导用人，或许有点意思。择人，当人尽其才，更当予以空间。芝麻小事无须管束，在公正和谐之上，留点自由，即是给予人的空间与退路，更有利于整体的发展。

如果关联到孩子读书，也是一样。听市里的许多老师反映，许多城市里的孩子在小学阶段成绩优异，发挥极好，到了中学反而没有一部分乡下学生发挥出色，显而易见，潜能发挥已是极致的他们从小就付出了所有努力，而乡下孩子，原本只发挥了一半潜能，到中学，环境一变，自然发挥得出色了。孩子原是一样的，只是潜能过早地被开发，或许，前者基本功相应扎实些，但相比而言，创造力和其他的天赋早被繁重的课业所泯灭，这便不是好事一桩了。所以，真正的素质教育，我想还是尽可能还孩子快乐的童年，学习和玩耍，一样的重要。别在该玩的时候不许他玩，到了不该玩的时候，他已经对学习索然无味，或者，即便学习，也只是为了高考。

若是再关联到为人处世，也一样吧。《菜根谭》中说，事事要留个有余不尽的意思，便造物不能忌我，鬼神不能损我。若业必求满，功必求盈者，不生内变，必招外忧。又有，处世让一步为高，退步即进步的张本；待人宽一分是福，利人实利己的根基。

你用过保温杯吧？当你很渴的时候，也会有过水温过高，一时喝不了的尴尬吧。幸而许多杯子设计时考虑周全，喝时先往杯盖里倒些，杯盖面积小，一分钟便能将温度微微降低，你便不觉烫嘴了。这简单的道理，用在学习或处理许多事务时，未尝不可。事再多，得一件件做，择眼前最重要的事，暂时放下别的，一件做好再做一件，肯定比三心二意，长吁短叹要强。这与“合抱之木，生于毫末；九层之台，起于垒土；千里之行，始于足下”有异曲同工之妙。前者说事多得理好头绪，一件件完成；后者更强调基础的重要，一步一个脚印去走。一口吃不成胖子，晴天不做白日梦，像喝水那样，倒点出来，晾上一会儿，既不要浪费多时，更不会渴得太久。如自己那些几万字的经文就是从一个个字累积成卷的，儿子的二胡越拉越好也是勤奋和喜爱的结果，而许多爱好，刚开始并不会喜欢上，是日日与之相伴，逐渐深入和获得进步从而产生更多的动力去继续下去，才得以成为真正意义上的爱好。所以，对任何事，不能好高骛远的同时，我们必是要循序渐进，脚踏实地，一步步好好地走。

朋友和我开玩笑，你得转变风格，学习一些大家的写作方式，我笑笑，想学，但还是更想随自己的愿，写着好玩才写的，若是当痛苦的事做，岂不是折磨自己。他说，你总是写自己的多，写身边事多，视野要开阔啊！我无言以对，不能辜负朋友的好心，却在心里暗暗思忖，写自己，写身边小事也不会写完啊，年年岁岁，日子里的喜怒哀乐会一样吗？只要生命不息，感动便会常在，幸福更会叠加。跋涉不了千山万水，自然领略着有限风光，但假使寻常小事也能熠熠生辉，又有何求呢？

感谢可爱的岁月，教会我怎样让自己更加快乐！

我和儿子共成长

一直以来，家长们都是希望孩子成龙成凤的，可是，当许多孩子慢慢地长大，我发现，我们高估了孩子，莫说将来能怎样，首先他得是一个正常的人，一个自然的生命，这才是最现实的。我不能改变孩子在学校所受的教育，而自身对孩子的影响是可以努力做到的。因为我们是孩子的第一任老师，亦是他们终生的良师益友。

台湾著名学者傅佩荣说，人若没有一个好的家庭环境，就很难展开一个正常的生命。可见每个孩子在成长过程中面对的父母和教师营造的、直接包围他的环境有多么重要。家庭中的每一位成员都要以影响好下一代而作应有的表率，切不可表里不一，出尔反尔。

家庭和睦对于一个孩子的成长是至关重要的，家人之间的相亲相爱会让孩子学会宽容，学会理解，学会关爱。和谐的家庭氛围应该是乐观开明，积极向上，富有生机的。

“父母的思想品德是孩子的一面镜子。”勤劳善良的父母养育了我，我也在工作和学习中勤勤恳恳，对待他人时真诚善良，而我的孩子，从小生活在这样的环境，对人对事也会善心一片。我在10多年前生了场大病，爱人与我风雨同舟，相濡以沫。亲人关怀备至，温馨感动。

康复之后，家人更加珍惜来之不易的幸福，感恩生命，彼此相敬相爱。孩子在这样的氛围中，积极向上，活泼乐观，关爱他人。

我喜欢读书写字，下班之后的很多时间，我没有用在自己的孩子身上，而是孜孜不倦地追求艺术。我不认为家长非要让孩子学的、做的才叫家庭教育，若是孩子在一种积极要求上进，父母从来不出去打麻将，不上网游戏的家庭环境之中，那么，孩子怎会想出去疯玩，满脑子想去上网呢？如此，家长自身素质良好之外，又要有进取心，让孩子看在眼里，懂在心里，也起到了真真切切地表率作用。所以父母及长辈们良好的品行，可以使孩子在每时每刻耳濡目染，潜移默化。孩子在适当的表扬和鼓励中生活，他学会了自尊和自信；在平等中生活，他学会了公道；在家人的温馨友爱中生活，他懂得了爱与被爱。作为孩子生活、学习的最初学校——家庭，文化氛围主要是以潜移默化的心理暗示和熏陶的方式给孩子成长以巨大影响，留下难以磨灭的印记。

作为父母，我们庆幸自己没有逼着孩子去学什么，喜欢上二胡，是源于孩子自身和他的老师。有一回，老公搭同事的车回来，有些无奈地告诉我，同事不解地问他，为什么孩子要学二胡、学书法，这些都有何用呢？我哼了一声，那是人家觉得费时费力又不能产生经济效益的原因呗，或许，有些人淡薄了一样东西，人世间，若是有种追寻着的快乐，除了金钱，它会更加纯真自然，来得也更幸福充实。当远远入神地欣赏、临摹褚遂良的《倪宽赞》，临睡前将它放在自己枕边时；当他跟着老师的录音认真练习曲子，听得我们如痴如醉时；当他一遍遍地自学着老师未交、从网上下载的二胡名曲时，我们懂得，这便是喜欢和快乐。在学校优异的成绩背后，孩子有辛苦，若是没有点自己喜欢的东西，他拥有的还只是书本。音乐、书画等可以陶冶情操，那么，就让喜欢它们的一颗童心因此多些自由吧！在这片天堂里，不是一张白纸可以成全一幅佳作，倒是触类旁通，彼此互相影响和增长。至少在远远身上，我敢肯定。

家庭教育要有心而无痕，家庭文化虽无声而有形。

良好的家训家风与家长自身良好的道德素养贯穿着家庭教育的始终，而家庭质朴无华、洁净整洁，家长端庄优美、落落大方的仪表，以及谦恭文雅的言谈，豁达大度的风格，时时在陶冶孩子美好的心灵。它们相辅相成，为了尽可能雕琢好那块“美玉”，我们只有自修，在各方面提高自己，有仁爱之心，在孩子的教育方法上也要不断学习摸索。

凡　心

一

一日，一同事和她朋友来家里闲谈。

同事刚生完孩子不久，步履还有些蹒跚，我让她去里房躺会，留下她朋友，朋友问我，家里有没有网络，我告诉她，家里不上网的，平时手机可用。看她有些无聊，我就把自己的散文集递给她看。

二十来分钟后，她合上书说："这书太感动了，我有些受不了。"我不知道是书感动了她不忍自己看下去，还是如实在发表自己的见解。我笑笑，都是往事了，不过能感动不是坏事哦！她也微微一笑，把书放回桌上，说了些夸我有才的话。

同事走出来，她问她，你看过这书吗？同事摆手，说："我太容易落泪，还是不看吧！"我从来没听过这样的回答，惊奇程度不亚于她朋友看到我能出书。我再也笑不出来了，自言自语道，感动的泪水可以荡涤心灵的，怎会多余呢？

她仿佛没在意我的话，顾自和她朋友说话。

她说，最近看了大儿子小时候的录像，很是新奇和开心。真的，好多都快忘记了，可惜还有个盘坏了，里面还有好多他的片段，真是遗憾呢！

我释然了，她只是觉得用不着去感动别人的事，在乎些自己的点滴快乐才应该呢！如此，我将收回自己在心底的不解与愤懑，每个人都有自己的活法，她在她的世界里，我在我的天地中。

不过，还是想说的，感动不用去寻找，能打动心灵的，即便微乎其微的小事，也会铭记。感动也不用刻意回避，那些不用去考究的，亦真亦假的，你，或他的，或更遥远的事，能让你流下的不是泪水，而是甘露，是人世间的真情暖爱。

二

车窗外，暮色渐浓，路边高耸的梧桐树枝繁叶茂。

我莫名地想流泪。泪水没有滴落下脸庞，却湿润了眼眸。

我寻找原因。

我的身后是他，我的身边是儿。该是家的幸福吧！为了一家，他毅然放弃了十多年的工作和美好前程。团圆的家，看起来那么普普通通。儿子喜欢靠我肩上睡觉，睡熟时，头很沉，我却喜欢他这样。

站台上总有人等车。老人们腿脚迟些，慢悠悠地上来，卡还没刷好，前面早有人起身让位，司机将车慢慢启动，待老人坐稳，再向前行驶。那个抱在妈妈怀里的幼儿时不时向后面张望，她好小，细软的头发还不长，眼睛咕噜噜地转。多么可爱的生命啊，无拘无束，天真自然。我张开嘴巴，微笑着咯噔一下，她被我逗笑了，咯咯咯的一串，银铃一般。我再朝她眨眨眼，她继续笑，她妈妈不知背后的小故事，和她一起开心。

车上响起了熟悉的曲子，“不经历风雨怎么见彩虹，没有人能随随便便成功……”我一边哼哼一边寻味，像是写给自己的，或许，经典自有它吸引人的地方，再是平凡人，也是一样要经历磨难才感悟生命的，激扬的曲子字字句句都扣人心弦。

路灯亮起，汽车在热闹的市郊继续穿行，外面的暑热不知道有没有退去几分，我的膝盖倒有些凉意，因为空调已经吹了个把小时了。

我享受着平凡而温暖的一切，在渐行渐远的路上。

那晚，做了个奇异的梦，一只美丽的凤凰在空中出现，过了一会，凤凰不见了，一个装束得瑰丽又庄严的女子出现了，我在天地间望着，甚是惊奇。我不会解梦，却是想着，如此美好的形象能出现在梦里，定是好梦。

是那颗常易感动的心，抑或是那些追求美好的愿吧！

三

清晨，一场秋雨刚过，丝丝凉意逼人。我打了个喷嚏，又套了件外套，骑上电瓶车轻快地去上班。

家门前的这条小路，由东向西，是村里的男女老少出村子的必经之路。从最初的乡间田埂成为如今的水泥大道，已是一个妙龄少女的年纪。路变宽敞了，孩子们一不小心就长大了，连村上的那几位老人，都白发苍苍了。

村上有位七八十岁的老人，每天在这条水泥路上呆着。他总是静静地坐在轮椅里，有时老伴陪着他，在长长的水泥路上推过来，再慢慢推回去。很多时候就他一个人，时而眯着眼睛打会盹，时而望着远方看风景。从清晨到黄昏，寒来至暑往，不知是时光在深深地伴着老人，还是老人在细数点点滴滴的过往？

妈妈告诉我，老人病了，还不轻。那怎么总在外面呢？我心里嘀咕。以后每次我经过他身旁时，总是格外留意这位瘦削的老人。早晚都会和他打个招呼，怕他听不见，我故意把分贝提高些，老人吃力地动了下嘴角，许是想说话又说不出，他点点头，微微朝我笑了笑，轻轻抬起一只手，朝我上班（或回家）的方向指了指。

神志清晰的他一定不想每天待在屋里做个可怜的病人，却给身边的我们以微笑和温暖。与其说是我亲切的态度想给老人以生命最好的慰藉，还不如说一个站在生命边缘的勇士在用余光照耀行色匆匆的路人。

老人的一举一动，我印在了心上，他是水泥路上一道别样的风景，更是生命桥头那朵灿烂的云霞。

四

妈妈又迷上听戏了。

其实，在我很小的时候，妈妈就一边踩着缝纫机一边听戏看戏了。她不认得字，评弹说书倒是听得津津有味。吴侬软语的熏陶，美好情节的感染，使得心地善良的妈妈时不时掉下眼泪。后来家里有了台十四寸的黑白电视机，妈妈就看到了古装戏曲。越剧中的《梁祝》《沙漠王子》，黄梅戏中的《天仙配》，沪剧的《碧玉簪》等都不知看过多少次，不过，每回再看见时，妈妈总还是不放过，手里的活儿没停下，眼梢有时瞄下电视，嘴里还不时跟着乐曲哼起来。

那些晚上，我总会帮妈妈打打下手，此刻，妈妈就将白天看到听到的曲段讲给我听，我听得好奇，连着问：“接下来怎么样啊？”那会，恨不得偎在妈妈怀里，让那些美丽动人的故事静静地陪伴每个辛苦的黄昏。

看着妈妈那么喜欢听戏，我索性给她买了个 MP3 一样的科技产品。小巧型，可随身带，想听什么就下什么。妈妈呢，欢喜雀跃得如孩子一样，连洗澡时都没舍得让耳朵闲着，望着卫生间的门，我笑了。可是，光听，妈妈还觉得不过瘾，我又觅到了一款能看能听的全能看戏机。

开关，音量，上下曲，我一一教过妈妈，晚上，当我在客厅静静写字时，妈妈就在房间里享受她的美好时光。儿子听着音乐，有时也会被吸引过去。有些晚上，我练琴时，隐隐听到房间里的戏曲声响起，我就轻轻打住，那温婉的乐曲声，不仅是妈妈的快乐，还有做女儿的一份心安。

父亲的心

每到暑假，夏天便真正炎热起来。

家里的正厅有一台用了好多年的空调，这不，想用它时，才发现轰轰轰的声音下竟然一点没制冷。我赶紧打电话给街上修空调的，冷冰冰地说要排到三天以后，正当我一筹莫展时，叔叔从门外经过，指着白墙上的字迹让我看。我一看，是一串醒目的电话号码，像是用黑色排笔刷上的，旁边还注明此乃维修空调等家用电器的电话。说实话，我还从没拨打过墙上的小广告电话，要不是受不了这炎炎夏日，我是绝对不会想到去拨通这种电话的。

接的人一听就是外地的，他似乎挺客气，马上答应下午就过来看看。中午过后，我就耐心等待他的到来。吊扇不停地转着，一直想把我写字的纸飘飞起来，我的手机，镇子，长尺都用上了，纸仍等着我挪动它的间隙蠢蠢欲动。不仅如此，我的手心里还在出汗，虽说条件艰苦能磨炼人的意志，然终是想着，若是空调好了，不用费心这些，或许字会更自然呢。

等到下午三点多，一个骑着摩托车的高个子男人出现在家门口，他从后备厢里快速地取出工具包，问了我几个问题，熟练地打开空调盖，再查看外机，又从工具包里拿了什么取出，放下，再开机，这番利索，还真像个维修工的样子。空调还真的吹出凉风了，我付了他定的钱，感觉有点贵，但想想人家也是外地百姓，大热天的做这个活儿也不轻松，就乐意地将钱给他了。

不料，两天后，空调又不正常工作了。我有些气愤，原本妈妈就说我付多了钱，这下又没完全修好，这不是自找苦吃吗？我想在电话中责问下他。电话那头很是嘈杂，说什么你家的空调本来年数长了，有些零件都老化了，修好了这个，可能那个又出问题了，我这几天忙，过几天一定过来给你看。我生气起来，悔不该拨打这种小广告的电话，电视中不知多少人上过当，自己真是太不知趣了。那天以后，我天天打一个电话给他，他呢，好像总是忙忙的，有时像在路上，有时像在干活，不过，若是真骗我，可以不接我电话啊。我知道，尽管自己有些后悔，但还是抱着一丝希望的。

等我打了第五个电话后，他又在我家的空调下了，他说："我说的没错吧，这次坏的不是原来那个地方，你看看，这个接头的问题，小问题，一会就好。对了，你家有这个细管子吗？""没有啊，我去买！"他说："算了，还是我去跑一趟吧，你也不懂买多细的。"他骑着我的电瓶车去了附近小街上，他那辆看上去老破的摩托车静静地停在我家院子中。那会起，我真正信任了他。

空调彻底好了，我以为我不会再和他有关系。人和人有时就这么因为一点小事，相遇相别，似乎看清了彼此，然后就会慢慢遗忘。然后，还没把他的电话从我的记录中删去，他竟然给我来电话了。

"老师，我有个儿子，写的字不好看，想跟你学字，行不？"我笑了："你怎么知道我会教书法？""那天来你家，看到你在写字，后来我去街上给别人家修空调，听到有个老师是书法家，教的孩子个个写得一手好字，我问清了，原来就是你。”我说:“我现在不教了，已经住在市里了，你儿子特地来的吗？”“是啊，他从老家特地过来的，你还要回乡下吗？我们等你几时回来，再来学字，好吗？”我被电话那头的真诚打动了，我再也说不出“不”字，“那过了20号，等我回了乡下，再联系你们吧！”我将自己的安排说出了口，绝不是敷衍他。

8月23号，他带着一个高瘦的大男孩来到我家。我边教他儿子，边问他:“你住北桥吗？有一次听你说从那儿赶过来修的空调。”“不是啊，我们住虎丘附近呢，他2号就来了，那几天我特忙，没及时打电话你，等到打给你，你已经去市里了。”啊，我惊呆了，那么远。我没想到一个父亲可以如此用心为孩子，二十天的等待，几十公里的路程，我，万万没有想到。

我坐在大男孩身旁，尽力把钢笔字的方法教会他，哪怕只有几天时间。他的父亲远远望着他，我清楚，但愿我能多教点孩子，但愿这孩子也能懂他父亲的心。

一

一个春寒料峭的午后，我冒着风雨，强打着伞，直奔向公交临时停靠站台。

站台上就我一个人，这么冷的天，谁没事会往外边跑呢？风好大，冰冷的雨水斜斜地往身上射，原本以为到了站台能舒口气，把伞合上，可直觉让自己不敢那么做。出门乘惯公交的我，晓得等车的辛苦，遇到天寒地冻，总会把自己“武装”得严严实实。

正庆幸时，一对青年男女也小步跑上了站台，我往后退了两步，那男孩迎着风雨撑着把不大的伞，女孩弓着背，钻在伞下，确切地说是钻在了男孩怀里。这么坏的天气，两人也不打车，也不带副手套啥的，真是够受的了。

我侧身往前面的路上瞧，隐隐约约的车不像是我要乘的，我就索性再往后退了下，因为瞧见旁边又有一双母女在过来。年轻的妈妈一手提着包裹，一手打着把大伞，披肩的长发，在风雨之下，已有些零乱。女孩约莫七八岁，红扑扑的小脸蛋，可爱极了。她躲在妈妈身后，小手伸进了妈妈的外衣里，笑嘻嘻地在说着我听不太懂的家乡话。因为他们的到来，我感觉热闹多了，打破了寒冷中的寂静，如添了温度。

母女俩的伞可真漂亮。一条条扇形的条纹从顶部延伸开来，每一条的颜色都不同，从淡黄、鹅黄、姜黄、深黄开始，慢慢到另一个颜色的系列，再转至别的。我在她们身后细细数了下，唯独缺了白色，竟有28种之多。因为她们的伞太大了。把我注意车子的视线全部挡住，于是有了这么清晰的数字。即使如此，我还是不敢懈怠，蹲下了身子来瞧前面的车辆，可，还是没有我的。那么，我就多看会这伞吧！

男孩最终拉着女孩乘上了出租车，我赶紧往里靠了靠，免得车子溅出的水花落到身上。母女俩要等的车也来了，妈妈让孩子先上车，自己合了伞才上车。

他们走了，又只有我一个人了。正当我回味着那把色彩绚丽的大伞好似冬天的一团火焰一样温暖亮丽时，我等久了的公交车也徐徐开到了身边，车上温暖如春。

我与他们就这样擦肩而过，可是，他们的身影，似乎让我回到了孩提时。那双冰冷的小手在妈妈的背心里、脸蛋上不知焐过多少次，那钻在爱人伞下的女孩也一定曾是身冷心暖的我。这一幕幕，我似乎早已忘怀，可此时又如此清晰。

风雨依旧，我热血沸腾。

二

曾几何时，自己有过一把很喜欢的伞，淡蓝色，边上镶着刺绣的花边，谓之天堂伞，是妈妈从杭州带回来的。暑热时，炎炎烈日遮伞外，我依旧长裙飘飘；雨雪际，瑟瑟寒冷挡身外，我迎着风雨从容向前。

有一天，提了大包小包上车的我，竟然将它落在了车站。我真有些不舍，许是心爱的东西突然消失了，总有那么一点留恋吧。

到站时，雨依旧下着。我看见雨中打伞的人们在风雨中毫不畏惧地来往穿梭，不禁打了个寒战。如果那伞还在我手心，我不是一样无畏吗？小小的伞，不论漂亮与否，在这风雨之中，该是能给多少人带来温暖？为什么当我一直拥有它的时候，没觉得它的重要呢！那么，一把伞在风雨行路人的手中，该是最有用处吧！这么说，我的那把伞岂不是一样？

我已忘记它是一把心爱的、漂亮的伞了。它其实本来就和别人差不多，那此刻，它在哪儿呢？应该不会在原地吧？我可不想它还在车站。我希望，已经有需要它的人撑开它，或老人，或孩子；回家的也好，去远方的也罢，只要挡了些风雨，添了点温暖，谁又在乎呢？这么想着，我没半点嗔怪自己的意思了。

我还没踏出雨帘半步，爱人早将我的包换到他手臂之中。我撑起他的伞，一起回家。每次我出门，他总要嘱咐我在回家的车上打他电话，告诉他车子到达的时间。其实，下车到家的路一点不远，而他，只要在家，总是会出来等我。

我挽着他的胳膊，在他的伞下，笑靥如花。

他也是一把伞啊，一辈子呵护我的伞。

三

那把丢了的天堂伞差不多从我的记忆里消失了。

下班，路过一家小店，店门外赫然写着“小店即将停业，所有物品一律低价抛售”的字眼，在街市中，这样的商家术语已不稀奇。我半信半疑地走进店里，看到零零落落的物品横七竖八地堆放着，有的已经空缺，有的沾着灰尘，倒确是一副要关店的样子。五六把色彩明丽的折叠伞映入我的眼帘，有淡蓝的、深绿的、玫瑰红等，外面还标着“天堂伞”的字样。我问好价钱，一股脑儿全买了下来。

我打开其中的一把，也是淡绿的，不过与我原先的那把相比，要逊色多了。然而，现在我对伞的要求已经不高，能遮风挡雨，结实远比漂亮来得重要。那天以后，逢下雨，我的包里总会多放上一把伞。一把自己用，一把借给需要的人。

这点小心思还是缘于看到某些公共场所可以借伞才想到的。

借，当然是要还的。那么，借伞给需要的人，就是想与人方便。若是此人借了伞，却到了另一个很远的地方，怎么还这伞呢？若是非要还，不是来回折腾他吗？如此，和原先的出发点岂不前后矛盾了。

我越想越觉得不妥，这些伞能不能不用还？在一些特定的公共场合，如车站、商厦门口、银行、小区门卫等设置个小小的点位，将伞自动放着，留给忘带伞又急需它的行路人，这些人用完，也不必放回原地，可以找就近点放回，或是下次出门带给需要的人用。

这般，与人方便的目的倒是能达到一些，不过，担心的你一定会这么问，要是伞都拿回家呢？我想，如果有一颗想与人方便的心，那么就是他自己的伞，他也不会在乎。如果一个人什么都想据为己有，那么最终他得不到多少，心小了，还容得下多少物呢？

我想给这些伞一个特别的名字——接力伞。画上一颗爱心，还有一串省略号。

但愿我的那把伞也在其中。

臻美校园

应朋友之邀，有幸去参观两所江南小有名气的校园。

进门，是一片硕大的草坪，几棵高大的银杏矗立在一角，这是鸟儿的天堂，有的低头觅食，全然不顾我们的脚步；有的扑棱着翅膀，在枝丫间栖息，叽叽，喳喳，不知在欢迎我们，还是在赞美这风水宝地？循声望去，树杈间一个大大的鸟巢清晰可见，主人风趣地说："这草坪铺好后便落了个鸟巢上去，工作人员不懂，次日就移走了，谁料鸟儿自己筑了呢！""哈，那叫筑巢引凤，有凤来仪，妙哉！"我们甩下一串爽朗的笑声，继续前行。

来至一处前所未见的书院。

从进门到出门，从走廊至教室，每面墙都古朴雅致，每扇窗都玲珑精巧，每幅作品都耐人寻味，每个细节都令人慨叹。

走进古色古香的书法教室，有些目不暇接。往上看，天花板上不是炫耀夺目的灯，而是一个巨大的雕龙砚台和几十方错落高低的大印章。细瞧，还都是模仿历代有名的印章特制而成，既美观又富有意义。往前看，齐整古朴的红色书案上摆放着青花墨碟，黑色的毛毡有些褶皱，我知道，这是孩子们练功的结果，若是白色，早已是墨迹斑斑。

临窗，一把把宛如江南雨巷里走出的油纸伞倒挂在卷起的竹帘旁，窗外绿意浓浓，窗内墨香氤氲，里是书香清韵藏不住，外是江南处处有风景，真不知此处胜彼处，亦是里外绝佳一胜景呢！帘子处还垂了几条青花布，贴有孩子们的画作和书法。正前方是一卷放大的兰亭序，潇洒大气。后面是笔墨纸砚的详细介绍，旁边还立着一截清明上河图。一个教室，能让我驻足这么久，不是花样多多，而是每一处都在和我说话，向我展示着艺术的魅力，我已无法抗拒，唯恐怠慢了一枝一叶。我一次次环顾四周，只为这短暂而深远的相遇。

或许，在江南才更具此番味道吧！

带着一路的感慨，不容许多逗留的我们又踏进了另一个校园。

你若不看外面的校牌，是压根不知自己进了何处，非是姑苏，怎会有如此细腻温婉的布局？远望粉墙黛瓦，近观假山荷塘，在长廊下漫步，于曲径处徘徊。耳边，依然有清脆的鸟鸣，伴着琅琅书声，才知自己身在何处。白色的墙面任由有心人让它说话，江南的美，姑苏的情在此熠熠生辉，绘一朵清荷，书几句古诗，画三两丝竹，道传统佳节，用笔墨和真心诠释出江南之美，可谓匠心独具。如果说庞大的建筑是谦谦君子的外表，那么这些洋溢着精巧秀美的装饰便是温婉的姑苏女子，它们相辅相成，都为彼此增色添彩。来者是幸福的，在深厚的文化底蕴下读书，在美丽的天堂世界里游戏，该如鱼儿欢腾，鸟儿雀跃吧！

带着留恋与深深的印象，我又回到了现实。

扪心自问，这艺术化与园林般的校园是我能拥有的吗？或许，这也是我未必想追求的。

校园是孩子的天堂，完美精细固然好，但也会束缚孩子自由的天性。新鲜的空气和自由的畅想同等重要，因为学生还是孩子。

我更希望的，是返璞归真。可以没有一流的设施，却有着一流的思想，以人为本，以人的健康发展为理念，不要一两年就要到达什么目标，而是遵循孩子身心发展特点，一如既往地教书育人，哪怕看上去默默无闻。是要孩子成人，不是要学校成名，是要孩子健健康康，不是要学校轰轰烈烈。时光终会检验出孰轻孰重。

我更希望的，是回归传统。读儒学经典，学孔孟之道；习字写文，吟诗歌赋；在国学经典中徜徉，在笔墨瀚海里畅游。或许，你会不屑，将来呢？高考呢？不是题海可以将孩子变得优秀，而是综合素质的提高，有德有才才是一生取之不尽用之不竭的资本。

我更希望的，是彼此和谐。人与事，师与生，上与下，师与师，大家可以为着共同的教育对象和目标相融相和，常微笑，无压制，平心静气，其乐融融。要让孩子喜欢上学，要让老师乐于工作。这儿不仅是孩子身心发展健康成长的乐园，也是老师修身养性施展才华的沃土。

种种希望都是理想，理想免不了太美，然而，有心有愿总是好事。

书香伴成长

喜欢什么，大多是无缘由的，然而，细细想，喜欢之前，一定与它有了联系，之前的那种欲望被满足或深化，喜欢就成了主宰自己行动的金钥匙了。

儿子喜欢阅读，虽不是读得如成人那么细，那么深，但对于同龄人的孩子，已经是超前了许多。这种喜欢不是天生的，若不是幼儿时给他的那点熏陶，孩子不会无缘由爱上文字。

记得儿子远远四五岁时，每晚临睡前，我总会给他读读那些带插图的故事书和连环画。如《东方娃娃》《青蛙弗洛格的成长故事》等，他明亮的大眼睛先是盯着画面看，看熟了就顺着我的手指看下面的文字，久而久之，当我的手指停在原地不动时，他便会不高兴起来，把他的小手放在我停着的手指上，挪动，示意我继续指着读。我来劲了，孩子是有欲望的，他一定对文字有种神奇之感，为什么妈妈看着它们可以从嘴里蹦出那么美妙的故事呢！当我将动听的故事一遍遍地在他幼小的心里生根时，有一天，他竟然自己抢着书本，看着文字在读了。我惊讶的不是孩子能认字，在他心里，文字只是个神奇的符号，我感叹的是自己每个夜晚的陪伴，原是送给了孩子一个充满了无穷奥秘的王国。

后来，当他步入学校，慢慢接受正式学习时，阅读仍是他最喜欢的事情。我不会给他上网买书，因为那样缺少了对书本的触摸翻阅，缺失了实实在在享受文字的体验。节假日，和孩子去的最多的是书店，他先左右翻翻，然后选个角落，或蹲或坐，全然不管我了。我喜欢欣赏书法字帖，畅游一刻在古人的墨迹间，也将时光静静地打发着。和孩子一起，各自醉心在喜欢的书海里，不管能有几分滋养，快乐和安然即已拥有了。不知不觉，待双脚麻木，方知时辰不早。选书，付款，把一两本心仪的书捧回家，挤在书橱的一方方格子里。孩子还没长大多少，书已放满了两个书橱。原先同学生日，他总会上街买笔记本和钢笔送同学，如今，他偷偷告诉我，“妈妈，能把我看过别人没看过的书作为小礼物送同学吗？”我笑笑，“如果你愿意，如果同学在你的推荐和鼓励下也多去读读课外书，不是生日，也能送啊！”儿子开心地说：“好啊！那就这么定了！”我清楚，孩子们在一起过生日，平时一起玩就是图个快乐，书，若能在孩子们中间慢慢传开，每每翻，每每读，在快乐的同时，学到知识，同时也会想起彼此，真是一举多得啊。

一、二年级时，远远喜欢阅读中外经典童话、神话，到三、四年级开始阅读青少年版的中外名著，最喜欢翻《资治通鉴》和《中国上下五千年》，对历史比较感兴趣。今年他提出的生日礼物竟是《福尔摩斯探案全集》。对于孩子，我很少会物质奖励，但书作为礼物，我从没拒绝过。除了假日，生日、书法比赛得奖、二胡成功演出后，他都可以买喜欢的书。和孩子在书海里游走，外面的世界小了，心里的世界大了。或许读万卷书比不得行万里路，可在“吾生也有涯，而知也无涯”的生命中，行多少路并不是目的，如果能在书中，在读书路上拾得一些真善美的芬芳，即便少走了，又何妨呢？

我不担心他如此的阅读会影响成绩，毕竟学习不是一年两年的事情，阅读的好处不会显而易见，却能让人在岁月的叠加中越发精彩呈现，书中的道理与奥妙自会给孩子以鼓舞和熏陶。

每个夜晚，当邻居家的电视放得当当响的时候，我在写字，孩子在拉二胡；我弹琴，他就看看书。有时累了，我躺在床上，他会让我猜猜三国或历史上的一些并不太出名的人物，我对历史并不感兴趣，回答得不对，常把他笑得前俯后仰，最后，总是他告诉我相关的故事。

与琴谱书

喜欢弹古筝的我，没想到自己还会与古琴谱沾上边。

一个夏日，书友邀我去他朋友家听琴。若只为听琴，我是不会去的，总觉得古琴太高雅，低沉雄浑之气并不是自己所能领悟的。朋友告知，有人拟请几个小楷书家一起抄写一本10万字的琴谱，虽不讲润格，却很有意义，要我也参加。我想，自己抄经不也一样是积功德吗，能参加既是一种认可，也是一次锻炼。于是，随书友来到了王先生家中，其他书画人士相继而来，一间装饰得古意浓浓的茶室顿时热闹起来。茶几上铺着青花台布，一支清香在古色的香盒里兀自缭绕着，身穿旗袍的我在他们中间有些不自在，毕竟自己难得在晚上参加这样的雅集，况且许多书画家都不熟悉。我顾自喝茶，听他们说话，等着分配抄录琴谱的任务。

十多个人中，最年长的是汪瑞章先生，人是第一次见，名字倒是如雷贯耳，是德高望重的诗词书画界前辈，另外就只认得一两位书友了。王先生将要抄的琴谱书拿给我们看，那是一本8开大小的近200页厚的书，上下共两册，我们“啊”的一声，“这么多字”，他连忙解释：“下册是真正的琴谱，已经有人抄好并印成书发售。”他边说边从壁橱里取出一沓蓝色线装书，“你们看，就是这种。”我们人手一本，欣赏起来。“我想请你们抄的是上册，全是理论，这两册琴谱是我的老师汪铎先生毕生的心血，七十多岁了，我作为他弟子，希望能以这样的方式报答恩师。”听完，大伙一方面表示赞同，一方面感慨琴谱字数太多。不过既来之，则安之，纷纷讨论起抄写的方案，用什么笔，标题、段落的形式，标点符号的统一，每行多少字数为宜等，坐在一角的汪老先生用小行书细心地用笔记录着大伙的意见，最后定下每个人需完成的章节，有人已经跃跃欲试，在几种纸上试写起小楷来。

安排妥当，古琴声起。我第一次在娴雅的氛围里欣赏古琴，感觉美好又不能全身心投入，或许没有内心的积淀与丰富，没有欣赏的能力与悟性，琴声里诉说的，我知之甚少。只觉得，此刻的琴声在静谧之间传出，手指在琴弦上擦拨的声响也愈分明。弹琴之人沉浸在自己的琴声中，所见所思，只有眼前的琴与琴声中的境，或许，琴本是弹给自己听的，不论听者懂几分，满足了自己，发泄了情感，一场琴曲之宴亦是琴人与琴彼此的交流，心心相印而成的呢！高山流水遇知音，知好，不知也罢，只需如此静静地赏着。

低沉的琴声回荡在耳旁，我的双眼落在刚领回的“任务”上，开始领略早期的琴文化。“在蔡邕《琴操》《吕氏春秋・古乐》等古代典籍里都记载有伏羲、神农、炎帝、黄帝时期就开始削桐为琴、束丝为弦的传说，足见琴已有五六千年的历史了——二千五百年前，孔丘曾从师襄学琴……”从一页页琴谱的字里行间，我感受着古琴几千年的魅力，也从打印后再次批注和修改的琴谱之中看到了一代琴人的执着与认真。今朝，我们能将琴谱还以古味，用小楷抄录在古色古香的线装册页之上，是一件多么富有意义的雅事。原本，我们都是虞山脚下的子民啊！常熟，在许多年前就列为全国古琴之乡了，我们没有理由不去做一点自己能做的事，为家乡，为古琴。

曲终人散，夜空已是繁星满天。

后来的几个月，我都将琴谱挂在心上，闲时抄上一两页，抄到册页一小半时，发现因一页页翻过，一边变厚不易写，就索性将线小心翼翼拆下。我抄的是琴谱第一章，共有五个小节，每节又分许多段落，因为之前大家统一过形式，抄下来倒没什么大问题，只是偶尔查下不能确定的繁体字，偶尔写错一字重写一页罢了。但是，有几个书友在抄写时，不是这般惬意呢。他们慎重地临帖，临了近一个月才开始抄写，每行多少字，他们也都尝试过许多遍，最后定下 17 ~ 20 字，我被他们的认真感动。每位书者把自己抄好的一页发在群里，互相品评，请汪老先生过目，我的那一页还受到了他们的好评。其实，对于一万多字的琴谱“任务”，我无所畏惧，喜欢小楷的我能挑战七八万字的长卷经书，这些不在话下。在我看来，小楷书琴谱和经文是一致的，自然的心、自在地下笔，静静地，一个个字跃然纸上，渐渐地，一页将满，继续，不去刻意，也不妄为，我就是我，自然纯真的笔意蕴含秀美与和谐。

完成琴谱的那天，我用熨斗把一页页熨平叠整，看着前后一致，端庄秀美的两本册页时，欣慰地笑了。我想象着，过阵子，书友们把所有的册页都聚在一起叠整时，该是多么振奋人心的一幕。或许，琴者、作者与书者的统一才更是一本琴谱之书！

我再次打开抄写好的琴谱，和原稿进行核对，感觉对古琴的渊源和琴文化了解了许多。回想在抄写时，自己只顾着文字，时断时续地割裂着句子文意，现今一行行读下来，方清晰了。我懂得了琴不是一般的乐器，而是具有超越一般音乐内涵的；弹琴不再是技艺演奏，听琴也不只是欣赏音乐，而是在做学问，在提高修养。琴道的内涵体现了中华文化儒道释三大传统文化，有儒家礼乐之道，道家修真之道，和佛家明心见性之道。我也懂得了古人弹琴谓操缦，琴品来自人品，以传神之操为上品，而幽雅的环境与琴上清音可相得益彰。难怪不管是王先生，还有他的师弟，都把我们请到那么幽美的环境中听琴呢！

书友李先生是王先生的师弟，弹琴之外，喜欢茶道，结交文人墨客，一日，竟在群里邀请抄琴谱的人晚饭雅集，条件是各带一张抄错的琴谱。大家看了，都开怀大笑。那夜，七八人果然随带琴谱错字页雅集在虞山三峰一茶馆，主人笑语盈盈，以美酒佳肴款待，客人品茗观字，皆是诗词书画玩家。这茶馆古色古香，印着淡粉牡丹的扁圆灯笼高挂在梁上，整个房子是横着的木条构成，中有玻璃镶嵌，四围若隐若现。里面茶几壁橱，物什精致，古意玲珑。宴罢，又是听琴，或是抄读了那一章琴谱书，再赏琴声时，自然就有些眉目了。沐手焚香，气度娴穆，挥洒自如，庄敬平和。或许这便是文人操缦吧！

左手在弦，时而长揉，时而飞吟，时而缓揉……

虞山之脉

一个午后，在虞山脚下享受了碗汤面，我决定乘着早春的阳光与家乡的这座青山来一次亲密的接触。

踏着一个个石阶，俯身是根与根相连的缠绕盘曲，抬头是枝与叶错综的葱绿枯黄，望着，望着，我似乎想寻得些什么，这片山，这片林，有多久了，三千年？不，可我知道，我只有从那时开始寻觅，不然，我怕自己枉为了它的子民。

三千年前，两个身份非凡的兄弟从渭水之滨出发，说是南下采药为父亲治病，他们历尽艰辛，到得一片山间，此处草木繁茂，药材比比皆是。望着这片荆蛮之地，兄弟俩含着眼泪，竟开始安家立业。原来，他们不是来采药的，因为他们懂得父亲的心思，要让弟弟季力子承父业。若不能在一起享受荣华，那为何不去开创自己的新天地？他们来了，带着黄河流域先进的农耕技术和文化，开始在脚下的这片丛林中融合，重新生根。于是，这片草木丛生的蛮荒之地就成了如今的江南水乡，天下常熟。虞山是仲雍兄弟俩让贤而来的，这不仅是智慧，更是他亲和山野的情缘。

三千年，就这么穿越了时空来与我相会。此后的每一日，该是漫长的，因为付出总有艰难的过程，因为苦过才会有甘甜的滋味。当虞仲奄奄一息，将自己的心愿还没有说出口时，这片土地的百姓该是早早将他的名字共存于山，永存在心了。他走了，却把根深深扎下了。他走了三千年，却让三千年的文明享誉了整个华夏。

虞仲是有慧眼的，此山北接长江，南临尚湖，更绝的是十里青山一半入了城。相依相伴的山水灵气从此尽收着文人雅士，爱国栋梁。言偃，北上求学于孔子，用智慧和才学赢得了“南方夫子，道启东南”之美誉，他求学归来的那一刻，该是响彻了整个山头！他一定有万千感慨：虞仲能为它生根，我要为它发芽！如此，言子也将自己与这座山相生相长了起来，生于斯，葬于斯，言子走时该是更加欣慰的。元代画坛魁首黄公望，抗清名臣瞿式耜，两代帝师翁同龢，清初文坛领袖钱谦益和八大才女之一柳如是，虞山琴派创始人严天池等，一个个响亮的名字在虞山的上空冉冉升起，一种操守，一点灵气，一段佳话，一个传奇，是山赋予了人，亦是人点缀了山。

摸着古老的石碑，我努力把自己忘却，因为在虞山之间，草木比人幸甚。它们与山水为伴，天地为家，以从容不迫之态任生命一展朝夕，一度繁华。只要自己的根越扎越深，哪怕枯了枝干，分了骨架，也要将自己深深地埋于山底，相融于三千年前的那片丛林。那树根蜿蜒入土，被无数次风雨地捶打，被攀登者无数回地踩踏，竟如老者的手背爆出的青筋一般，烙上了岁月的印痕。我忘却不了自己，因为我突然有种卑微的渺小。我没有动听的文辞向它放声歌唱，只有心底的一抹阳光温暖自己，甚至，我都不能像山间的树木一样挺立苍穹，扎于深土。人有时真的很小很小。

小，毕竟是相对的，然，小小的我，可以在虞山之间渺小一阵子，却不能在自己的世界渺小一辈子。像那些扭曲盘旋的根，再沧桑变幻，终弥久更深。能真心俯下身的，该是智者多；喜仰天长啸的，或是狂者态。一颗心可小可大，愿十里青山的胸襟感染每颗纯真的心灵，宽容博大；愿纵横交错的根脉点化每个曾经踏过的足迹，谦卑恭敬。

几千年啊，先贤们留下的根脉，在虞山下牢牢长起。我们这些微小的生命，才几十个光阴，万不要张牙舞爪在所谓的成功里。登攀在虞山之巅仰望，你仅是满眼的绿意和快乐么？不，若是虞仲言偃尚在，他们一定抚心叩问：我还能为它做什么？

生于斯，多少个春秋之后，又有几人会葬于斯？

晚上在虞山脚下的一个小屋里，我第一次看书友临写张旭的《古诗四帖》，笔力遒劲，挥洒自如，转折处腾挪婉转而刚柔相济，那连绵的笔画有如白天看到的树根，多少力气在笔端，倾诉着对先贤们的理会与感悟。朝夕相伴着他们的，除了生活的必需，该是这灵魂深处最纯真的释放和求索。执着在自己的线条中，写写、评评、说说、笑笑，该是一天中最美的时光。

第二辑

心有菩提

生命如花

走在春光里，满眼的青山绿水、蜂舞蝶回，都三十多岁的她，依旧笑靥如花。

花儿离不开阳光、空气和水，就像她总是离不开牵盼她的爱人和孩子一样。有一回，她上班把手机落在了家，知道他准点打电话没人接肯定会着急，就赶紧上 qq 给他留了言：手机在家，勿念。中饭时，看见他的回话："看你，又瘦了，等会多吃点饭啊！"她一怔，才想起前天是往他邮箱里发了几张照片，这会肯定在看呢。照片上的她在喂两只瘦骨嶙峋的小猫喝牛奶，儿子觉得有趣给拍了下来。尽管那些话她都差不多能背了，可在他嘴里说出，在她耳边响起，竟没腻烦，还说得她心里甜滋滋的。

十多年了，他们就这样，既遥远又切近，平凡的日子，每天差不多时段响起电话，每次听着彼此的忙碌和唠叨，日子过得如水一样的安逸满足。难得一两次听到那头不一样的语气语调，她一准能猜到他喝多了，于是装作生气的样子："叫你不许喝多的啊！"他呢，乐呵呵地说了一大堆迫不得已，请她谅解的话。等第二天早上那头问她："昨天我说啥了？"她嘻嘻一笑，神神秘秘地告诉他："你呀，啥都说了，就一个字没说。”千里之外，远吗？可怕的是在一起的只是人，而不是心。心连着了，天涯也是咫尺。暖暖的话，平凡的爱，在如指尖流淌的岁月里，开得和花儿一样甜！

她最喜欢李之仪的那首词：“我住长江头，君住长江尾，日日思君不见君，同饮长江水……只愿君心似我心，定不负相思意。”她想，作者还把祝福寄于对方，而自己和他，还用这般寄予么？想着，眼角也笑了。

生命也如花儿一样！

花儿要经受风雨，才开得更艳。即便哪一天凋谢，也无怨无悔。她喜欢听幽怨的《葬花》，但在怜花的同时，并不哀怨而不能自拔。因为，她想得更多的是经过风雨的洗礼，那鲜嫩的花儿曾绽放开了最美的生命，洒落尘寰的时候也该是坦坦荡荡，为何要伤心落泪呢？这应该是生命的灿烂与辉煌，等得花开，何惧花落；美丽而来，含笑退去，这才是生命最终的轮回。昨晚一夜的风雨，气温骤降，今早看到了校园里被风雨打落的树叶、花瓣，真有些不忍，可一阵阵清香却比往日更清晰可闻。那小小的含笑花瓣，有的洒落在地，有的依旧立在矮矮的枝头，停下脚步，那阵阵的芬芳立刻在鼻尖、心头荡漾。

喜欢裙子的她，很多时候都会披下一头长发，步履轻盈地走在自己的路上。喜欢抬头看看天边的云朵，会想他那儿更蓝的天空；喜欢凑近那茂盛的香樟树叶，闻一闻葱翠欲滴的新绿；喜欢和她所认为的一切生命，如孩子那般天真地对话。她像一朵还在开着的花，里面装着点真善美的可爱与芬芳。因为风雨曾经的洗礼，没让她凋零在最美的春季，于是她开得如此欣然、更加坚韧。她明白，青春之花可以不再，但生命之花可以朝气蓬勃、光彩熠熠。

生命如花儿一样，开在自己的路上。有过的风风雨雨不是苦，要尝的酸甜苦辣都是福。如果那段辛酸痛苦还会让你的眼角湿润，那么她会笑着告诉你，这就是生命的雨露，幸福的源泉！

爱美的女孩

女子天生就爱美。我打小爱美就不足为奇了！

孩提时，每次看到母亲换上新衣，便闹着哭着也要穿。每当路过那花花绿绿的发带铺子时，小脚停下，拽着母亲的衣角直到买下为止，哪怕才一根。最滑稽的是，一年级时，我学着自己梳头，因为头发太短，扎不了小辫，可漂亮的蝴蝶结非要用上，咋办呢？小小的我先把丝带打成一个漂亮的蝴蝶结，然后用发夹夹在前额的头发上，十足一个傻丫头！母亲告诉我的时候，我咯咯地笑，“那你怎么不阻拦呢？”母亲说：“有时，一天你要换两身衣服呢！那时还小，又不怕难为情，我随你喽！再说换来换去就那几件衣服，没钱给你买，也不拦你了。”

五、六年级了，有些知道如何打扮才算漂亮，可衣服不舍得多买，母亲就变着花样来打理我的长发。那时，电视里的小婉君是我喜欢的模样，母亲就学着婉君的样子帮我梳头，先编两只小辫，再朝里挽上，然后扎上蝴蝶结，最后，得意洋洋的我，会朝镜子里左看右看，撇着小嘴偷偷地笑！

十七八岁的时候，依然爱美，却懂得了父母的辛苦。母亲想让我买几件新衣带去学校，怕人家看不起乡下孩子。可每回总是被我拦下，穿着整洁的旧衣裳和校服，一样美滋滋的。我正儿八经地对母亲说："成绩好，人家才不会看不起，你别为我担心啊！"我努力读书，勤俭生活，穿着简朴，没觉得自己不美。

那回，我和好多师哥师姐一起参加太仓市中专组的现场书法大赛，我幸运地得了一等奖。老师又高兴又意外，因为当时的我，才学了一年多书法。比赛的前一夜，司马云云把她那件漂亮的白衬衫送给我，让我第二天穿上。那衬衫的领子处绣着亮片和珠珠，是我从未穿过的丝织品。比赛结束，举办方和电视台来摄像，电视中的我优雅大方，手中捧着一等奖的证书，还带着愕然的眼神。美，需要内涵，那时不懂，可分明已经在追寻。

岁月匆匆，如今的那个傻丫头已经过了如花的岁月，但爱美之心始终没变，只是懂得了怎样打扮才是最适合自己的，简单纯净，优雅大方是外表美；自信善良，充实快乐是内在美。

所以，工作之后的穿衣打扮，还真的像人家说我那样，"端庄文雅"了。人，有时很奇怪，你的心向往着什么，向着它去努力，你就会越来越接近什么。美也是一样，外表再漂亮也只是让人眼前一亮，不能长久地飘香，倒是人的品性可以影响自己的容貌，气质是举手投足间散发的魅力，这种美才经久回味，无懈可击。

当我每天照着镜子，信心满满地走向单位，嘴角那丝微笑不吝啬给一人一物时，我想，我已经是美的了。

小药芹

墙角边，河岸旁，从未像今天这样注视过它的我，刹那间收获了欣喜与钦佩。

看那朝阳孕育给万物的力量，只几分光芒，却已一片生机。每一棵小小的根生出了细细长长的茎，每一根细长的茎之末端再连着挨挨挤挤的叶，它们相互慰藉，终以蓬蓬勃勃的生命迎接每一个朝夕，每一次冬寒。鲜嫩些的茎叶绿得白些，壮实些的绿得深些。这些鲜亮的生命，带着它们独特的清新药味，不染一点蚁虫之迹，在郁郁葱葱的蒜苗、冬菜旁，它算得上是柔弱的女子了。然一大片的长势和鲜活足以给我带来欣喜，带来满足，有点发现“风景这边独好”的惬意。

小药芹区别于水芹菜，也不同于西芹（俗称美芹）。讲究的人家，招呼客人时，要把菜叶摘掉，拔一把小药芹，切成小段，与肉丝煸炒，无需很多调料，清清爽爽的一盘地道江南小炒，已是美味与健康共有了。若是与豆干炒成纯素，那是血压高的人必备的佐菜。多数人家自己炒时都会把菜叶留着，他们想着，这么鲜嫩不染半点虫咬的健康蔬菜，怎舍得去其精华呢！有点贫血的我血压也偏低，中午在学校食堂里吃过几次西芹，不到一个小时竟有点头晕，从此作罢，难得馋了夹几根尝尝，再不敢贪嘴。也因此，在自己家的菜园里，妈妈不种药芹之类的蔬菜。

近日，一位作家好友让我去农家菜园寻找小药芹的踪迹，拍几张照片，用作他新书《野菜部落》的插图。同事们出谋划策，给我指点迷津，还未等我去别家的菜园寻找，在自家屋后的小河边竟发现了它们。

其实它们早早就在了，而我只顾眼前的路，而忽视了它们的存在。那是我下班后打开水的必经之路。我喜欢看蓝天白云神游片刻于世外，喜欢欣赏古曲美文倾心蕴藉安胸怀，还喜欢在自己的天地里，一笔一画觅书海，我没想到，自己竟何时如此不屑地将身边的它们不入于眼，无所与思？我何此与平凡的生命擦肩而过，甚至视而不见？昨天的我会和素不相识的环卫工人以微笑相迎，今天的我也要给脚下这片鲜亮的生命以诚挚的感谢。

夏之裙

喜欢夏，特别是不炎热的初夏，是最惬意的。早晚带着丝丝凉意，正午太阳下走走也不会汗流浃背，连晚上也难得有蚊虫来搅和，这样的夏，谁不希望能长久些呢！

原本我并不这么喜欢夏天，但自打懂事起，能在夏天开始有裙子穿，就慢慢喜欢上了这个飘逸的季节，而且随着年龄的增加，这种感觉也渐渐深刻起来。很羡慕现在的小女孩，一年四季都有漂亮的裙子，那乐滋滋带点骄傲的神情也更增了几分可爱，可我小时候却享受不到，有裙子穿的是几个小伙伴，都是家里条件好的，飘逸着长裙的她们总是让自己暗暗的羡慕，似乎穿着裙子，她们就高高在上了，把自己比到了九霄云外。

从花季一路走来，我总算有能力可以享受属于自己的美丽了，于是各种各样的裙子也多了起来。或许女人天生就爱美吧，裙子一定是自己衣橱里的最爱。

裙子，尤其是连衣长裙，飘逸着灵动的美。优雅轻盈地踩在路上，恍然间自己便是个舞者，抬起头，望望蓝天，忘记了车水马龙的喧嚣，高跟鞋轻触地面的声音成了有节奏的乐曲。眼前多的是美景，心中多的是快乐，每一回飘动的裙摆，都带着满满的自信与美丽。两手提起它，在无人的时候悄悄转一圈，做一回美丽的天使。儿时的梦，现在还那么清晰！都说女人像个孩子，爱哭爱笑，在爱人面前，在漂亮的裙子里转悠。我就是个天真的孩子。

在初夏的清早，出门套件黑色或白色的短外套，里面总是换着各种款式的长裙，不会着凉，更带一番风韵。素色一点的是藏青色底子点缀着白色小碎花的；雅致一些的有如泼墨的山水画；高贵一点的是淡粉色镶花边的不开叉旗袍；活泼一点的有棉质的背带裙。喜欢有收腰下摆飘逸的长裙，风儿拂过的时候，我也如花一样绽放开来，即便不在山林，不在花丛，这份飘逸、静谧之美，自己也会快乐独享。

如果都是女人在一起时，当长裙翩翩的她从你身边经过，你也不由得会多看一眼，因为那份灵秀清逸的魅力是无法阻挡的。女人和裙子的情结一生都不会割舍，即便老了，我想，我还会喜欢，哪怕自己不再有好身材，一样可以自信，可以微笑地漫步。

女人如花，即使没有花的年龄，美丽依然充满心田。女人似水，细腻温柔、大方自信在岁月的叠加中也有着永恒的魅力。在每个穿裙子的季节，夏是最浪漫的。月光下的我舞不好美丽的恰恰，然而在长裙相伴的每个日子里，心也随着轻盈的脚步轻舞飞扬。

落叶遐想

拾起一片香樟树的落叶，我知道它已是春风吹皱经年的叶，如今飞飞停停如色彩斑斓的精灵。我闻着春天的味道，细酌秋意的阑珊，一声感慨：春，谁能挡?

当成熟走向极致，落叶不再是飘零。它是洒脱，是放手，是一次坦坦荡荡的回归，是一种心甘情愿的离开。生命是一次轮回，新与旧，生与死，消与长，在这个浩瀚的宇宙中，都是过往的微尘。

好友陈武新写了篇美文《曲园书香》，发给我第一个欣赏，全文情景交融，字里行间充满着他对俞平伯先生的无限敬意与深情。我没有如他那般细访过曲园，也未曾好好读过俞平伯的文章，只有之前看到俞平伯用古朴的小楷写成的《忆》，那也是在网上瞥见。读罢，除了更加倾慕好友的才华之外，便是记住了俞平伯之曾祖父俞樾的那句名诗“花落春仍在”，像永远镌刻在了心头，萦绕于胸怀。

“花落春仍在”，这与幽怨的葬花惜春是何等的不同，看尽繁华，不消沉，不伤感，却是铮铮铁骨般的豪情，在内心发出炽烈的呼唤。状元及第是他一辈子的梦想，就如年年花开，春天再来一样的等待。然而真的在鬓发花白之时，他实现了梦想，即将功成名就，却把它让给了别人。花即将凋零，可心无所畏惧。那花开的过程，奋斗的一生，已将生命点亮成最美的辉煌。落下的是残红，也是永远的风度。短暂即是永恒，因为美丽而来，才潇洒而去。

心的感应，情的挂牵，世间真善美的存在，我想，都可谓之“永恒”。美丽是一种过程，当生命走向极致，不是仅仅消亡，如眼前这满树的新叶，在阳光下绿得发亮，朝气蓬勃，不是一种新的延续和重生么？

或许人类比起自然要痛苦，七情六欲于人的心脑中生生不息，然而因为有心有爱，人类才能在宇宙中留下稍长的足迹，给历史留下一页页长卷，展现它无穷的魅力和希冀。

身累心累的时候，我会茫然，害怕丢了自己，找不到我的快乐。闭上双眼，让大脑拂去所有的念想，让身体舒展在广阔的草地，借着想象的翅膀，遨游于天地，奔走在山林。我知道，没有世外桃源，只有无边的心之世界。我避不开生活的辛苦，却懂得用心感受点滴的幸福。

望望脚下的落叶，再抬头看看那郁郁葱葱的新绿，俞樾老先生的诗言犹在耳，“花落春仍在”，是啊，这也是我一生的吟诵。

走过老桥

早春的暖阳下，我带着相机走出家门，去小桥两岸走走，看看二十多年后的老街，看看老街上斑驳的老墙，看看河道里破旧的船店，追忆浮光掠影下远逝的童年。

这一条长长的河，称“外河”，我猜，它是相对于村子里与它相接的“里河”叫出来的，外河从最东边一里外的外婆家流向我们村，再从我们村子后面一直往西，流到它想去的地方。河的南面叫双浜，河的北边叫洞泾，不管是浜也好，泾也罢，家乡的小村子总是和水、和桥同生共长，哪怕少了昔日的景致，这些村名、桥名、站名，总能让我们亲切得如熟人一般。

说起来，在我的家乡，叫“泾”和“浜”的村子有很多，沙家浜的名气最大，我所在的学校，和我们村只一河之隔，就叫洞泾了。在我们周围，带“泾”的村子，真的数不过来，什么项泾、沧泾、塘泾、贵泾、马泾、王泾、黄泾、张泾，还有凤凰泾，望文生义，就知道这些村子都是临水，和我们双浜的“浜”如出一辙。

河水轻轻流淌，默默滋润着两岸村庄的儿女。在两三百米的两端，有两座桥，这在水乡是常见的。一座已经重建，通向洞泾新街，一直延伸到市里，每天车水马龙交会于桥，脚底能感受到它沉沉地呼唤。另一座通向老街，儿时热闹的场景已不复存在，老得已很少有人去光顾了。童年时，这老桥通向一条老街，老街有多热闹，桥也自然有多热闹。而今老街只留了空名，街上建起了民居，老桥上也寻不到往日的风景了。听妈妈说，她小的时候，那桥就很旧了。我扳扳手指头，那可至少有百余年的历史了。我问妈妈，老桥叫什么啊，她说叫“大王庙桥”。桥下几米处有个小庙，庙虽小，却灵验。我十来岁时，就清楚地记得，几辆上海的大巴车每年都会载来香客，在这个庙里烧香拜佛，至于庙里有什么灵验之法，我想，他们最清楚吧。

我是从洞泾新桥向西往老街出发的。桥下那艘停了十几年的船已经没有踪迹，我弓着身子从桥洞里钻过。我仿佛听到了船上的阿姨在和我打招呼。那时，船上开着小店，店里的阿姨有些口吃，也不太会算账，但心地善良，和谁都会说上一阵。小时候的我，经常跟在妈妈身后，去船上买东西，阿姨说我嘴甜，时不时塞给我糖啊、萝卜条什么的。船晃晃悠悠，看着他们在船上吃饭，还晾着衣服，心里猜想，夜深人静时，这船底的鱼儿会不会也来凑个份儿。远处的一个老大爷盯着我看，大概是笑我怎么从那桥底下冒出来了。

继续前行，河岸与村子相接处，除了行人通过的小道，靠河的是一畦畦菜地。每家门前的那点土地，正儿八经成了自己的乐园。又是向阳，又有菜地，还每日听着、看着路过的行人声色，所以临河人家自有一番妙处可言。晒着太阳的老人有几个还是小时记得的模样，从屋子里窜出来的孩童见我举着相机，笑嘻嘻地跟了上来。伴我六年光阴的小学校已经破旧不堪，连进去的大门也被泥墙封锁，大概是从别处另开了个小门，那曾经书声琅琅的校园该是隆隆的机器在作响了。

我来到了熟悉而又陌生的老桥了。一级级低且宽的石阶中间是一条斜坡，便于推自行车上下。桥栏杆是水泥柱子砌成的，虽没有古色之香，却相当坚固。偶见柱子边几条小小的裂缝，却也经受过百年风雨的洗礼了。桥有两米多宽，十多米长，连了两岸的村庄，倾诉着多少不为人知的故事。拾级而上，那远方的麦田和林子依稀可见，白墙黛瓦的新楼与斑斑驳驳的小屋相映成趣，多少旧事，多少新人，在各自温暖的屋里演绎着“平凡”。桥下就是妈妈说的那个庙了，今天不是初一月半，小庙没人看守，没人卖香。我向里微微张望，双手合十，恭敬地默拜了一下，便在老桥之下欣赏来时的风景了。

往东绕过一点村庄，我可以在河南岸远望老桥了，突然发现，刚才一点没觉得美的老桥怎么变得优雅起来，像从未施过粉黛的女子被轻轻点了朱唇，化了淡妆一般。老桥的外墙下是一条红色的镶边，在镶边里还有间隔匀称的白色圆点。刚才水泥样厚重而坚实的近观，一下子被这远望的美景折服了。原来，它也如女子一般秀外慧中啊！这红色的镶边连同水下的倒影，似一弯朱唇，如一小镜框，吐着岁月的气息，嵌着流水的年华。桥上桥下，桥里桥外，走过的是脚步，回望的有时才更真实。对桥如此，别的，不也一样吗？

别了，老桥，别了，一座座我已叫不出名字的老屋，儿时欢天喜地逛老街的那个女孩要和你说再会了。载着童年的梦，举着相机的我第一次与你这么近。然而再近，又留得了什么？水乡的桥下已布满没有农田的村庄与机器轰鸣的工厂，水乡的河里也时多时少漂着本不该有的垃圾，唯有那拎着篮子，或拄着拐棍的老人，在那一畦菜田里摘菜、耕种，嘴里还相互唠叨：“送给女儿的！”

水乡的桥啊，是你连着我们，走出了童年的怀抱；是你连着别处的儿女，合成了江南的水乡。你如父亲的臂膀，坚实厚重把我养大；你如母亲的脸庞，美丽大方抚我心怀。你承载着村庄儿女淳朴如水的秉性，代代相传，把爱像你一样默默地送给你的儿女，不论天涯海角，桥与水相望，你与家相连。

如此，我经过了一条河，走过了新桥与老桥，从出发地画了个长方形，回到了家。

水乡的菜园

我家屋旁有条小河，小河边是父母开垦的菜园，每天，在差不多同一时刻，他们总会在那儿忙碌一阵，或下种，或除草，或施粪肥，或摘鲜菜，细心地侍弄着每一种蔬菜，不让它们被杂草欺负，被虫子叮咬。小时候总是觉得妈妈很厉害，因为刚才还忙得不见身影，一会儿厨房里已香气四溢，一盘盘新鲜美味的菜肴馋得我没上桌就已偷吃了几筷子。

二十载光阴，就这么不经意间，把我从懵懂的姑娘，打理成一个有韵味的女子，也渐渐懂得了父母的辛劳。

即便是如今的水乡，老却了纯净的容颜，那又有何妨？

两岸的村庄里，经常晃动着婆娑的身影，在并不清澈的水中默默相视。叽叽喳喳的麻雀从细长的电线杆上停停飞飞，不小心舞动着早春的旋律。小河边，随处可见的一畦畦菜地，随着泥土的高低起伏蜿蜒在曲折地从桥下一直伸向目光所及的远方。斑驳的老墙露出最原始的面貌，即便刷上几遍白灰，也挡不住曾经的“红颜”，越发在新建的粉墙黛瓦中展示着悠悠岁月的无穷魅力。

现在是正月元宵，雨水节气已过一周，鸟儿从天蒙蒙亮就争先恐后地开始欢唱。我有脱下棉袄的冲动，在阳光下多想着一身春装，去舞动妖娆的身姿。然而，这是万万不可的，阳光之处的暖与阳光背阴处的凉相互交汇着，时不时会要了风度丢了温度。可我，还是喜欢去屋外多拥抱些暖阳的。

我漫步在小河边，盘旋在一块块菜地旁，心有感动，幸有这脚边的绿，伴着水乡的河渠，告诉我，农村再开发，也还有着江南的余韵。我不想去看整洁宽敞、拔地而起的高楼，因为那儿会发出机器隆隆的声响，流出不为人知的溶液，侵蚀儿时老老少少都曾去嬉戏的小河。

这些绿油油的生命，在早春的阳光下蓬蓬勃勃，一片生机。它们在冰雪的锤炼下，已越发精神。长长的大蒜，叶子中还吐着冬的蜡黄；胖嘟嘟的过寒菜，挺着丰腴的身子，我能打赌，一棵就能煮上一大碗；小巧玲珑的金花菜，点着圆圆的头，伸着细细的腰，挤挤挨挨齐刷刷地笑。深绿的菠菜最惧严寒，经过冰霜，已脱去了初冬时的羞涩。在春的脚步下，它会和青菜一起哗啦啦地猛长，不仅往高里长，还要长出一个长长的薹，开出一朵朵花儿，方才罢休。圆鼓鼓的白菜，包着层层外衣也不愿把腰身舒展；零星的香菜洒在行与行、块与块的菜格之间，如小草般随风轻舞，自是天真可爱。还没苏醒的该是这莴笋吧，最不起眼的是它，然而，待到四月，我晓得它会疯长，如今小的只有七八公分，一经春的蛊惑，它便让农家的餐桌上来不及享用，以至妈妈经常把它刮去皮，切成条状或块状在暖阳下晒干，密封，等没蔬菜的日子再取些浸泡，清炒，或和肉丝煸炒，都是一道口味上佳的菜肴。

哪儿有土，哪儿便有农家的菜地，没有大地方，那就见缝插针，连新造的小区里也没舍得空上一点。家家的小花坛没有鲜花，却长着密密的青菜、小葱。这暂且不论，连桥下的公共绿化带也被翻垦种上了蔬菜，第一回看见的草皮再也没有植上第二回。这倒省了村里的心，草皮还要派人管理，这一方方的菜地自有人打理得井井有条。

两年前，村子里新建条水泥路，是在村民原来的自留田上铺成的，路边还剩一条宽宽的土地，看着泥土，大伙心里喜忧参半。这剩下的一点土地总还是能种上点菜的，可村里要统一规划成绿化带。一年不到，整洁的绿化带中，几棵还没长高的树不知被谁偷偷砍去了，过一阵子，草皮也不见了踪影，再过几日，村民隔三岔五竟把各式蔬菜种上了。就这样，几个月的功夫，绿化带已成了长势良好的蔬菜园。待村领导巡视时，目瞪口呆，一生气，用挖泥机把菜地翻了个底朝天，想想这样还不能确保大家不种菜，就全部浇上了水泥，气得村民们哑口无言。

虽说有些不和谐，但细细算来，农村总还是农村吧，勤劳的人们愿意用双手开荒垦地，种些蔬菜，既节省开销，又比买的新鲜。村里已经没有一分庄稼地了，如果再没有这点自己种植的绿，恐怕是像不得城里，却苦过了城里。老人虽说有了医保，然而，他们在这片泥土上生下了根，他们不会如城里老人那般惬意，哪怕拄着拐杖，还会看着自己门前屋后的一点点菜地，哪些要摘了，哪些需新种了。摘一些，也是头一个牵挂着或远或近的儿女，三轮车上，蛇皮袋里，能送去的送去，送不去的也会嘱咐着电话那头，几时回家带点菜到城里。

这些天，妈妈每顿都炒一大碗青菜，每顿都被吃得精光。香甜软糯，有种家的味道。是啊，用家乡的水灌溉的，是爹娘亲手栽种的，当然胜过山珍海味啊！吃了三十多个春秋，长了三十多个年头，竟也有了清清爽爽的面容与纯纯净净的心灵。我幸福着自己，即便有时会去城里待上几日，总还觉得乡下好。每次回家，脚步留在那些菜田旁，总觉得自己和它是那么亲近。

桂花飘香

金秋十月，学校的桂花开了。经年的模样，却总觉得格外芳香。

十几株桂花中，有金桂、银桂和丹桂，金桂花色橙黄，银桂鹅黄，丹桂浓黄得近乎红色。你看，她们小小的身子簇拥在一起，一簇簇、一丛丛，如害羞的姑娘躲在郁郁葱葱的绿叶之间，然而因为群体的力量庞大，远远望去，这些小不点儿，似一团团火焰在绿树间摇曳，婆娑多姿、神采奕奕。星星点点的金色小米粒欢欣鼓舞地绽放着自己，告诉赏者她的美丽，向世界证明她的存在。“暗淡轻黄体性柔，情疏迹远只香留。”这是她此时最真实的写照。

她原是那么的不起眼，四季的轮回里，只在金秋之际才会让世人注意，让世人称叹。她孕育了多久的力量，留存了多少的等待，只为这一天的付出与欣喜。冬日，枯黄的落叶回归地下的根，化作了来年的养料；春天，鲜嫩的枝叶在挺拔的身姿里茁壮成长。酷暑与严寒，她从无所畏惧，飘零与绽放，她也同样不傲气张狂。百花丛中不见她的姿容，无有她的芳馨，非是她少了韵致，亦是禀赋超然的品行，隐去了繁花胜景的追逐。

她是日月之光点化的精灵，簇簇丹红，星星鹅黄，点点淡白，细细碎碎却又娇羞玲珑。牡丹雍容华贵，石榴热情奔放，玫瑰美中带刺，桃花却又殷勤短暂。所以李清照那么推崇她，爱的即是她与世无争、清雅高洁的品性，“何须浅碧深红色，自是花中第一流”。这该是和“莲之出淤泥而不染”的清高别是一种君子行为吧！

瑟瑟秋风起，她跳起精灵之舞，孩子们的头上、肩上、鞋子上都留下了她的足迹。有偷偷来采撷的，有屏住呼吸凑上前闻着的，有发出阵阵感叹的，欢声笑语、欣喜雀跃，仿佛世人今日才感受了她的桀然傲立与浓醇馨香。

我们是不忍就这样让她洒落尘寰的。那日午后，姐妹们带好酒席时用的台布，一大张一大张铺在桂花树下，两人去摇树干，只轻轻地，满地如金色的小蝴蝶便堆积满地，那小精灵钻进了我们的脖颈、头发，伴着洋溢在学校上空的欢声笑语，我们就如快乐的孩子。我们把摇曳的桂花收集在一起，呵，装了满满两个袋子。光这样还不行，我们赶紧上网查怎么把眼前的桂花保存，四五个姐妹聚在一起，你看我说，好不热闹，这桂花雨下得我们的心更近了。大家把桂花晒干，有的用冰糖蒸熟，凉却后，放冰箱保存，有的就直接把桂花浸在蜜糖中，等做菜和蒸点心时加入少许，就更添美味了。比如蒸一笼桂花糕，甜糯之中，含着特别的醇香，别有一番滋味在心头呢！

我喜欢桂花还不止这些。她还在平凡中孕育着不平凡，我崇敬着与她一样的人儿，默默无闻，在平凡的岗位上辛勤耕耘，不见得有炫耀的资本，却有自己的高洁之处。像极了我的同事，一位有才能的教书匠，几十年来，多少如我们一样的晚辈要请教于他，多少批孩子优异的成绩源自于他，谦虚耐心，正直善良，一如桂花的清雅宁静孑然于身。我想，在他心中，功名利禄与成败得失有何所谓？他绽放的不就是像桂花那样平凡而超然的芬芳么？那些莘莘学子不就像满地的花儿精彩纷呈么！

我也是个平凡的老师，我也不会就此而停息。每个夜晚，我会藏桂花的娇羞默默耕耘自己的心田，涵宠辱不惊之态；在每个黎明，我会取桂花的蓬勃茁壮自己的姿容，长枝繁叶茂之势；不去得意，亦不失意。在平凡的日子里，汲取点点滴滴的感动，获取纯纯净净的涵养；在生命的海洋中，才可如她一般，若隐若现在浓绿淡翠间，令人心醉于馨香满园中。

当一簌簌清雅落地，即是那一串串无声的缄言，让我在此时回望彼时，在脚下明了明天该迈的步伐。

如花似水

女人，是个美丽的名字，告别女孩的稚气和娇嫩，穿梭岁月的时空，走向成熟、端庄与大气。

女人如花，每一季都袅袅娜娜、绰约开放；女人如花，每一朵都姿态万千、娇艳欲滴。青春年少时，如盆中的水仙，淡淡清香，自然天成。要点阳光需些呵护，亲人就是盆中的水，一天也离不开，而恋人呢，就如那五彩的鹅卵石，点缀着、包围着，陪伴着。如此，花儿才蓬勃生机，姿妍妩媚。

告别花季，此后的女人应是月季吧，没那么娇艳，也不用精心呵护，她四季常开而色彩斑斓，熠熠生辉且自然纯真。过肩的长发飘逸风中，舞动的裙摆穿过闹市，灿烂的微笑洋溢嘴角，眼眸里多的是自信，步伐中带着从容，不用花粉点缀，无需醇香熏染，优雅静谧更让人回眸寻味。

孩子是她们甘愿辛苦也万般幸福的源泉，爱人呢，不再只是护花的使者，而是暖身暖心，磕着碰着也更疼着自己的另一半。此时的女人因为生活的琐事，偶尔的任性与小脾气竟也带着几分可爱，此时，女人们彼此会发出呐喊“该对自己好点”，仿佛昨日的种种再继续的话，便会毁去岁月不待的容颜。于是吃的、穿的，用的，小女人们在平静的日子里，每天都会花一点心思去说，去做，去寻找。

如花的女人是幸福的，可爱的，甚至可敬的，家的甜蜜与责任，女人们不会相提并论。她们知道，柴米油盐和相夫教子需要慢慢地学，好好地过，但这些并不是生活的全部。听听经典的老歌，品味点点的感动；阅生活百科，览自然美景；感受家的温馨，爱的甜蜜；有美丽追求，有自信大方。走在午后的阳光里，女人更有着恬淡的笑颜!

这便是女人们所拥有的日子，不一定有漂亮的容颜，但心是美丽的，向往着阳光与美好，充实着生活与精神的富足。不一定有小车高楼，珍视现在的所有，和睦幸福是一家最美的珍宝；不一定满腹经纶，成就卓越，为人妻，为人母，为人子女的你已经很不容易。善待别人的同时请一定善待自己，因为没有你，世界不会停止转动。然而没有你，你所在的小世界就一定乱得一团糟。

如花的女人也似水。

水清澈，透着万物的澄明；水温润，化开冰封的寒冬；水，晶莹，缀满山石的灵秀；水博大，浸润自然的生息。

水是洁净的，荡涤世间嘈杂晦暗的尘埃；水是无惧的，溪流和瀑布，泥潭与大海都从容难阻。水流向大江，所以她本不畏惧风雨和暗礁。水归向大海，所以她原有母亲宽广的胸怀。

我身为女子，愿永远做个如花似水的女人。花不常开，但心花可以不败；水可长流，愿洁净简单的心灵。我喜欢阳光，喜欢微笑，喜欢美好的事物，看淡功名与荣华，感动世间的真情和挚爱。人世间万般喜忧，我不能长挂心头，唯有好好对自己，对他人，在春去秋来的每个日子里，如花一样地绽放，似水一般的长流吧!

“你是个女人，你面对每天的太阳，看到的是美好，心里充盈着激情。感谢上帝，让你成了美丽的天使，热血奔腾的每一天，你会如水一样流动着。水，纯洁的水，在阳光下，永远流着！”这是一位朋友送给我的一段话。我是如此快乐！

聚散两依依

初秋，内蒙古的清早已透着丝丝凉意，穿着短袖的我刚走出大门就打起了寒颤。细数来内蒙古的日子，一晃竟所剩不多，每每想起，心头便凉下一截。盼着相聚，却也意味着别离，我们竟不知不觉在这样的企盼和惜别中度过了整整十个春秋。

人生，或许本来就是太多的聚散组合的吧。当与爱人十指松开，无奈地望着他踏上征途的时候，那种不舍、那种失落便会缠绕心头，唯有默默的祝福，从此的牵挂，伴着时光点点滴滴地嵌在原本会孤独的身影里，心海从此波澜不惊。分别的日子漫长，是因为思念太长；相聚的日子太短，是源于快乐本易在指尖溜走。想留住美好时刻，却不能挽住岁月；等待彼此再见，却又惧怕再一次别离。道一声：珍重！咫尺与天涯已没有界限，因为爱在，牵挂在，思念还在。

你留给的一切，原本就可让我怀念一生。想着那一天火车远去，你依然不是窗外相伴的那道风景，而是千万帧爱的底片印在了远去的爱人心上。聚也依依，别也依依，用心的亮光点燃彼此的孤寂，再用心的温暖追忆每一份相守的美丽，最后便可以用思念咀嚼一生！

有人不懂，有人不屑，“牛郎与织女”的爱情，现实生活中，和好过吗？我想，只有真正懂得彼此、能用一生坚守这份难能可贵的痴情人儿才可以作答吧！正是这份矢志不渝、坚贞顽强的真爱才传唱了千古，成为了永恒。世间没有完美，若是牛郎与织女不用七夕相见，天天可以相守在一起，我们当然欣喜，而这美丽的故事还会那么感动，那么回味，那么让世人怀念吗？只愿世间有情的人儿能相知、相守、相爱到老吧，地老天荒不是永远，海枯石烂也不会成真，因为我们只有今生，生命的短暂和脆弱有时经不起太多的磨难，但是心在一起，爱就成了彼此的支撑，你是我的唯一，分得了肉体，却怎分得了爱恋？

如果你还年少，请你一定懂得寻找你的真爱，他不必富有，她也不必美貌，有颗善良的心会让他(她)自然纯真、熠熠生辉。如果你和我一样不再年少、历经很多，那么珍惜你所拥有的，亲人与爱人都将是你此生的牵挂，那份责任与义务要在爱与被爱中慢慢诠释和升华。

聚也依依，别也依依，我不会流着泪花离你远去，因为爱会延续，只是换了一种形式而已。不远的那一天，我依然只能在车窗里遥望你，淡淡的忧伤也依然会在心头荡漾，然而我更懂得，那些相守在一起而成的美丽花朵不会像火车一样离爱人远去，相反，岁月悠悠而过，它积淀下的是珍珠般璀璨而纯洁的美丽。

清早，东方地平线上的那一轮朝阳，便是我们心头最纯最真的守候！

愿彼此珍重，我们用一生来怀念相聚相别的日子！

幸　福

平凡的每一个朝夕，我们汲取着生命中的点点滴滴，从心中升腾起的一股股暖流都是幸福的源泉。所以幸福好简单，它不该是富足的金钱、闪烁的荣耀、无羁的形骸、飘渺的浪漫。幸福其实很简单，就是自己内心的感受。

它可以因暖流而甜蜜地微笑，可以因感动而情不自禁地流泪，可以因快乐而传递开更多的快乐，可以因痛苦而成长得更加坚强。所以幸福又不简单，微笑、泪水，快乐与痛苦都会是幸福的内涵。有苦才会觉得甜之不易，有难才会觉得易是坚守，别了会望穿秋水盼着鹊桥相会，念了会倚在枕边将思绪蔓延于文字的天堂。

听着西单女孩的《想家》，我的泪水不禁滴落在枕边。我幸福地偎依在爱人的身旁，想着女孩坚强而执着地走着自己的路，多少次想家而流的泪，多少为梦想而付出的辛酸，凝聚在这一刻，所有的苦，所有的累都是幸福的！

梦有多远，心就有多远。可心再远，也总离不开那个血脉相连的家！别离家乡的游子，如同我的爱人，哪一刻不想归家，仅是为梦想和工作吗？还是为一个完整的家？泪花在眼角，我却幸福地笑了。

将生命中点点的感动，化成甘露温润心田，让眼澄明，让心豁达，让爱传递，让情永留。于是乎，即便泪水也能同微笑一样在心间荡漾！

将思念中丝丝的牵挂化成依恋祝愿彼此，缘定三生，遥寄平安，执子之手，与子偕老。于是乎，因为珍爱也会有传奇在世间述说！

幸福是对生活的从容和淡定，是对事业的执着与追求，是对生命的感恩和热爱，是对内心的荡涤与回归。

叶落可知秋，花开不待人。红尘中的你和我，已经在将生命展开，拉长，即便流过泪，洒下汗，却都是幸福的生存者。更何况，我们懂爱、我们本善。

快乐和痛苦是人生幸福的砝码，孰重孰轻要用心去衡量。你偏颇了哪边，幸福就会离你越来越远。

爱人，是彼此的唯一，拥有这份至爱，才可相守一生。父母，给予我万千的垂爱，拼尽一生，从来无怨无悔。朋友，是真诚关爱，相知于心，相惜于情，理解与尊重，是一辈子的财富。

一花、一木、一种生命，我们用心去听，去看，去想，不也和我们一样？我们又该怎样地待它？放下我们的尊严，感受每一种生命的存在，这样，你会轻轻将每颗受伤的心灵抚平，温暖在每一颗心间升腾，要因为你的快乐而让别人更加快乐，这更是幸福。

潮起潮落，晨昏往复，我用澄澈的心感知自己的存在，足也。

“你父亲是谁？”

最早问这句话的是我当时的中学领导，那时，因为我每年都有三好学生的奖状，父母同意学校保送我去师范读书，一是可以减轻家里负担，二是等毕业后回家乡做个老师稳稳当当。一同申请保送的还有另外五个女生，大伙儿一起坐在车上，心情忐忑，因为马上要去市里进行一对一的面试。今天面试过关，明天就可安心等着进师范读书了。

校领导一个个地问“你父亲是谁？”我听到她们几个都一一回答着，说的人很开心，听的人也连连点头，我能猜到，她们的父亲大都是去过学校的，想必双方都已认得、带了一点关系。问到我，我也报了父亲的名字，那领导一脸茫然，的确，我父亲从未去过学校，他怎么能知道？我隐隐地感觉到了什么，我希望今天的面试是公正的，争取着不让我的父亲因为不被认识而被轻视。那天，我扬起头唱着《小草》；那天，我敞开心演讲着《当我走上讲台时》；那天，我带着信心和勇气迎接每一个考验，就如一棵默默无闻、却无谓风雨的小草。

回到家里，妈妈问我“面试难吗？”我转身看看父亲，继而回答：“若按实力，请你们放心！”第二天一早，班主任姚老师开心地告诉我：“面试顺利通过！”六个人当时通过了三个，我可以不用中考，直接等开学后，进太仓师范读书了。我飞奔回家，抱着妈妈，欢喜的泪水在心底诉说着对父母的深情。我想对那位领导说，“不管父亲是谁，我都会用功做最好的自己！”

三年师范，我认真地习字读书，别人踏上工作岗位，成家立业之后没几个能坚持下去，而自己却在踏实的工作之余，继续学书写文。我没有父母给我创造优越的物质条件，却有农民身上的淳朴善良；我没有抱怨生活的艰辛，却常感谢每一点恩泽。

我的小楷越写越进步，镇上有个姓景的老先生来找我，他没问“我的父亲是谁？”只请求我用小楷给他抄写家谱。老先生的真诚与信赖感动了我，我一笔一划地开始抄写，这是给我的挑战，更是给我的鼓励。正是那一本本成千上万字的景氏家谱，我的小楷功力渐增，即使寒冬腊月，手冻得满是冻疮，我也没觉得一丁点辛苦。因为在自己的爱好中，我正提升着自己的品味与定力。当我把写好的家谱让张浩元老师提好封页，打开给老先生过目时，老先生激动万分：“我这辈子的心愿总算在你的帮助下实现了！”我才知道，老先生为了这份家谱已经准备了很多年，而我终于圆了他的梦想。

后来景老在虞山脚下开了个茶馆，又跑到我家，希望我给他写个横幅，内容是他喜欢的诗词，我写好了拿给他时，几个路过的老先生围着看我的字。边看边夸，还跑过来一本正经地问：“你父亲是谁啊？”我一愣，为什么又提到我父亲呢？看着我疑惑的神情，老先生们异口同声地说：“不是书香门第，不是家学渊源，能有你这一手好字？”我恍然大悟，笑着答道：“我父母亲都不认得字！”是啊，如果身在书香门第之中，或许如今的我会更出色，然而，若是没有十分的努力，即使身于书香世家，只怕是受点影响，那又会是何种面目呢，不一定吧？

过年前，文化站组织书协去镇上义务写春联，人群里有些认得我的亲戚，在那开心地说：她是我的 × × × 呢!

爸爸带着他厂里一起干活的工友也在人群外，我听到爸爸在和他们说，“等下，一会每人写一副！”爸爸一身工作服，人不高，在人群中只有我知道他是我父亲，我喊着：“爸，你忙去，我给他们一会就写啊！”大家的眼睛齐刷刷地向爸投来羡慕的眼光，爸爸的笑声渐渐消失在远处，我想，这一刻，父亲会永生难忘的。

你父亲是谁？这个重要么？父亲在我的心目中，是个极其平凡的人！也是伟大的人，因为他才有了我。

妈妈的心

儿子说："妈妈，你的肉受伤了！"我诧异，"没有啊，妈妈不是好好的吗？"儿子继续："你不是说，我是你身上的肉吗？刚才我摔了一跤，肉有点破了，不是你的肉受伤了吗？"我笑笑，五岁的他就是这般理解母亲的话的！

哪个孩子不是父母心头的肉啊！从蹒跚学步到长大成人，期间的付出只有父母才心甘情愿，他们用全部的爱，全部的心血倾注在儿女的身上。即使有一天你羽翼丰满，不想再有他们的牵绊，可你在他们的心中还是像放出去的风筝，飞得再高，那根线却总在他们手里牢牢地握着，不愿放手！你是他们眼中永远长不大的孩子，你不经意和无所谓的背后总悄悄地藏着他们的牵挂，他们的爱！

妈妈去看望身体不适的外婆，外婆第一句话："阿囡，你来啦！"我想象，当外婆的眼睛看到女儿的到来，会是多么亮堂，她的内心会得到多少抚慰。或许她已经有许多个不眠之夜了，在苦苦的思念中过着孤独凄凉的日子。看着一个个长大的孩子，各自为家，奔波辛劳，她只能把残留的爱，把痛苦的思念藏在心里，只要儿女好好的，她什么都愿意承受！弯腰驼背，皱纹连连的老母亲能有多少渴望呀？没有啊，只要自己的孩子来看看她，就比什么都开心了！

那几天，妈妈给种田的大农户干活，天不亮就去，要忙到五点多回家。妈妈动作利索，插秧、割稻、脱粒，什么农活都不在话下。看着她连续辛苦了几天，却乐滋滋地数着挣来的钱，我又高兴又心疼。一天傍晚下班，我照例做完家务，咦，平时妈妈这时候都回家了，今天怎么还不见人呢？我看着桌上热了又凉了的饭菜，心里真有点担心。我跑到村子外面，看马路上有没有妈妈的影子，可是等了一会，还是没有，我心急了。路过的阿婆看见了说："你一定又在等你妈了，从小你就这样，大了也改不掉！"我又怕儿子在家找我，就无奈地掉头，和儿子在家一起等，等时间一分一秒地过，一直等到妈妈的身影出现在我们面前。原来，今天那家大农户完工了，请她们一起吃饭呢！我悬着的心终于放了下来，我把汤又热了一下，和妈妈一起吃。我说："妈，让你带上我的旧手机，我就不用瞎担心了呢！"妈妈说："和你一样，你下班要是晚回家，我不也会担心吗？"原来儿不行千里，母亲也会担忧的。

我也是一位母亲了，要用多少的爱将我心爱的儿抚养长大，我不曾想过。

可我希望他能和我一样，在我晚回家的时候也会瞎担心，也会跑出屋看看路上有没有我的身影。等我老了，我也会孤单，一定也会如白发苍苍的外婆那样，盼着她一生的企盼。

儿啊，巢中的鸟儿总是要飞出去的，妈妈希望你飞得高点，飞得远点。可是，再高再远，妈妈的心总会牵着你。

父　亲

“老公，我们先去给爸敬一杯酒吧！”老公倒了半杯老作坊，给我倒了点红酒，我们走到爸爸那桌，举起杯，对父亲说：“爸，我们敬你一杯，愿你健康快乐每一天！”今天是爸六十大寿，在饭店订了八桌家常菜肴，请了所有的亲戚热闹了一番。说实在的，我都这么大了，好像还没有像今天这样，把父亲放第一位的。爸爸乐呵呵地笑着，喝着，坐在旁边的叔叔一个劲地提醒爸爸：“阿哥，你可别干完，剩一半啊！”看着爸爸染黑的头发，给他买的衣服在今天这当儿还没舍得穿上，突然间心潮澎湃，思绪万千。

爸爸是村里出了名的老好人，这老好人不是说爸爸什么都好，就是那种人家说啥都没关系，家里做事要他拿主意又不会，就连家里人受了委屈，他也总说“算了”，特别不像大男人的老好人。爸爸“好”脾气，让妈妈却经常受罪。别人看不起还不算，爷爷奶奶也不待他好，连着我又不是个男孩，弄得小时候的我和妈妈经常以泪洗面。妈妈说，她刚嫁过来时，那三间简陋的平房还欠着债，妈妈咬紧牙关，早出晚归地挣工分，好几年才帮他家还清了债，后来妈妈进镇上的眼镜厂，又是全厂干得最厉害的。在我出生后，妈妈想造小屋买材料，可爸爸

“嗯”了声就不会打算了，苦得妈妈忙里忙外，不得不叫两个舅舅来家里帮忙。爸呢，你让他干啥他就干啥，就是乐呵呵地不动脑筋，好像从没烦恼似的。两个舅舅那时都做木工，看爸爸只会使苦力，在外又经常被人欺负，带着爸爸也学木工。爸爸不聪明，学什么都要比人家慢，舅舅不厌其烦，从此，舅舅带上姐夫做了二十年的木工。

上世纪九十年代，家里的条件依然不好，看着人家慢慢造起了楼房，十来岁的我竟总在妈妈耳边说也想要。那时妈妈从厂里出来，在家做服装加工，爸爸听了，一本正经地说：“等你初中毕业，和妈妈一起做衣服，攒几年，楼房肯定能造啊！”我撅起小嘴：“楼房要造，大学我也要读。”我白天读书，傍晚做完作业就帮妈妈一起做加工，常常干到半夜，从钉纽扣，踩夹里，到妈妈能做的我都会，最后妈妈的线也没我踩得直了。从小学三四年级到初中三年，每个黄昏，懂事的我总是和妈妈既苦又甜地在一起干活。爸爸一天天地看着，再也不说中学毕业不让我读书的事了。

我慢慢地长大，懂得了爸爸的憨厚，懂得了妈妈的艰辛，我想和他们一起撑起这个家。一张张三好学生的奖状，我每年都拿回家里，初三临近毕业，班主任带着两个任课老师来家里找爸爸谈话，问他希望女儿保送还是考大学，爸爸不知怎么回答，反问老师：“你们说哪个好啊？”老师说：“若按现在的水平，你女儿是考重点中学的料，但是按家里条件，保送也不错，将来分配在附近，对家里有个照顾。”爸爸看着我，又看看妈妈，我第一次看到他为难地做着选择，“爸爸，我就保送吧！明天我就把三好学生的证书全部带到学校去。”爸爸第一次显得那么深沉，半晌没说话。

为了我的那句话，爸妈真的把楼房造了起来，我欢喜雀跃。我再不想爸爸被人说一句难听的话了，因为他太老实，又能吃亏。妈妈得理不饶人，有谁欺负爸，她总要吵着争回这口气。爷爷奶奶相继得了癌症，妈妈问亲戚东拼西凑把钱送到爷爷手里，爷爷临终前，没惦记一个人，就把妈妈叫到了床头:“大儿媳啊，这辈子我们最对不起的就是你们这家子，大儿子老实，你们娘俩受苦了。我以前错了，你要原谅我啊！”

爸爸在旁满是泪花，妈妈哭着说:“以前的都不说了，我不原谅你怎么还会来这啊？”老人走了，我从小没有他们的疼爱，却总会在拜祖宗的时候从心底问候一声，妈妈呢，会自言自语道:“要是你们活着，现在该为这个孙女乐了吧，她可给家里争气了啊！”

在我结婚前，爸爸和两个舅舅把楼房重新装修了一下，我发现爸爸变聪明了，会独立做像模像样的长凳了。前年，我和老公又在城里买了一百四十多平方米的三居，每次爸爸去城里，我总要嘱咐几次，乘到哪儿再转几路，别乘错了，过马路、等绿灯，千万别着急。

在我眼里，爸爸是个需要提醒的学生，在我心里，是个对别人好过自己的老好人。一张桌子若是家里有坏的，别人家也有坏的，他总是先修了人家的再修自己的；院子里外地打工的和他说话，他总是先给人家烟抽，人家再递给他烟的；就连我们家的小狗“小白”也和他最要好，上街、剃头总是陪着他。在一般人眼里，吃亏总是不干的，既便宜了别人心里又不好过，可爸爸不这样想吧，人家说就说吧，我不在乎，我乐我的。就这样，爸爸活了大半辈子，苦日子虽多，可脸上总是乐呵呵的。六十了，人家都以为五十来岁的人呢。

村里的老人笑眯眯地夸爸爸：傻人有傻福啊！他们说的“傻”就是因为爸爸是老好人，以前总被人瞧不起，吃了亏也不怪别人。而今，哪个也不欺负爸爸了，有个和睦的大家庭，妈妈通情达理，儿女乖巧懂事，只有他们羡慕的份了。

饭盒上的划痕

我八九岁的时候，一个人背着书包，带着饭盒，开始我的学习生活。起初去食堂加水蒸饭，明明记得妈妈叮咛的水位在哪儿，可一到自己手里就不知道分量了，好几次都弄得粥不是粥，饭不像饭。妈妈回家看见我没吃完的剩饭，眼眶里湿湿的，因为还没有那样年纪的孩子在学校蒸饭吃的。原因是妈妈要去很远的厂里上班，小小的我又没有爷爷奶奶的疼爱。从那以后妈妈就在饭盒里面划上一条记号，每次那么多米那么多水，一年年就这样过去了。

有几次妈妈下班回家，开心地打开她的饭盒给我看，竟然是我吃不到的排骨或是爆鱼。我知道它是哪儿来的，那是妈妈难得的午餐啊！妈妈只是搬动了一下位置，所以它会出现在我的眼前。晚饭时，妈妈把它热了，要我美美地享受，可我每一次都不会自己独享。我咽不下，因为妈妈不吃。妈妈拗不过我，分了一小半，然后母女俩一起甜甜地尝，甜甜地笑。那时苦吗？有苦，却甜的多。妈妈说："孩子，因为有你，妈妈才能开心活下去。"妈妈，女儿懂，女儿最怕你伤心，所以好好上学，好好读书，好好做我会做的活，让你开心，让你微笑！

孩提时，我在学校，妈妈在厂里，牵着的是妈妈的心，妈妈的爱！

从没离开家的我保送进师范，那是父母的期望，将来可以在他们身边。于是我开始独立生活。学习不怕，生活也没什么可怕，因为从小会做很多家务的我，这些都不在话下。最受不了的是对妈妈的思念与日俱增，梦里萦绕，心中惦念。妈妈胃不好，我担心她天凉了有没有犯病；妈妈常开夜工，不知她有没有吃了点粥再睡下。家里那时安不起电话，一封信从学校到家里要好多天，更关键的是妈妈不识字，我写的文字她一点儿都读不出来，可是我依然会写，因为我不写信，还怎么带去我的思念和牵挂啊！妈妈每次收到信时，都会急匆匆跑到隔壁退休的大爷家去，让他读给自己听，每回都热泪盈眶。她告诉我这些的时候，我也会眼含泪花。

那时家里条件不好，学校每个月有57元的饭票，这对于我是绰绰有余了。所以，妈妈每个月回家硬塞给我的钱，我是从来不舍得花的。因为我想让妈妈别为我的生活担心，希望妈妈少开几个夜工。我揣着妈妈每个月给我的钱，等放寒暑假时整整齐齐地还给妈妈，妈妈总是抚着我的头，把我搂在怀里，流下晶莹的泪花。在师范里，我好好地学习从未接触过的书法，在那里也感受到了从来没有过的集体温暖。冷了，室友和我一起睡；病了，她们连夜推着自行车送我去医院。妈妈每回来看我都不会晕车，每次回去都是吐得很厉害，因为她心里不舍得。我在学校的点滴进步都会和她分享，因为我知道唯有自己好好读书，才能让在家辛苦的妈妈多点快乐多点安慰。

三年师范，我不能在妈妈身边，可是连着我的，还是妈妈的爱，妈妈的心！

有爱，就没有沙漠

爱人在内蒙古工作，每年暑假，我都会带着儿子去和他团聚。草原也成了我们每年都会踏上的土地。爱人工作很忙，难得带我们出去转转，我和儿子无聊的时候，会说些埋怨的话：不来内蒙古么，盼着我们来，来了又让我们天天呆屋里。他呢，总会在最后几天让司机带我们去个地方，附近的草原、公园都去过了，那一次，司机说去沙漠玩。我有些惊奇，内蒙古不都是草原吗，还会有沙漠？

我们一行五人，从呼和浩特出发，驱车一个多小时，来到它面前只有清晨六点多钟，我的上身套一件玫瑰红的紧身羊绒衫，不厚，却比衬衫要温暖很多，下身是一条收腰肥腿的天蓝牛仔裤，儿子里面穿着汗衫，又加了件衬衫，可是，这样的装束也抵不过这七月凉凉的清晨。司机是爱人的好友，脱下厚厚的大衣给儿子穿上，“冷吧，太阳出来就好了。”原来人家才是早有准备的。

土黄色的沙山横在面前，与灰蒙蒙的天相连，瑟瑟发抖的我们带着点恐惧，开始登沙山。在绵延几十里宽的山脚下，我们选择了一个有利地形，那是为游客专门设置的阶梯，用两根平行的链子通向高处，中间每隔二十来公分就有一段木杆的梯子。我们一级级地往上攀，天离我们越来越近，当大家喘着气，冒着汗，出现在沙漠之上时，金色的光芒照在每一张笑脸上，连绵起伏的沙漠光滑细腻得似妈妈在锅里刚调好的面糊糊，高高低低如沸腾了一般。阳光所到之处，沙子泛起亮光，远远望去，如金色的海洋一般开阔、苍茫。

我们是今早第一批来这儿的客人，脚下的沙子紧紧挤挨着，并不是很松软，因为晨曦还未来得及把它们晒热晒散，我们几个已经打扰了它的宁静，留下了一串串清晰的脚印绵延身后。远方的驼苑飘扬着高高的旗帜，像在欢迎早来的客人。怀着敬意，我们向它走去。一只只或站或蹲的骆驼悠闲地闭着眼睛，如一尊尊雕塑，根本不理会任何人的到来。我轻轻靠在它们身边，它们睁开眼睛，却安然的像熟人一样。高高的驼峰耸起，中间是垫着的毛毯，我知道我们即将要和它们来一次亲密接触。

儿子抢着要骑第一只骆驼，领队把他扶上驼背，他拉着绳子，有些害怕，温顺的骆驼非常友好，才几分钟就消除了儿子起初的胆怯。小小的驼队开始“沙漠之旅”，成员是我们五个加之后来的两个陌生女孩。我们在朝阳下出发，目的地是插着另一面旗帜的地方。我环视四周，真不敢相信这只是个小沙漠，因为我置身其中，根本找不到外界草原的痕迹。那稍高的沙丘上留着游人各种各样的痕迹，画的图、写的符号，还有专用旅游车子碾过的车轮印迹。我想抚摸下这可爱的生灵，可自己的手根本够不着它的头，我只有摸摸身后爱人坐着的骆驼。儿子开心得像得胜归来的将军，由步行的领队牵着，我们的骆驼尾随相连，大伙在激动与喜悦中一路前进。

爱人在后面，时不时给我们定格下美丽的瞬间，茫茫沙漠，许是因为昨天的风雨，把洁净的沙子吹得似浪花阵阵、鱼鳞片片。朝阳下洒下的身影在大漠里舞动，这一串串昨天与今天的足印讲述着多少南来北往的故事。

目的地到了，我们和沙漠的旅伴道了声再会，清脆的驼铃声回响在天际。我看着身旁的爱人和儿子，心潮澎湃。儿子把沙子装在喝干的矿泉水瓶里，说要带回江南，爱人和司机夫妇俩说着两天后我们要回江南的话。我抓起一把沙子，细细端量，想听听它会不会唱歌，爱人笑我，“怕是要等到晚上，经过白天的光照才听得到吧！”这一粒粒洁净的沙子从我手心滑落，我猛然发现，自己的手还是和原来一样干净。我用食指在沙上写了个大大的“爱”字，一屁股坐在字的旁边，我想多留些时光，他看着，收起刚才的笑容，拿出相机把这一幕拍下了。再美的风景也有说再见的时刻，我和儿子也即将与他又一次别离。可是，有彼此的牵挂，有永留的瞬间，即便天各一方，心还是在一起啊。盼着聚，聚了别，然后重新的企盼，再一次地分别，悲欢离合就在我们之间循环往复。

又是一个春天，我独自徘徊在柳丝轻拂的秦川河边，没有他的身影，思念与惆怅萦绕心怀。寄一首《蝶恋花》慰藉彼此，以抚相思吧。“烟雨茫茫春欲就，梦里江南，原是归时候。恰似嫦娥挥彩袖，良辰美景情依旧。河畔青芜堤上柳。且怪东风，吹皱西湖瘦。空对小桥无尽秀，兰舟犹唱红酥手！”我知道，再美的春天也没有爱人那般的温暖，可又何如呢？

一天，他发来一张我骑在骆驼上的照片，是我回头看他的模样，玫瑰红的上衣衬着天蓝的牛仔裤，在茫茫大漠里显得格外生动、鲜亮，长发披肩的我，眼眸里尽是纯真的笑颜。那是身后的他抢拍到的，这点留念，这些回忆，会是他孤独时最真切的陪伴，也是我难眠时最好的药剂。

那个大大的“爱”字会在风沙扬起的时刻越来越模糊，而我知道，写在心上的“爱”字却愈久弥深，越发清晰。有爱，就没有沙漠。

我牢牢记住了那个沙漠，名字叫响沙湾。

一路阳光

走在路上，每天都有一缕阳光。有时洒在身上，温暖无比，甚或钻进心头，快乐非凡。

每天上班，我都要走过一座桥，再穿过一条马路，然后再过一座更小的桥，便到学校了。马路的一边靠近集市，每个清早，车水马龙，人头攒动，老人买菜卖菜，小孩在父母各种各样的车里被送上学，那些木工泥瓦工等常常聚在马路边抽着烟等出发，吆喝声，说笑声，混杂着各种交通工具的噪声，俨然一幅清明上河图。十年来，我早已习惯了这份热闹。我走至桥中央，迎接着每日熟悉的场景。然后把头扬起，细细听那枝头小鸟的鸣唱，把头低下，静静看小河里倒映着的树影婆娑、流水人家。

然而，我来不及多去观察周围自然的变化，多去体会余存着的江南韵味，因为我的视线不能远离这喧嚣的马路，“又去上班啦”，扫马路的那位阿姨每天都和我在同一地点同一时间里相遇。她是负责清扫桥面至桥下这段卫生的。桥面的垃圾不多，而桥下这段就很糟糕了。这段路面的旁边恰巧是一排快餐店，是外地人开的小餐馆，招牌和店面都不讲究，但因为口味不错，路边经常停着一排的过路车，每晚生意红火，到第二天早上，就留给了阿姨很多的垃圾。阿姨不放下她手中的笤帚和我打招呼，其实我连她的名字也不知道，也没叫过一声阿姨，但是她和我说话的时候，我总是笑着答的，“又在辛苦啦”我每天回的也就如此这般。我在心底送出对她的敬意，这么脏的马路，这么早的每一天，辛苦自不必说，心头还像那阳光一样灿烂、温暖，把微笑给予我——一个陌生却也同样喜欢微笑的人。每一天，彼此嘴边的微笑竟如清晨最早的阳光一般，升起、释放。暖暖的，洒在心头，溢于眼角。

我带着这升腾起的暖阳继续我的路途，集市的出口刚好和马路交汇，那是行人车辆最拥挤的地方，每到这时是最容不得马虎的，就好比一个字的精华之处需反复掂量，好文章的点睛之笔也要仔细斟酌一样。这丁字形的汇合处没设红绿灯，多的是父母接送孩子，老人上街买菜，来往车辆一到此地早就心知肚明，慢慢来，不能急，于是拥挤喧嚣的马路这段又平添了几许可爱。我因此也明白了为什么交通事故多的地方倒不是在拥挤的街道，而多的是想超车的红绿灯附近。因为人心已经有慢慢走的概念，他就不会再张牙舞爪、抢先一步，有着这种慢慢的心理，我想在快节奏的都市生活中不失一种好心态呢，我微笑而过。

我顺利地到了马路对面，那家生意好得很的早餐店不知什么时候关闭了。说也奇怪，附近连续开了几家档次不低的饭馆，总是不到三个月就关了，有的改成面店、粥店，怎么也不见好。开开停停，停停开开，一波又一波地换招牌，就是没看到和开业当天噼噼啪啪放爆竹一样的红火劲。唯独这家早餐店，经营得价格比集市里贵，但顾客盈门，排队等候。且说那老板还很奇怪，若遇糟糕天气，或遇有事不顺，他准会打烊一天，把办公室那几位习惯吃他家早餐的同事弄得莫名其妙，以致得出结论：那老板脾气古怪，不是看效益，而是看天气和心情。如今彻底关闭的早餐店冷冷清清，带来了许久的回味，带走的，该是老板片刻的回忆吧。愿他继续用美味留给客人回味，只不过时间千万别太短了，我在心底祝福。

一路上，我只有十多分钟的路程，而给我的却是许许多多难以忘怀又天天更新的镜头，这里有心灵的感动，有生活的哲理。有一个个平凡故事，更有每天熟悉我和我打招呼的阿婆、孩子等。每天出门前，我都会照着镜子看着自己微笑的脸庞，因为我会将如此这般的美丽和自信带在路上，带去工作和生活中。

愿将心底的微笑一路洒下，如同那暖暖的阳光。

鼋头渚点滴

茫茫太湖，渺渺烟波。

太湖，美丽的自然之子，在时隔近二十年光阴的时候，我已不再是那个懵懂的女孩。那时怎样的心境所剩无几，如今怎样的感慨，也是点滴拾来。

在十一二岁时，我曾与她见过一回。那次，学校组织四年级到六年级的三好学生去太湖春游。看过多少地方，已全然忘记，只剩下老师给我照的那张相片嵌在父母房间的旧相框里，时而看到，还能追忆曾经的模样。那会的我剪着齐齐的学生头，乌黑浓密的头发遮住了耳朵。望着远方，我神情迷茫，不知在想些什么，身后的“鼋头渚”三个字遒劲有力，让我留下了太湖那么多景点唯一的记忆。

那时的我是难得出这样的远门的，只知道认真读书，不让父母失望，或许我还没有真正的长大吧，静穆之下隐隐地带着彷徨与担忧，躲在自己的角落里。

辛苦生活，这算不得风雨；只有搏击风浪，才能真正领略人生的精彩。像电影《少年派》中，那个在海上飘渺着一点点希望的派，如果没有智慧与希望，没有感恩与信念，我想他不会活着靠岸。这生与死的考验，伟大与渺小的转变，是永不磨灭的精彩，他活了一次，就是一辈子。我们再难，也没有那么险恶的环境，请怀抱希望，在任何风浪中。

那么，似浪花一朵的我，在浩渺的宇宙中，在变迁的岁月里，有多久？有多美？都能算得了什么呢？我们是观者，是匆匆的过客；而在恒久的山山水水面前，我们何尝不是被观者？何尝不是它们脚下的一粒沙石、一朵浪花、一株小草呢？在青春不再重来的时刻，你与我，千万要珍惜属于我们的每一个日子，快快乐乐在自己的心底延长生命的岁月。青春不会回头，然而春天可在心头永驻。容颜不再美丽，但是眼底可以尽收美好！碧水依旧东流。你与我，但愿开心过好这短暂的人生！

想到一些灾害，是大自然给我们的。因为有灵性的它们，会在很多时候默默地教育、提醒着人类，人类却不会因为在它们面前的渺小而掩盖许多时候的贪婪、自私。而当偶然到必然的那一个可怕时刻发生的时候，却无半点力挽狂澜之势，然后伤心欲绝，悔之晚矣。于是人与人需要和谐，人与自然更需要和谐。因为它所带来的是代代生息还是无情灾难，人类不仅只是思索，更需要行动！

堤岸旁，许多人围着三个老外，一个是母亲，还有两个长着金发碧眼的漂亮男孩。母亲挥手让人群走开，可是仍有几个像发现新大陆似的打量着他们。母亲有些不耐烦了，“请你们别在这儿打扰我们了，我们在看远处的游艇呢！”一句话把大家怔住了，原来老外会说一口中文呢！你是风景里的风景，人群总算散开了！“入我眼中皆为画”，我想风景如此，人也如此。美好的东西在你的眼里了，它也会在你心里；可爱的人儿在你眼里了，她也会在你心底；若是在彼此的视野里尽存了美好，那便一辈子永驻了幸福与甜蜜！

如今的我，眼里总闪着些光芒了。

不老的歌

人可以没有青春，但心可以一直不老。

那是四年前放暑假的第二天，我们被学校要求去市里参加全市语文老师的统一考试，从八点半一直考到十一点，精神绷得紧紧的，一点空闲都没有。考完打手机给书画研究院的张浩元先生，他是我的老师。手机接通后，问他在不在，他说在，不过中午有人请吃饭。我想，那就下午过去吧。挂了电话才几分钟，老师竟回电话来，说让我现在就去。其实，我从没去过老师的书画研究院，更没去老师家亲自拜谢过，一直以来和老师书信来往。难得在书协聚会的时候，见他在台上神采奕奕地发言，听见他幽默不凡的谈吐。今天可以有空看望老师了，可手里除了自己写的两幅作品想请老师指点，别的一点都没准备。

在我看来，老师的研究院就是他的大书房。屋内橱窗里摆放着厚厚的书，墙壁四周挂满了书画作品。临窗是青青的翠竹，透着几分雅致和一丝清凉。他招呼我坐下，给我倒水，我看见桌上十来个杯子，料想今天一早已经在这儿坐过多少客人了。他告诉我，本来刚走的那几个客人要请他一起去吃饭的，听说我要来研究院，老师和他们打了招呼谢绝了，还说“我学生第一次来书画院，做老师的怎么能怠慢呢？”听着老师幽默而真诚的话语，我心里热乎乎的，一个小小的我还让老师这样对待啊，真是受宠若惊。老师看了我的字，肯定之余，希望我胆子大些，在楷书的基础上学点行书，多看优秀作品，取长补短，触类旁通。我一个劲地点头，老师说的句句在理啊！

我坐不住了，因为老师书桌上全是他写好的字，我径直走过去欣赏。老师一幅一幅给我看，问我看了什么感觉，我说风格有些变化，通篇除了一气呵成之外，还在笔墨的浓淡枯湿中透出了古色古香的韵味，古拙中带着灵气，像一幅泼墨山水，远与近，动与静，浓淡与干湿都在一张纸、一支笔的魅力中和谐绽放。

时间过得很快，老师把“夏荷斋”从早已准备好的信封里拿出来给我看，我很感激，因为我只是在信上和老师提过自己的工作室，没有要求老师题字。他又从一大叠作品里挑了几幅字给我，一起小心翼翼卷起来封好。其实以我性格，老师不说给我作品，我是万万不会主动要的，因为我尊敬老师，更尊重凝聚着老师辛劳和才华的作品。老师说：“时间不早，咱们去吃饭吧！”我心里想，我匆匆来一点都没准备什么，嘴上一直叫他老师，可连拜师酒都没请过，哪能第一次就让老师请客呢。我说，同事在楼下不远处办事，就不用麻烦老师了，自己和她们一起吧。老师突然一本正经地说：“你打电话叫她们一起来，吃好饭我送她们每人两幅字。”我打电话给女友，说明了情况，她们带着兴奋和感激找到了书画院。老师还是客气地递水招呼，我想我们在书画院里应该算是客人里的最小辈了，可老师却仍热情满怀。就这样，我这个小小的学生第一次被老师邀请在一起吃饭，连同我那两位同样心怀感激的女友。

老师有 70 来岁了，可是你不亲眼看见，很难相信眼前这个精神矍铄的长者有这般年纪了。他一米八的个子，白短袖，牛仔裤，干净利落，清清爽爽。举手投足间神采奕奕，幽默诙谐。有一次，他寄来请柬让我去参加书画院成立两周年的大会，在常熟的天铭大酒店里，500来人济济一堂，他在会上风趣地说："很多人说我是个傻老头子，什么都不缺，还要忙活着这么多事儿，真是不懂——"他对我们说："我在，他们再有意见也不会闹情绪，我只想大家都能和谐地为常熟的书艺添光增彩，别为了自己的一点私利心各一方。我什么都有了，还图啥？活得开心一点，大家都能过得好好的，这才是最好的啊！"

老师的为人处事就是如此，只知自己对人好，不求别人怎样回报他。其实很多去他那儿的人，都是去学习和问他要作品的，来了多少人，送过多少字，他数不清了，只知道没有拒绝过一个人，没有因为别人来求字而要别人记着他的恩。真的能像他这样的书家大家，能有几个？所以他在我们眼里，在所有认识的人心里，没有人可以指出他的不足。有领导才能，有大家风范，有豁达心胸，有乐观情怀，更重要的，他真诚友爱地对每一个人。

其实，早在我去他的书画研究院前，我和老师已经通过好多书信，那些厚厚的书信让我越来越清晰地肯定，他就是自己心目中的好老师。在我第一次参加书协年会时，他不认得我，问了我一句，你叫什么？我说葛丽萍，他一惊，"就是身体不好，给我写信的那个？"我说是，往后的几次，一看到我，他就叫我小不点。见的不多，信倒是很多。每次写信，我都叫他老师，不管他怎么想，自己倒希望能做他学生。他呢，有信必回，而且每次都会放上几幅作品，过年时还会给我寄来新年祝福，每次都让我感激至极。八九年来，老师的书信和作品我都数不清了。去年的冬天，我也做了件特别的事，把老师的信按照年月先后，统统理了一遍，又打成文字，存在了电脑里。

他的每一封来信，都让我感觉他就是我最敬重的老师。一番番话语，就是一位内心清澈、心胸豁达的长者对一位希望上进的晚辈说的，这里有老师对学生的关心与希冀，也有一位书法家对事业的热爱与真情。我清楚地记得有这样的几段话：

“我是个军人，是个老粗，真的，有一点你是说对了，重事业，想把书法家协会搞好。年龄大了，发挥点余热，为常熟文化名城做一点微薄的事情。”

“你向疾病作斗争是生命的胜利者，相信你会一天天好的，散散步，教教书法，做喜欢的事，最重要的是精神要振作，思想要开朗，只有这样，身体才会越来越好。说实话，一个人到世上来都是转一圈，就是活了一百岁，两百岁也都要消失的。一个人想通了反而会活得有意义。”

“你是一个顽强的人，记得我还在书协时，有次年会上曾不点名地表扬过你，人能够在困境中还爱着书法写着书法，是我们都该欣赏学习的。你年轻，有这样的经历也是财富，一定要天天有个好心情，在书法、工作和生活中开心地过好每一天。”

或许，老师一开始并未把我当成学生，因为他对每一个人都很热情，但是有那么一天，老师把我写的一段文字写成书法作品，落款赫然写着“丽萍语，老师录”时，我开心地笑了。因为我知道，老师已经懂学生了。

我与他，原本素昧平生，因为书法，我幸运地成了他的学生。其实，水平在我之上的人都能是我的老师，而张老师品行更优秀，才是真正的老师啊。

更有让我感动至极的，是老师有着那样的一颗心。

那是个秋高气爽的午后，我带着即将要寄走的参赛作品，又来到老师的书画研究院。

老师照例热情地招呼我，我看到屋里的客人，笑着问了声好。每天都有不同的人来这儿，所以每次来都能遇到没见过的生人，这已不足为奇了。我把近一米八长，宽八十公分的作品缓缓展开时，老师边看边夸："这幅作品的字比以前的更劲道更漂亮，这么鸿篇巨制，心血不少啊！"他边夸边招手示意他的朋友，"你看，这就是我刚才提到的学生，这是她写的。"听着老师的亲切和赞扬的话语，又开心又有些失落的我喃喃自语："我想参加全国比赛的，可是，不能退稿，我怕以后——再见不到它了。"老师拍拍我肩膀，激动地说："这作品要是入不了，你来找老师！"我笑了，不是因为老师的话真的能成真，而是老师总是会在我失望和受伤的时候逗我开心，给我力量。

老师认真地说："每次你给我看作品时，都呈现着一个进步的你，这些年，老师为你高兴，入不入是早晚的事。记住，我们凭的是实力，这就是最棒的，看老师这几年给你积攒的散文。"老师边说边从小抽屉里拿出一个文件夹，小心翼翼地打开。我惊呆了，这是我近两年陆陆续续在报刊上发表的散文，老师竟一篇篇剪下来整理在一起了。我不知道老师会如此看重我写的小文章，因为那都是自己生活的零星碎片与点点感悟，不值得一个古稀之年又乐于书画的长辈如此用心。我不知所措，却是心潮澎湃。

我轻轻卷起作品，老师帮我扎好放进画筒，送我到门口，带着满满的感动。我不敢回头，一幕幕温暖的画面清晰地映入我的眼帘。有那么一次，老师不经意看到报上有我的散文，非常欣喜，边看边说，"这孩子还能写散文啊！"过了阵子，他又读到了，细细品品，还有点味道。然后和先前藏好的那张放在了一起；再过些天，又读到了，老师得意地笑笑，"不错，越来越多了，我得整理下了。"于是，老师找到不常用的剪刀，小心翼翼剪下小文，带着点欣慰与自豪，他总会时不时地翻翻报纸，看看有没有我的文章，读到了就细心剪下，无人时会整理在先前的文件夹中，有人时，还时不时传朋友看看。两年下来，竟有几十篇了。这一篇篇对别人来说不值一谈的小文，竟让他增添了好多快乐，因为这是他心目中一直了解的学生——一个要求上进、坚韧顽强的女孩。而他，是她的老师，他为她高兴，他因她自豪！

如果青春已不在，没什么大不了，谁也阻止不了岁月的脚步。然而微笑着对人，幸福着做喜欢的事，老师就永远在唱一首不老的歌。

当我把作品寄走，依然开心地迎接每一天时，我想，自己一定要足够优秀，让他将我的点点成绩，再用心积攒下去。

隔壁阿哥

我的家在江南，水乡天堂，水多，桥自然也多了。

小时候，沟沟渠渠有水没水的田野里都会留下隔壁大哥哥的身影。

哥哥长我三岁，虽是同姓，却不同宗。

那时村上大多数人家都会养些牲畜补贴家用，我家养了几十笼白兔，哥哥家呢，养了好多的猪羊。他是长子，父母自然要把割草之类的活让他包下了。瘦瘦的哥哥每天放学回家都会背着个大大的箩筐，哼着他自己听来的歌，穿梭在青青田野里，小小的身影在一望无边的稻田边时起时伏。有几条沟渠，有几座小桥，哪儿的草最肥，哪儿的泥鳅最多，我想哥哥肯定比我还要清楚。满满的青草野菜在哥哥的箩筐里每天堆满，再卸下，再堆满，卸下，和夕阳的余晖一起映着我们渐渐长大的脸庞，金色的童年嗖的一下便全是回忆了。

读小学的路上有两座桥，只要穿过其中的一座就可以到学校了。二、三年级时，放学路上有个同班的调皮鬼骂我——其实也不是骂，就是因为我胆子小故意逗我哭的那种。哥哥去田野割草前喜欢先在村子里遛一圈，这回我流着眼泪回家时恰好被哥哥看到。第二天一早哥哥守在桥边，等着吓我哭的那个男孩，果然被哥哥训得以后只敢走另一座桥了。

哥哥很聪明，从没见他捧过书，却总能把我不会的题目教得明明白白。他父亲是个很有威严的家长，没多少文化却有很多见解，在小村子里算是个人物。哥哥要升中学了，家里条件不够，他父亲狠了心让读书不太好的女儿辍学，一家供他继续上学。所以哥哥不但勤劳，还是个懂事的小伙子。学校里优异的成绩不在话下，但毕竟是活泼的男儿，偶尔在学校的调皮，等着的便是一通挨打与责骂。最不可原谅的是高考时，他把作文文体写错，扣了几十分，气得父亲把他的书包扔在了家乡的小河里。看着哥哥躺在床上不吃不喝像傻了的样子，我真担心他过不了这个坎。那年哥哥高考，我刚好中考，因为我每学期都有三好学生的奖状，直接面试被保送进了师范，和哥哥一起的同学，录取书也陆续收到了，唯独哥哥的录取通知书杳无音讯。我不知道等着哥哥的会是什么样的命运，田野中哥哥留下的那些脚印难道还要重新去走吗？小桥上泪流满面的父亲扔掉的仅是哥哥的书包和上学的希冀吗？哥哥的心如灰，泪似血，像这小河一样，沉寂里害怕消亡，如这小桥一般，走过去才能继续。

命运和哥哥开了个小小的玩笑，通知书晚到了一个多月。哥哥从那张死寂沉沉的床上跳了起来，如同沙漠里出现了绿洲。从此，哥哥离家去无锡税务学校读了三年书，回来顺利地分配到镇税务所，在城市里娶妻生子，一帆风顺。如今的哥哥难得回乡下，偶尔回来他仍会到村子里走熟的那几家转悠，看着我在家写字，在乡下教书，他留了句：怎么不去城里？我欣然答道：乡下的田野已变成马路和工厂，幸有那小桥河沿，流水人家还存几分江南韵味，我不去也罢！

二十多年，江南的农村已经热闹得接上了城市，桥也重新又造了，然而再变，有河在，桥自然永远在。一如我那城里的哥哥，再是城中人，也会看看他的家，昔日那个威严的父亲，还有村子里熟悉的味道。

我的老师

从小到大，每个人都会遇到很多老师，和蔼的，严厉的，寻常的，抑或有许多本领的，总之，在我脑海里都能找到一二。

二年级时，班上有两位教师子女，我总觉得他们是老师们最宠爱的学生，无论什么小事，老师的心都会偏向他们，每每成绩表现优异，他们流露的笑容让我感到全是得意之情。然而，有一件小事却从此改变了我的看法，那回期末大考，我高烧 40 度，又不许缺考，妈妈把我送到学校，班主任是个五十来岁的李老师，她倒了开水让我把药吃下。我强打着精神在作答，写着写着竟迷迷糊糊睡着了。老师好像在我身边忙碌了一阵，等我清醒时，我的额头上敷着条毛巾，就是李老师办公室里的。她看着我，又摸了下额头，暖暖地说了声：“好多了吧！”下午考数学，我更加认真，那一次我语文得了 94，数学得了 99，按理，低年级都要 95 分才能评“三好”，而我破例也在其中，李老师在班上发成绩单时，我有种从未有过的感动，原来老师对每个孩子都这么好啊！

高年级了，又换了位语文老师，也姓李，是个刚毕业不久的大男孩，却是个满腹诗情很有文学细胞的老师。凤兰小学名誉校长王凤兰回校时，李老师即兴作了首小诗，让我至今难忘。当时自己从没接触过诗词，读着李老师的小诗竟佩服得五体投地，从此对文学不再觉得遥不可及。

初中三年，姚瑞生老师是我的语文老师兼班主任，他一点也不凶，常有调皮的男孩子惹他哭笑不得的事发生。我是语文课代表，对于老师提出的问题，我总是羞于举手发言，一怕错了，辱了课代表的名声，二怕老师对我的答案太手下留情，让同学说我。老师倒还真的不怎么叫我回答问题，记得一两次考得自我感觉不好，他倒是这样安慰我，“不会不好的！”我纳闷，多少老师对学生说一句“下次争取好些”已经很好了，还会如他这般鼓励的。或许姚老师知道我的自尊心强，怕我伤心难过吧！毕业前，他送我一支钢笔，是班上唯一的一支。我进师范，学校里规定每人必选一门兴趣小组，喜欢画画的我毅然放弃了儿时的爱好，选择了从未有过基础的书法。我想，我将用老师的这支笔写尽对老师的谢意，用老师的这份厚爱凝聚成自己最美的文字。

有位老前辈是我最为敬重的，他就是书画研究院的张浩元先生。刚认识他时，是自己称他为老师的，因为不知怎么叫，叫声老师肯定无妨。老师为人正直，谈笑风生。那几年，我大病初愈，瘦弱之余精神并不是很好。老师给我一封封地来信，送我一幅幅的作品，鼓励我，关心我，让我在可亲可敬之外，更懂得了老师人品与书品的结合。从那时起，我当他是自己真正的老师——是我一生的书法老师，更是德才兼备的楷模。2011 年春天，我的小楷作品入了江苏省首届妇女书法展，当我打电话请张老师吃饭时，张老师满口答应，还指定在他书画院附近的饭店吃，要我把师范的王浩老师和自己的好友一起叫来。满满一大桌，开心之极，当我想去结账时，店老板说老师已经嘱咐过不许收我的钱，由张老师支付。我鼻子酸酸的，唯有眼泪在眼眶里打转。

另有一回，老师寄来厚厚的一叠作品，同事们羡慕不已，“你老师怎么这么好啊！”“送我们一幅吧！”我答应着，小心翼翼地拆开信封，每张作品落款之处，都赫然写着“丽萍学生惠存”，至此，在老师心里，我也的的确确是他的学生了。

有人叫老师是如我以前叫张老师一样，不知叫啥了，找个合适点的称呼即为“老师”。更有人叫老师是如我现在叫张老师一般了，以心为声，以情为重，愿一生叫着，一辈子应着。以老师为榜样，以老师为自豪，更以老师为自己奋进的动力，这样的好老师，不值得自己好好地长进以回报他吗?

老朱头的面

我喜欢吃自己家里煮的面，待半锅水烧开，扔下一把新买的挂面，煮开，再放进小青菜、香菇，再煮片刻，临出锅时放一小勺熬好的猪油，撒上盐，味精，搅拌一下，舌尖在香气缭绕下蠢蠢欲动。我喜欢喝汤，喝一口清清爽爽的面汤，撩起一筷子滑溜溜的面条，任它在口中慢慢嚼动，消融，这该是我的童年美味了。然而，再美，和洞泾街上老朱头的面，是比不得的。

小时候家里条件不好，街上面馆里的面是万万舍不得去享用的。记得读高年级时，有位老师经常叫校门口值岗的学生为他去隔壁的面馆倒面（打包带回）。那是一家远近闻名的面馆，老板姓朱，人不高，又长得胖，可为人正派，好善乐施，相邻们都亲切地称他“老朱头”。我也是值岗中的一个学生，可我是女孩，老师隔三岔五都叫男孩子去，男孩们只管把面倒回老师的办公室。老师呢，也不去还碗，把账到月底一起算，把碗也凑了一大叠让饭店的人自个来拿。那时，老师刚毕业出来，也还像个大男孩，教书铿锵有力，意气奋发，后来说起倒面的事，嘴角还隐隐带笑，“那个年纪，可真自由呢！”时隔二十年，等我也成了老师的同事，那几个为他倒面的学生也四海为家时，难得相聚在一起，必提起这事。因为那年代，没几个孩子能去面馆吃面，而男孩子们说：“倒了碗香喷喷的面在手中，却尝不得一口，你不知道我们的馋样呢！”

什么面能让时隔二十年的他们如此怀念？因为那面里有一种特别的香，比起家里煮的，那完全是清与浓的区别了。清，是清淡，清爽，因为没香料在里面；浓，是他们用很多种香料把上好的野鸡野鸭和猪牛鱼骨混在一起慢煮、慢熬形成的浓汤野味。各色香料之香，各色肉骨之味，混在一起，在特定的时空下，秘制而成。面，本来是大锅煮的好吃，等水沸腾，老朱头熟练地往锅里扔下两把面，长长的筷子等着一搅，再添进一碗清水，面就在短短的几分钟里从锅里捞到了一个个大碗里。碗里已用大勺舀进了特别的汤水，等面放进，“老朱头”身边的帮手立即熟练地放下每个客人点的“浇头”：爆鱼、排骨、河虾、牛肉、黄鳝等应有尽有。省点的客人要个鸡蛋面，什么都不放的就是光面，即是冲着这汤这香味来的。喜欢吃这个味道的客人从早上天蒙蒙亮，到买菜的行人在街上基本消失，总是络绎不绝，老人中有的喝早茶，吃一碗老朱头的面，容光焕发；有的不仅喝茶，还要喝早酒，聚在一桌，有说有笑，慢慢地享用这里的野味，待时光从黎明到近午，真是好不惬意啊。

我小时一次也没吃过，我的孩子却是这面馆的常客。儿子不喜欢浇头，有时候要个鸡蛋，还总是剩着点没吃完。他的确是喜欢这儿的面，他说，“太香了，几天不吃，就会想它的味道”。鸡蛋倒没吃完，面总是一根不剩，老朱头认得孩子，每回总是多撩些面放儿子碗里，看着儿子吃那么一大碗，我总担心他吃撑了，他说：“妈妈，没事的，我实在忍不住，又吃光了。”偶尔一次，轮到儿子是一锅中的最后一碗，面比往常少了点，老朱头让他吃完再去里面盛点，就那么一次，儿子没再去盛，嘴里却说“今天没过瘾”。

春节之前，知道要去爷爷奶奶家过年，儿子说再去吃碗面。于是又去吃了一碗面才安心出门。我们去芜湖过年，等初四傍晚回来的时候，儿子说，明儿一早就去吃老朱头的面。我陪他去了，可是大门紧闭，墙壁上贴着红纸，说因为年纪大，人手不够，面店关闭要卖掉。我和儿子只好失望着换了家面馆。那是老朱头亲戚家开的，香料的配方应该和原来的相差不大，主人是年轻的夫妻。儿子一边吃着，一边说，“总算还有一家和原来的味道差不多，不然，洞泾街上就没有我爱吃的面馆了。可是，我还是觉得老朱头公公家的面更香啊！”其实除了这家，还有别的几家，不过，没有老朱头一样的配方了。已植入心、口的味道又何尝容易改变？

儿子再也不如以前那样三天两头去街上吃面了。

那个常给老师倒面的同学打我电话，说请我喝茶，我笑笑说：“想必是吃了街上的面，才过来的吧！”他笑开了，“是啊，儿时吃不到的，现在有机会回来，逮着就吃啦！”近二十年了，我清晰地记着和他只匆匆见过一次，竟是在老朱头面店。那天是暑假的一天，我带着五岁的儿子从老街的庙里烧好香，转到洞泾新街，经过老朱头的面店时，瞥见他怀抱着孩子在吃面，我不好意思去问他什么，只听得自己的名字从对方的口中脱口而出。我想，即便时隔十多年，那纯真年代一起用功读书的美好时光总会让彼此难忘的。

从此，老朱头的面也会让儿子难忘一辈子了。

一片冰心在玉壶

“凡书种种，予独爱正书，正书之中，又钟情于小楷，尤其是洛神十三行，每与之对，心静神怡，参古意，如慕佳人，时觉其风姿绰约，清雅脱俗。笔下偶得一分形似，心中便生万般欣喜。今乃怀梦放胆，录洛神全文于此绢上，虽自知难及献之皮毛，然聊以慰心乐。有诗书醉伴昏晓，此生足矣。”

这段文字是我写《洛神赋》时题的长款，回想学书20载，却越发学得单纯，以至不敢言书法，只称写字。古今法帖翻阅不尽，书道笔法更是莫测高深。我徜徉不了其中，只拾得个端坐书台，沉浸于一点一画之间。始学《灵飞经》，秀美中藏有古趣风，后临《十三行》，遒劲中带着神采飞扬。喜欢赵孟頫的变古为今、外柔内刚；喜欢欧阳询的法度严谨、笔力险峻。喜欢文徵明的飘逸灵动、格调高雅。一次次临写，一次次接近，都有着“可望而不可即”的欢喜与惆怅。于是乎，唐诗宋词成了笔下常写的内容，佛教经文也让自己有了更多的尝试。绢上写的是《洛神赋》，泥金纸上写了《心经》，粉笺上则多的是诗词歌赋，而黑色宣纸上是用赤金泥粉写的数米长的《普门品》等经文。一幅幅作品，不是成功却可以渐趋成熟，不会完美却可以变得美好。我更希望它们能在灵秀中渐渐洒脱，透出生命的光辉。

这种喜欢，不仅是“为伊消得人憔悴”的执着，更是“一片冰心在玉壶”的清澈。它让我寻得了静谧、淡然与快乐。静，非是在“采菊东篱下”的桃花源里；淡，非是去过品茗香茶卧听山泉的闲暇日子；乐，亦非是功名利禄的取得、欢声笑语的叠加。这种喜欢，是心远离了喧嚣尘世的简单、从容与安静；是“忘我”，又分明是自己主宰着自己生命与灵魂的那种“超我”“真我”之境。

我的老师张浩元在来信中，多次叫我尝试学习大字与行书，他真诚大气的人格除了让人无比崇敬之外，更觉得自己愧对于他。因为我没有好好听他的话，一直在自己的小天地里自得其乐。他写给我的“舍得”，告诉我有舍必有得，而我至今不舍得放下。留着对自己将来的期待，尽力也去喜欢吧！

人生如梦，我弥足珍惜生命的每一天。幸福在心，我历经坎坷方感悟其中的真谛。在这个纷扰的世界里，我用心做着喜欢的事，善待自己与他人，微笑着走在路上。

最后以自己小诗作小结吧：

着一身旗袍，学两曲琴音，缀三分秀气，怀四方感动。走在柳陌桃蹊之上，我只是小桥流水人家女。常拟五六词篇于案头，时学七八书作叠晚昼。三九严寒从容过，十里青山在常熟，一诗一词学不及半点唐宋之音，一书一画更难摹宇宙自然之精华。然，爱之心，真之意，寻之漫漫路，点点清韵也满缀自己的荷塘。

静　夜

夜幕降临，妈妈照例忙着做饭烧菜，我呢，收衣叠整，喂猫儿狗儿，再洗脸洗手。晚饭时间到，一家都消停一会。爸喝点黄酒，妈总嫌他喝得太多，眼直瞅着那杯子，看他倒多少。

爸一边倒，妈一边嘀咕："天天喝还喝不够。"

"又没喝醉，不多啊！"

老妈脸一沉，火上来了："嘿，难道你想天天喝醉啊！"

就这样，晚饭在进行曲中开始，儿子看着菜只挑喜欢的吃一点。我呢，不插他们的嘴，知道他们天天会闹一会，也就这般，芝麻大的事，啰里啰嗦的嗔怪。没等他们嘀咕完，我已享受完了这顿美味。我喜欢喝粥，稠稠的那种，就如姑苏又甜又糯的乡音；一个汤，放一点荤，多一点素，清清爽爽，不像鸡煲、鸭煲看着油浮在上面就会没食欲；还要加个鱼，鲫鱼糖醋或红烧，都是让我垂涎欲滴的。这样，两三个小菜，一碗粥，再蒸上几块红薯，荤素搭配，干稀混合，营养、健康，是我的最爱。

说是如此，其实妈妈做什么，我就吃什么，从不挑妈妈的不是，我都三十好几的人了，还享受着妈妈做的饭菜，已是幸福至极。妈妈还不要我收拾桌子，因为爸的酒才喝了一点点，我只管开始自己每晚的事了。一支小狼毫，一方砚台，倒一点“一得阁”，即刻墨香氤氲。提起笔，先在餐巾纸上试下浓淡，太浓笔会涩，体现不出墨与纸之间的和谐；太淡墨易渗，反映不了笔画的灵动。

翻开字帖，沉浸于前人留下的墨迹印痕，我开始动笔。一横要稳，一竖应正，一撇藏秀，一捺挺劲，点中妙趣横生，折为刚正雄健，千百年的魅力古今不变，笔笔似连未连，似断非断，还要讲究“隔行通气”。我努力寻找着自己的解读，希望能拉近时空的距离，给予自己智慧和灵气。

或临或写，都是向前人靠近；或摹或创，都是与心灵对话，我忘记了自己是在爸妈的餐桌旁边，耳畔嗡嗡作响的锅碗瓢碟和笑语嘈杂搅乱不了我静静的内心，我已习惯动静交合。它们，既是家的幸福之声，亦是考验我的定力之功。我想真正的平静就该是如此，不强求别人的安静，而在于自身的心境，气定神闲，心澄如水。儿子每晚要拉二胡，拉时需要我的倾听，有时演奏得如行云流水般顺畅，我就投以会心的微笑；有时哪儿不准确，我会搁下笔给他听老师的录音，一起找不和谐的原因。老公每次回家，见如此情景，惊叹：这样的环境，能把字写好，真是功夫。我笑笑，心静无波澜啊！

我想，如果没有家的温馨，即便四周再寂静，我也写不了好字。至此，我总觉得每个字里含着家的温暖，每幅作品也怀揣着不一般的故事。

元旦三天的假期，我足足写了两天半。冻得右手生满冻疮，脚底像踏在冰上一般。手没知觉时焐下热水袋，脚麻了站起来跺一下，可是即便再用劲，手脚还是奇冷。老公心疼得不许我写，可我非要写不可。我跟他算：“每晚的那段时间要有多少次才顶得了这两天半？”他说：“正是你每晚的固执才会如此的痴爱。”他从市里买了带电的毡子让我放在桌面上，外面是玻璃，手放上去就导热；脚呢，淘了双也能通电的雪地靴，真是全身武装了。

没有人可以阻止我的脚步，因为我喜欢；没有什么可以扰乱我的宁静，还是因为我喜欢。每个夜幕，在妈妈的饭菜中享受做儿女的幸福，在自己的笔画间追寻心灵的静谧，动与静，苦与乐，从来都那么相辅相成。

夜，静静的，有欢乐的一家，有忘我的执着，幸福如此清晰。

书香萦心

早春三月，昨天还温暖得把春装准备就绪，今天却是阴雨冷风扑面而来，真叫个料峭春寒。从市图书馆三八妇女书展的大厅出来，我不想马上回家。第一次，我跟着自己的感觉慢慢地走着，看着，想着。等待着入我眼中的风景，入我心中的游丝。

行人车辆依旧在大大小小的路上穿梭，我不屑一顾，转向旁边的院墙边行边看。这条路不知走过多少回，视野所及之处，尽是各种书法。以篆书题写的匾额“吴越青瓷馆”之内，挂着字画；“常熟古玩市场”六个隶书大字就题写在这院墙上之上；“状元坊”三字端庄大气，我停下脚步，决心细细读通下面这副长长的对子：“此中出叔侄，大魁昆弟抚相，画栋雕梁门第，海虞称冠代；何必数榜眼，感旧会元有坊，华篇圣迹声名，琴水让高山。”只要路过此地，我总会瞥上一眼，可从没驻留多时，更没细细思量。这劲道挺秀的楷书，我倒是非常欢喜，因为我的书法也追求着雅致秀美。

刚才展厅里遇到家乡人李向东对我的肯定，以古朴的隶书风格独树一帜、各体兼长的他，夸奖我小楷写得漂亮，进步神速。年逾古稀的老人在自己的作品前逗留片刻，和相邀的好友说长道短、笑语盈盈。

一个十七八岁的女孩总是跟着我和一同参展的好友，我以为是她的学生，嘴里还自言自语地说着什么，我拉拉好友衣襟，问：“她，谁啊？”好友惊奇：“不认得。”我猜，是不是有点问题却也喜欢写字的少女？她笑嘻嘻地拉我手：“给我拍个照片吧！”我欣然答应，我跟着她转了一圈，最后在人少一点的地方停下，准备拍照，她看到身后较远的地方还有个人，跑上去让人家走开一点，我暗笑，这么多人，照片里有别人是正常的，她故意把头一歪，右手做了个小孩常做的手势，我连拍了两张。可爱的她，我实在不能多了解什么，但，对于写字，或人家的字，她肯定都是欢喜的。

我的老师也在人群中，我迎上去打招呼，老师像爷爷般亲切，我总是没大没小地和他说话。他都七十多岁了，精神比年轻人还旺，一天能写好多幅作品，一个月不到又出了本作品集。他问我的作品在哪，和他前阵子合影的照片收到没有，让我注意身体，写写行书。我像只快乐的燕子，轻盈的身姿在这书香氤氲里舞动。

其实，我只是个喜欢写字的女孩，与书相伴，成了我生活再不可缺少的乐趣。我在一笔一画间度晨昏，我在一点一滴里寻进步。于是，我的作品还真的被看到的人肯定了，夸奖了，惊讶了。文广新局局长吴苇便是其中的一个，他好篆刻，师从吴颐人、韩天衡，也善书法，拜于言恭达；虽公务繁忙，却经常挑灯夜刻，提笔挥书。我对印了解不深，每次大幅作品钤印时，总向他请教，他不仅细心，每每总是夸赞我的认真与进步。在人群里他看到我，让我等一下，有事与我说。我一边慢慢欣赏别人的大作，一边等他。

他对我说，我用金粉写的《千字文》在他办公室，见者无不赞叹。原来只是夸我。我心里美滋滋的，便说出我自己的心愿，想书写金曾豪先生的《常熟赋》，在适当的时候捐献给常熟博物馆，算是为家乡所做的一点贡献吧。吴苇先生表示赞同，并和我探讨怎么样的形式为佳，标点用不用，怎样写恰当。我连连点头，表示在四月就可写好。

语言是露文学是花

因为一直做语文老师，又因为一点文学的情结，心里不知不觉便播下一颗文学的种子，它在阳光雨露下萌芽，在时空流转中长大，于是便成就了我一生难以割舍的缘。

点点滴滴的诗意

语言是思维凝练的结晶，是文字表述的呈现。优美动听的语言有如一幅江南山水画，沁人心脾，令人陶醉；睿智深邃的语言有如一杯香茗，耐人品味，荡气回肠；深情感人的语言有如宽广无边的大海，荡涤尘垢，撞击心灵；俏皮幽默的语言则有如一点点糖果，甜在心里，乐在嘴边。

有幸在2011年的11月底，听得苏州市的几堂小语课，感触颇深。其中一位老师执教的《忆江南》，让原本酷爱诗词的我着实回味良久。诗词还能这样教？语言还能这样影响孩子？在这堂课里我欣赏了一番。老师用吟诵的方法带领学生走进了一个与众不同的天地，从“平长仄短”的读，到“依字行腔”的吟，一步步感悟文字进入文本的情感，在反复吟唱中层层深入。

老师反复的吟诵，用声音、手势、表情，一步步引领学生感悟文字深处带着的情感，“日出江花红胜火”时豪放响亮；“春来江水绿如蓝”时细婉深情。

“感人心者莫先乎情”若是感悟不到位，解读有差错，那么将文本外显示“语言”的吟诵怎会有高低起伏、婉转奔放？怎能表现出“红胜火的江花”之豪放与“绿如蓝的江水”之婉约？教师用自己对词的深厚情感引领学生走进了古典，一步步绽放着语言文字的魅力和韵致。

多诵读些古典吧，千百年来的古韵应该让孩子去传承、去发扬、去开花，因为那些闪耀着劳动人民光辉灿烂的文字不仅仅是语言本身的美，还蕴藏着中华民族优秀的美德。这些都能在我们老师的引领下让孩子学习、仿效，从而让孩子的身心茁壮成长。在优美的语言中丰富自我、展现自我、完善自我。

字字句句不了情

语言文字是需要积累的。环境的影响，时间的过往，个人的修养，执着的追寻，才能让一个人胸怀天下，文思如泉。那么字字句句从哪来？听到的看到的想到的，还有亲身经历和对未来梦想憧憬的，都是语言的好素材。

语言也更是需要整理的。或许一个人可以滔滔不绝地说话，但若是没有条理，没有中心，没有情感，没有色彩，“风马牛不相及”的语言只会让听者不解其意，耳烦心厌，无半点享受之乐。这就需要把它在内心和大脑中整理，这就需要思维来成形。当内心想写之时，便是灵感闪现的时候，此时，不是简单地说话就可以记下，它需要一颗心在笔下倾诉，带着自己的想象和情感，那点或许已在深夜闪亮的东西竟真的成了自己的文字、自己的语言。想着儿时常写的日记，觉得那会儿真的没多大用处。可是我想，若是没有那会儿点点滴滴的积累、整理与丰富，一定没有如今提笔的轻松。

什么是语言的习惯？若是在平凡的生活里，放眼世界，自然甚至最细微的点滴小事，并让自己和心灵时常对话并加工整理成文字语言的话，那么你身上带着的不仅是文化的气息，还有气质修养和对生活更多的理解和感悟。这就是运用和创作语言文字的好习惯。或许你的环境让你在一段时间内没有机会去好好书写语言，没关系，那些印痕已留在你的心底，只要遇到一定的时空，会像雨后的春笋一样破土而出，拔节生长。于是你又找回了那个曾经的自己，又仿佛和更美的那个自己开始对话。

桃蹊柳陌何时踩？
冬去春来会。
小桥流水醉江南，
卧看一窗烟雨漫珠帘。
美人邀月衷肠诉。
莫恋他乡土。
万千珍重亦难离。
爱在悲欢离聚两依依。

这是我创作的《醉江南》词四首之中的一首。当情感和着词的平仄、押韵诉诸文字时，是自己内心最舒畅的时刻。因为我和自己的心灵在对话，和古韵经典在交流。回忆一下这首词的来历吧，那是我一个人走在春天的夜晚，月色朦胧，堤岸柳丝轻扬，烟雨蒙蒙的夜笼罩着自己对远方爱人的思念，回到家，望着窗外那轮不圆的月，多么盼望远方的他能回来陪着自己一同漫步在江南的柳堤啊。远隔千里，却牵挂着彼此，寄相思于同一轮明月。欲说还休的惆怅之时，一首小词便在自己的笔下诞生了。

幽幽的江南，自古唱来了多少美丽诗歌。我——江南的女子，诉不尽那份浓浓的情，读不完那片山水、那条雨巷，却幸福着自己的所在，唱出了自己的语言之歌。

有时并不是一定能写，一定要写，那么就让一颗心静静地品读那些古今中外优秀的著作吧，那些闪耀着真善美的篇章，无论多久，无论多远，都会在读者心中荡起美丽的涟漪。教人求真，让你在最艰难的时候也会有阳光温暖心间；教人求善，懂得感恩，懂得珍惜，懂得仁爱和善待他人；教人求美，在文学艺术与心灵的殿堂里，去发现、追寻和探索。

声声心弦奏情韵

语言比文字在一定程度上更难以表达，文字的表述是思维的作用，而语言，它是声音、情感、动作和表情的综合体，喜怒哀乐会在你的语言中一览无余。

夜晚，在走得很累很长的路还没到家的时候，儿子说:“妈妈，只要有一丝希望，一点机会，我们都不能放弃，对吗？”我吃了一惊，“这是《辛巴达航海记》故事里看到的？”他却振振有词:“这是我说的，那儿可没有。”我想故事讲得其实就是这个意思，可他竟用到这黑夜行路上来了。我高兴地摸着他的头，我的学生没白教呢。

在我的课堂上，我没有能力教一年级的孩子对着格律、平仄去作词写诗，但是我努力给他们创造优美的语言环境。读优美的诗歌，讲好听的故事，说浅显易懂的道理，和他们一起在感悟文本之后尝试写简单的儿歌。午后的校园里，我看见我的孩子们在发黄的草地上大声朗读着《唐诗三百首》，我笑着走过去，他们却像开心的小燕子，一点不在乎我的到来。我的眼前出现了那么美的画面，在乡村的田野里，可爱的孩子们嬉戏玩耍之后，坐在溪边的石头上，温暖的阳光映着一个个童稚的身影，书声在旷野荡漾，燕莺在婉转歌唱。于是，这幅天籁般的画面就出现在我的《春野醉读》五律里了。

春与小溪长，
田间百草芳。
燕裁烟柳醉，
蜂逐菜花忙。
自乐书之味，
谁知墨者香。
怡然天籁里，
心梦入诗乡。

当我把它读给孩子们听的时候，他们的眼睛里是好奇与懵懂，当我把画面描述了一番再朗读的时候，那一张张小脸蛋便乐开了花。所以说“非小而不能教，非难就不可授”，对于小孩子来说，欣赏、积累、陶冶都是对语言的学习，这也是“润物细无声”。有时上课个别小朋友拿着橡皮什么在玩，我眼睛瞧见了，而另一个孩子也看见的时候，他会说“你的橡皮要哭泣了”。因为我说过学习用品是帮助我们学习的好朋友，要是玩着它丢了它，它可要不开心啊。你瞧，仅这么一句，也是善意和充满童趣的诗歌啊！

满庭芝兰满庭芳

语文的根本就是语言文字，解读、感悟、挖掘、深入最终都要让孩子们喜欢上语言，带着文学的韵，品读语言的美，吟着诗歌，唱着词曲，读着佳句，在传统和现代中行进，再用自己的语言和文字来看待世界，书写人生，岂不美哉？

我是一个喜欢微笑、善待自己和他人的人，懂得感恩，追求无边的文学和艺术。我经历过风雨，最终看到了美丽的彩虹，于是笑着过自己的每一天，用自己的能力影响我的学生，用自己的执着追寻更美的芬芳。我知道，一个人并不是一味地读书才能写出优美的篇章，当阅历、当心态、当情感、当内心的幸福随时来到的时候，我点滴记下，细数走过的日子，在一年多里，我博客里诗词等小文竟有了上百篇了。不是为了什么去写去学，就是内心想写才写，这便是语言给我的魅力吧！就如我在词《蝶恋花——言志》里写的，“心恨身无双羽翅，万里长空，易若寻常事。”“淡看世间名与利，灵犀自醉桃源里。”

与书为伴，与语言文字为友，我的心澄澈和平静、充实而美丽！

第二辑

次第花开

春　花

一

春花，是四季轮回里，大自然馈赠给我们的第一份厚礼。

蜡梅是春的消息，高洁孤寂，待她的清香褪去，万物便复苏，百花紧锣密鼓上演起姹紫嫣红的春天。

紫薇花圆如珠玑，大大小小，粉粉嫩嫩。护城河畔的早樱片片如云，纯洁如玉，几支横斜着水面，犹如娉婷少女娇羞的模样，每年都引得虞城大半的百姓流连半月有余。桃、李、杏似好友相约，呼啦啦又纷纷扬扬地开着落着。抬头低头是花，眼里心里有花，路上家里也是花，就连朋友圈还是逃不掉她们各自的芬芳、各自的神采。

等早樱和海棠花瓣零落成泥，一大簇一大簇的晚樱摇摆在春风里，和纷纷飘落的香樟叶道着再见。枝枝丫丫都被裹满的紫荆花，此刻就盛开着马路的两边，让路过的你心生惊喜，莞尔一笑。乡间的油菜花也不甘示弱，成片成片地疯长着，金金亮的老远就能吸引难得回乡下的城里人。

春花们盛装出席，似乎在偿还一个冬天的冷清和单调，让爱打扮的姑娘、老太太们脱下棉袄、换上春装一起随心舞动。能不舞起来吗？满眼是春的美，满心是花的醉，怎会不爱这个城市，不爱这片土地，不爱烂漫的春天呢？更莫说与谁一起盼春、一同踏春了。

约莫一个月的光景，等大伙从看花的欣喜到狂热，再由寻常到惆怅，春就悄悄地走远了。

二

若不想就这么过完一个春天的话，那就抬头看看那一排排抽枝长叶、姿态不一的树吧！新叶儿快活地从稀稀拉拉的枝丫上长起来，疏疏落落，又轻盈地点缀在经冬的大树上，呵，还有零落在枝头的，如果子般的小球球，远远望去，即便没有岸边柳树的妩媚，却像极了江南烟雨蒙蒙的写意画卷。此刻，生命的绿意在心间升腾，天地间蓬蓬勃勃的景象，原来不只是繁花盛开，也不必都郁郁葱葱，如此，已极其清晰与可爱。

这几天的夜，总是大风伴着雨点，哦，一晃已到谷雨了！大自然总是一刻不差地履行着它的义务，前阵子山前山后、河畔路旁如火如荼地铺陈着的春色，连姑娘们的裙裾也飘飘起舞的景象，忽然间就淡定了下来。难道，春天快要远去了？

窗外万家灯火，路灯摇曳着树影，地上湿湿的。每晚这个点，我都会和爱人去外面散步，不会走很远，同样的路，慢悠悠的。我常踮起脚，用手伸向亮晶晶的叶儿，像抚摸乡下家里那条视为知己的小白一样，柔柔地触碰，刹那已划过指间。朝着树荫深处黑黝黝的精灵们，送去我的微笑，看你们花开花落，待你们叶落归根，懂你们风雨无惧，知你们自然天真，春，即便远去又有何妨呢！

许多时候，我们总以为花源于叶的相衬才那么鲜艳可人，总会因花开欣喜、花落惆怅而悲喜不定。而当我夜夜在花间叶下，感受幸福的时候，竟发现花最可爱的地方，不是她绽放得最美的那一刻，而是枝头新叶嫩绿，它却缤纷一地、欣欣然化作春泥的姿态。

三

远去的，永远是一天天的光阴，带不走的，是眼底永远的明媚，叠加的是自然与生命给予心灵的纯真力量。世界很大，但我似乎已经足够。

我发现有一种花开得轰轰烈烈，像是为春天送行的。它没有牡丹国色天香的尊贵，没有樱花挺立枝头的娇容，它自在大方，红艳艳地盛开在绿叶枝丫间。许是太普通吧，它总是被花匠们安排得密密匝匝，当作楼前路边的绿化隔离带。开一两朵时人们压根不察觉，待外面的花基本落幕，回到家门口却发现，唯有它还却开得欢欣鼓舞。它叫杜鹃，是有传说的花儿，我不管那些，更喜欢它如此送春的方式，即便无香，也要将春的美好再一次留驻于人们的心间。

有个丹东的朋友，每年在一月份会给我捎来一些杜鹃，他说是去山上剪的枝条，叫我插盛水的瓶里即可。看着一堆不起眼的灰褐色的枝条，我暗想：这，真能开花吗？我找来瓶瓶罐罐，盛水，插完便不再管它。日子一天天看似重复着，约莫半个月，它们竟一朵接着一朵、最后集体开花了！这些丹东山上的野杜鹃，赶在江南的百花盛开之前，红艳艳绽放在我的书桌、餐台、茶几上，真真惊艳了我。山间野花，寻常可爱，千里万里，友情一片。我更想象朋友在北国的冬天，一步步爬上山头，迎着呼呼的寒风，一边剪枝一边遥寄，要把东北坚韧的野杜鹃剪下，送给江南的我。他非常清楚，这些小小的花苞不可能不盛开出红艳艳的花来。他更相信，我因此就能看到那漫山遍野的杜鹃花，顽强、自在，绽放着属于自己的那片天地。我因此更喜欢上了它的别名——映山红。

四

如今的城市，不用去公园与山间也能满载整个的春天在眼底。比不得小时候，迎春花、桃花、牡丹等只能在春游的园林里才看得到。那会，哪清楚春天的花到底有多少，哪知道外面的世界有多大，所以竟没半点遗憾。只要田间的油菜花开了，荠菜、马兰头随便挑挑就满了篮子，便是一整个快乐的春天了。

于是乎，更明白了，眼里的春天可简可繁，可大可小，而驻在心里的春天是简单不过的，温暖常在，一颗心便更易去感受自然的恩赐。感恩常在，一颗心就更能懂得生命的美好。

美好的环境日日在眼中流淌，不知会有多少人与我一般，感受着活在其间的幸福。随处可见的花朵与树木，流连了心底多少回还，这份美好已不只是春天，还有这个城市，以及为这个城市所付出的劳动者，那，我呢？我也愿是其间的一花一草一枝一叶，能用生命点亮自己，哪怕平平凡凡呢！

灯　光

灯光向来是给人光明的。

上幼儿园那会，我特别怕黑，妈妈开夜工陪不了我，便留一盏小夜灯伴我入睡。那灯光有些昏暗，但在黑夜里于我已不至于胡思乱想而害怕。也从那时起，养成了无论到什么地方过夜，必定要有灯光，微弱的、伴我入眠的光。

长到十来岁的时候，我央求妈妈教我学踩缝纫机。一则想减轻点妈妈的辛劳，二则可以和妈妈一起睡。妈妈教我从衣服的里子做起，到上初中时，我已经踩得和妈妈一样快一样好了，姨夫夸我“这孩子手脚好个，大了是做裁缝的料”。姨夫是裁缝，希望我早点跟他学手艺。

妈妈一次次地催我先睡，我不干，我多做一个小时，她就可以早睡一个小时。我也和妈妈约定，只要每学期把奖状拿回来，晚上就允许我帮忙。每个夜晚，日光灯下，我和妈妈面对面在缝纫机前干活。一只 14 英寸的黑白电视机放在两米开外的地方，里面的声音一部分传进我们的耳朵里，一部分淹没在缝纫机哒哒的响声里。记得那会最喜欢看的是《渴望》，只要听到惠芳的声音，我和妈妈就抬头看一眼，然后和电视里的他们一起哭一起笑。

保送师范后，宿舍九点就要熄灯，我们还想看书，就各自买了电筒。那个光不是太亮，但我们已经很开心。每一天的学习不敢怠慢，更何况晚上多看看书，就能挤出点时间在白天练练字。每当听见楼道里检查纪律的脚步声，我们就齐刷刷钻进被窝，电筒的光在被窝里亮着，书里的文字也亮了。明白了灯光也有熄灭的权利，所以大家格外珍惜时间，泡水、晚饭、洗澡、洗衣服等一个个紧紧凑凑，一桩桩有条不紊，就是连在被窝里拿着电筒看书也是不能怠慢的。黑夜只能叫人思索与休息，有光的时刻才能去行动，才有可能实现小小的愿望。

我躺在病床上的那几年，晚上的灯一直是亮着的。妈妈一日一日地担忧和劳累，到了晚上就在租来的小床上休息。我白天迷迷糊糊地睡，到了晚上有时便睡不着，我一动身子，妈妈以为我不舒服，就嗖地从小床上爬起来看我。我晓得妈妈的心总为我悬着，就努力地不动。灯光没日没夜地亮在我的眼前，我想回家，我想家里那微弱的伴我入眠的光。我的眼眶湿了，我要好好活着，为自己，为妈妈。

在我大病初愈后，我瘦弱的身子在家人的照料下渐渐有了力气。妈妈给我搬来了一张学校废弃的小书桌，放上台灯，她知道我要写字，要抄经。那些静静的夜，灯光照亮了我前进的方向，一笔一画间，我忘记了寒暑，忘却了繁华，只求能将笔下的字写得恭敬些。我不敢奢望将来怎样，只要能活下去，每一个脚印就要踏实、坚定地走。每晚可以和灯光做伴、笔墨为友，我已经很幸福。

带着感恩，我继续在笔墨间徜徉。灯光下的我，总会充实地过完每一天。灯光照亮我前进的方向，家里的是，城里的亦是

那夜，是我独自开着导航从他处回城，因为筑路，导航失灵了。前面的货车像长龙堵着，不怎么开夜路的我根本辨不出东西南北，我

有种走进了深山出不来的感觉。车子慢慢地行进，我看到有几辆小车似乎犹豫了下掉头走了，可我依然不能确定怎么走。我左看右望，发现在我的右手边，很遥远的地方是一大片星星点点的灯光，那是我的城市？我的家？再望望左边，漆黑一片。直觉告诉我，那片灯光应该就是万家灯火的常熟城，是我家所在的方向！

我赶紧掉头，也顾不上违不违章，因为此刻的我，心里只想着回家。我顺着路，看着标记，导航恢复正常，果然是通往城里的路！前方灯火遥遥，点亮了我回家的方向，我周身温暖而激动，那是我所在的城市，我的家，为出门的游子，永远亮着的光！

灯光点亮了我黑色的眼睛，我用它在温暖的城市里安静生活、笃定前行。我更懂得，生命中给我温暖和力量的那些人、那些事，也终将和灯光一样永远亮在我的心间，教我懂得感恩，懂得付出。

冬　雪

一夜春风，将虞城吹了个银装素裹，分外妖娆。

粉墙黛瓦的江南此刻更像画家寥寥数笔勾勒出的中国画，露点翘脊飞檐和一组组人字形的灰线。这白雪的屋顶轻盈空灵，辉映着茫茫的天，轻晃着静静的水，大红灯笼躲在屋檐下，轻摇着新年的气息和中国的味道。几只小船儿漫不经心地停靠在小桥附近，河窄窄的，那桥映在落过雪的河里，圆圆的，隐隐的，待着身着红袍的佳人从上面走过。

最不安稳的该是那高处的枝条，此刻的它们已然是玉树琼枝，不似寻常了。你不知发现没？那些越是没有叶子、枝干遒劲向四周伸展的枝条，越是美得可爱，不管伸向清冷冷的水，还是蓝湛湛的天，都那么精神。而冬青和香樟，叶子多了，望上去倒团在一起，至多像盛开着的绿中带白的花，少了些玲珑和轻舞飞扬着的精彩。

此刻，你若从它们身旁经过，我保证你会捂着头乐呵呵地笑着，不管雪打在你头上、钻到脖子里亦是落进鞋子里，你都会感谢它的到来。因为它来了，你便天真如孩子，你会不小心成了诗人，成了画家。

你可以去曾园踏雪，或是方塔赏梅，在白雪浸润下的梅花透着更晶莹的高洁与清香。梅花无叶，雪落在花朵与枝丫间，将立体的空间填成红、白、灰的世界。雪无私地浸涤着万物，晶莹着凌寒傲放的蜡梅仙子，于是枝头的雪也成了花的样子。点点红，缕缕白，与那远处的曲桥、亭台，廊檐翘脊，或是近处的朱栏、漏窗都于平素更添了一份诗意。

有梅有雪的时光，哪怕是心有忧愁，也会被灵犀一点，被眼前的纯净而感染，红梅傲雪，雪净万物，我只一心，倘若承不了忧愁，担不起风雨，又比得上何物？如此，别道是本就看开之人，对此良辰美景，心有所乐、行有所止，再如这样凑点文字，更不觉日日是个俗人了。

庚子春天的诗

一

庚子之春，是注定要载入中华民族史册的。一场全国上下合心抗疫的战斗让世人看到了中华民族的团结与力量、速度与智慧、奉献与大爱。

那些日子，除了尽量不出门，我能做的，便是做好自己。身为中华儿女的普通一员，看到每天上升的数字，揪心与不安，到后来越来越好的形势，鼓舞人心。然，每每入夜，每每天明，我都会想起那些奋战在一线的勇士，是他们的舍生忘死，才有了万众的团圆安康。总会感恩身是炎黄子孙，心才能暖暖地安在中华之万户千家。

在那些无比严峻的日子里，我对自己说，你多幸福。每天关心抗疫情形，希望疫情早日结束；每天写字看书，在书海徜徉宝贵时光；每天感恩自己存在，是前方在为我披荆斩棘；每天生存敬畏，是因世界也负重前行。如果可以，我多想洒一场仙露在江城，如果可以，我也愿化身天使救万众。

小小的我，只能将思虑化为文字，借笔墨表达敬意。

当疫情严重，内心的担忧和期盼，我写下：

雨僝风僽暗江城，疫起新冠梦乍惊。
幸有白衣施妙手，尤看国士请长缨。
衢通九省雄风在，名就一楼文气生。
待到家家花月满，何妨吹笛到天明。

当白衣战士、武警官兵等逆行而上，内心的澎湃与等待，我又写道：

几声莺燕唤天明，邀得东君送暖晴。
应是梅樱红次第，却添风雨岁峥嵘。
佳期勿逆归人意，春信还随赤子情。
但有拳拳和切切，推窗终见玉兰迎。

当春暖花开，逆行人儿还未归来，内心的惆怅与盼归：

护城河畔万樱花，曾舞琼枝映晚霞。
在昔题诗妆册页，而今不语对窗纱。
人车熙攘归来景，灯火阑珊你我家。
多少春风皆可略，唯怜天使楚天涯。

当国内形势好转，国际形势又不好，新的忧虑与期盼：

一帘花雨海棠红，疫退寒消万感融。
欣以牡丹真国色，好迎天使至仁风。
齐心使得中华固，尚德赢来世界同。
忧乐于今非独我，天边人字写征鸿。

我不能冲锋陷阵去抗疫前线，但这些小诗，确是一个中华小儿女的真情流露，也是一位平凡书家，身虽宅家，心系江城的拳拳之念。我将自作的小诗写成书法作品赠予白衣勇士，他们是大爱无疆，我是无比致敬，从常熟、苏州到省里，都寄去了我的一份心意。文字与书法，在逆行勇士将生死置之度外的壮举面前，多么的渺小和无力，但宅家的我，又能以怎样更深情的方式表达对他们的崇敬？

今天仅当记录，但内心永远崇敬。

你们是光是爱是力量
你们用誓言和担当逆行而上，
你们用汗水和生命救死扶伤，
你们把小家割舍，
只为将寒夜照亮。
你们把危难揽下，
只为让同胞安康。
你们守卫着我们，
每一个日夜颠倒奔忙；
生命呵护着生命，
每一滴血泪熠熠生光。
这个春天注定漫长，

因为你们，我们永不逝去温暖与希望。

这些故事必将回响，

因为你们，我们拥有无所畏惧的力量。

你们是白衣天使，更是生命祥光，

你们有仁心仁术，更有大爱无疆。

这个春天因为中华民族的刚毅与团结更富深情。绚烂的百花也因迎接勇士们的凯旋更欢腾怒放。然，我们知道，如今，全球抗疫形势十分严峻，我们的白衣天使会为了更多人的安康再次出征。华夏之外，世界正召唤一个温暖而响亮的名字，那就是中国。

德义渊闳，亦国之风范，我们的勇士们踏过的每一个足迹，将永远焕发出华夏民族的大爱光辉！

庚子的这个春天，我们铭记，愿疫情不再，爱，永远在。

为你写诗

常熟，山温水暖，风光旖旎，既有山城之美，又具水乡之秀。虞山清幽静寂，入城十里，尚湖烟波浩渺，清澈如镜，山水相映，妙不可言。山间湖畔美景自不必多说，即便城内的小河道，也自古扬名，“七溪流水皆通海”，加之古城今韵，只看方塔旁边，护城河畔，每年春季便人潮涌动，为各自心间的那份美，共赴一场樱花雨。

我也是其中之一，不着红装，因为不想俗了童话世界般的纯洁，不带忧愁，也因如见恋人那样的欢喜与美好。为她而来，只为她来。圣洁、素雅，举手投足都不允许有损在她怀里的优雅。为她写诗，为己写心，哪怕偶尔的错过，也要记下对她的依恋。

翻翻过往文字，重温那时的心情，也便多了一次她给我的美与真。然后，觉得自己要努力更好，才能配得上去她的世界里——

择三首小诗，不论古调与新词，皆缘她而写。

护城河赏樱

护城河畔鸟声柔，不尽春光眼底收。

照水琼枝何绰约，临风玉蝶任悠游。

桥边灯彩长留客，路上尘香又唤俦。
待到随波零落日，几人知返白云舟。
等樱花的日子，
樱花已无踪迹，
又要等上三百多天啊，三百多天，又要将
点点消瘦、种种孤寂、丝丝皱纹赐予我，
而这，又何妨呢？
在你的世界里，即使片刻，无语也深情。
我记下盛放中的你，是为留住微笑着的我，
你用大部分的光阴积蓄力量，
依偎在护城河边，静听着方塔铃声，
等着人们又想起，便一树花开、一场烂漫、一地圣洁，
想在你的世界里寻找自己，笑在眉间与心上，
迎，每一个三百六十五天。
樱花情，赤子心，
你是护城河畔最美的春光，
你是虞城百姓最爱的芬芳，
每年你盛开之际，便是我精心梳妆，赴一场盛宴之时，
你纯洁如玉，我素心依然，
相约在江南的春水岸，撷你的明媚，待我的温婉，
去看那四季流转。
这个三月初，听说你已至，可我迟迟不来，
我挪不动双脚，展不开眉头，
只因我望着你的方向，心却系着天涯。
我在思念，思念那些逆行而上、无惧生死的人儿，

他们，要回来了吗?
一日日地你在花开，一日日地他们还不回来，
我怕你开早了，又怕他们回晚了，
我不能全心全意地去看你，
就和挂念他们一样，挂念你，行吗?
我在等他们，你也等等我，好吗?
今天，三月的最后一天，
久违的太阳，难得的出门，
当我在车窗里看到一座城市的心声：
江城迎翌日，琴川归赤子！
我夜夜的牵挂喷涌而出：我调转车头，心跳加速，
好几天的倒春寒，好几夜的风风雨雨，
你还好吗?你还怒放着吗?你也知道他们回来的消息吗?
我远远地就张望着，从未这般急切与深情，
你，竟然还是一大片一大片，
绚烂在方塔的铃声里。
我，落下晶莹的泪花，将你怀抱在心上，
原来你比我更懂：美与好，从来要历经风雨，
善与爱，从来不会被辜负！
此后，在你的生命里，会多一个相知的我，
此后，在虞城的四季里，更添一份永恒的爱。

樱花开，心花美，年年相约，为看她，也是看自己。

燕园留影

我从尘世走来，风雨涤荡周身，
我随静好走去，书香明媚双眸。
看一看家乡的山水、古今的诗，
读一读江南的园子、时光的痕。
就这般，书页轻翻，春悄去，
绣球花开，亭云也邀我入画。

这首诗是我在去燕园后留下的，燕园在哪，几时去往，听我一一道来。

在我的家乡常熟，有一个清代留下来的小园子，名燕园，距今有 220 多年历史了，它位于古城区的新峰巷内，是全国重点文物保护单位。

那天，我穿着旗袍去寻它。古城区巷子多而深，踩在临水的石板路上，看着对岸的白墙黑瓦，自己瞬间也成了江南的佳人。那是六月，绣球花开的时候。

走了好多路，才发现自己已沿燕园绕了一周，没到八点，门还未开。我在窄窄的弄堂里东瞧西望，燕园就在人家边，人家就住燕园旁，它和屋前屋后的藤蔓花草一样静谧安详，却生意盎然。

今天，燕园定是无比欢迎我的。我一袭暗红的旗袍，眉梢弯弯、胭脂点点，笑语盈盈而来。和我一样的，还有大概十来个女子，都是彼此不相识却相约要来燕园留影的。

选择燕园，当然是极佳的。园甚小，占地仅 4 亩多，而曲折得宜，结构有法。园内亭台楼阁，假山清池、曲院深廊一应俱全而布置得宜。进得园子，只觉庭院深深，步步如画。不论春花秋月入园，还是夏荷冬梅添香，都如置身于真山幽谷间，赏四时风月，做世外仙人一般。

清人钱泳《履园丛话》中记有：“蒋园，台湾知府蒋元枢构。后五十年，其族子蒋伯生得之，倩晋陵戈裕良叠石一堆，称燕谷，园名燕园。”戈裕良堆叠燕谷时，以虞山为蓝本，纯用本山黄石为之，故极逼真，而又运石如笔，变化万端，山以大块石为骨，小石补缀，拼锒对缝，不假外力，且山石纹理、色彩，相接自然、和谐，复又于山南置涧水一泓，蜿流入洞，浑然一体，实有巧夺天工之妙，堪称开我国造园史上一代新风。

选择燕园的另一个理由是，燕园比起常熟其他园林小巧精致、安静清幽，若是散心消遣或看景留影，都是绝佳之处。

爱美的女人们遇上如画美景，更是喜不自禁。此刻，如果缺了摄影师，那是万万不行的。四五个喜欢摄影的老师拿起摄像机、准备好架势，喊着：谁来谁来，女人们步着婀娜的身姿便欣欣然跟过去了。我呢，只认得同为教师的朱老师，她热情大方，见我第一次参加这样的活动，帮我编好头发，然后我就随她跟着一个小名唤着“小朱朱”的摄影师走了。

小朱朱微胖，教我们摆动作时有模有样，叫我挺胸，我说好了，她说不行，再挺，我说到极限了，她看不过，叫我走开，她自己坐在石头上先摆了一个，我看着她几乎夸张的动作，笑得合不上嘴。再摆时，一脸的开心自在，她不放心，又过来拍拍我的背，对，就这样挺，你这小蛮腰就出来了。后来看到照片上的自己果然纤纤细腰，和着初夏的绿意，假山的玲珑，山下的一池清泓，和一抹微微笑意，还真惊艳了自己。

我随小朱朱在燕园里穿来穿去，像只快乐的小燕子。她叫我随便走随便坐，她可以抢拍。好吧，我就拿着团扇或是书本从曲桥下、回廊里、林荫道上自在地走；又在石凳上翻书、闭着眼睛遐想、托着下巴沉思。她发现我文静又调皮，连连说，真好真好。我告诉她，是你让人倍感亲切，无拘无束，所以能在摄像机前做我本来的样子。

在步步诗境的燕园里，我们的欢乐打破了它往日的幽静，或许有些不恭；但燕园本在闹市中，在小桥流水人家旁，几分纯真的笑声也或许正是它期待的。是燕园的美流连了我们，让我们停下匆忙的脚步，去拥抱一下岁月。是燕园的静优雅了我们，叫我们去剪一段时光，做回最美的自己。

有位个子不高的摄影师在走廊下拍视频，我看着好些人在排队，也欣欣然跑去看。女人们穿上旗袍，那窈窕的身姿走起路来都是极妩媚的，偶尔一回眸、一转身，更是味道。我向她们打听，这摄影师是谁。她们告诉我，他姓沈，很专业的。我暗暗嘀咕，还这么讲究，转身又跑到别处去看。

等我走累了，倚在栏杆下休息时，那位沈老师看到我了，我便问道：你也给我拍一段？可以啊！他爽快地答应了，他叫我拿着书就在亭子里走走，再翻翻书、转个身。他嘱咐我，走慢些，放松，自然，就像真的一样便好。我懂了，一位摄影师再精湛的技艺，也要在景和物最自然最从容的状态下产生。

美好源自真实与自然，不是么？我拿起书，从亭子的一边向另一边走去，步履稍慢，自信微笑，我似乎跨过了人生的苦难，在墨海间徜徉，在书香里陶醉，合上书，向远处望，才知道自己已在美好之中，等转身、回头，竟也成了别人眼里的风景。一段不长的路，竟犹如我的人生。沈老师说，你的气质里有书香，这段视频剪辑好可以出片。我不懂什么是出片，但我知道，我的确真实地走了一回，又似乎平时的我就是如此，可以不富贵，但书香长伴、微笑常在。

等沈老师发我视频的时候，我被自己的这段美好感动了。若是不在燕园，不遇见他们，就不会有这段时光，因此更感恩这份遇见，感恩岁月如斯。我把视频发了朋友圈，配上开头的那首诗——

从来，我们都追寻着美，寻着寻着，也便美了自己，美了光阴，美了生命。

翰墨写心

书源华夏，墨润五洲，纵横枯瘦，铁划银钩。那一页页碑帖流淌着古雅，诉说着情怀，仿佛穿越悠悠千年，沿着中华书法的脉络，呈现着一幅幅动人心魄的画面。

看，那个可以坦腹东床的右将军，与友人曲水流觞时，写出了天下第一行书，也道尽了“情随事迁、修短随化、岂不痛哉”的人生感慨。

听，那位以浓墨洒泪、长书当哭的颜鲁公，在虎狼巢穴里苦心劝谕，视死如归，彰显着大唐书魂的爱国丹心和凛然气概。

一幅幅作品就是一个个灵魂，用才情、品性活在了墨香之中，将生的岁月如墨那般慢慢磨短，让心的灵韵似长卷一样悠悠铺展。

在《韭花帖》里，想象着主人尝过韭花、口有余香的散淡闲适。书作空灵疏秀，清悠之气扑面而来，谁能否认，这与杨少师一生放浪形骸、狂狷不羁的性格不无联系呢？而他历仕五朝却不忘故国，在山水和书法间佯狂自我、消遣人生。

在《寒食帖》中，感受着东坡惆怅孤独、苍凉自知的声声叹息。此作是他被贬黄州第三年的寒食节所作，交织着绝望和倔强的情绪。

书法上，他迅疾而稳健的笔触，中侧并用，顺手断连，疏密相间，恣肆奇崛。诗句苍凉多情，书作酣畅淋漓，正可谓“言为心声，字为心画”。这位正直的文人在坎坷的人生中力求着解脱之道，诗词书画无不绝妙，正因如此，他才有归去也无风雨也无晴的旷达与超脱！

还有那精忠报国的岳将军，在武侯祠内，夜不成寐，挥毫写下《前后出师表》。行草挥洒纵横，如快马入阵，似见他驰骋疆场之英气雄姿。一片丹心恣肆在笔墨之间，亦是穿越了千百年去感怀指挥若定的诸葛先生。同是鞠躬尽瘁，两者的英名与勋业千秋辉映！

道不尽一个个高尚的灵魂，就如无法望见夜空下闪闪的繁星一样，他们都在各自的时代追寻着生命的意义，“我写故我在”，那一幅幅动人之作，不仅书写着书家自己，也承载着沧桑的历史。它们穿越时空，灵照着今天的山水人文，也牵引着、影响着我，与我的人生。

爱上书法，缘于一场风雨。工作第二年，即结婚半个月后，我被检查出患有恶性畸胎瘤，亲人陪我来回于医院，一年半的时间里，接连动了三次大手术，化疗了九次。难熬的日子里，比身体更痛苦的是精神。我不忍心家人悉心照料而辛苦万般；不忍心拖累家人又影响工作；不忍心亲朋好友、同事领导送来安慰却无以回报。凭借着爱与关怀坚强地和病魔较量着，一天天，漫长地熬过。没有怨天尤人，只有看着亲人为自己担忧辛劳而悄悄流泪。每次化疗回家，我都如逃离了牢笼一般，即便胃口全无、身子虚弱，我也会拿出毛毡站着练一会字。只是，写不了几个就得坐下，坐了一会便得去躺会，即使如此，我也总觉得自己不再一无是处，闻着墨香倍感欣慰！

假设没有那场风雨，或许，我仍是停留在喜欢，而不会打心底里爱上书法。而当一种爱好充斥着生命，可以阻挡或忘记许多痛苦的侵袭，那么它定将深入骨髓、相融于人生了！更何况这点风雨是个人的，在和谐社会，如今的安逸应该远胜过古人。

大病过后，我一面工作，一面静心练字。如阳光照进了内心，每一天都灿烂无比。擦干幸福的泪水，将感恩汇聚于笔墨，或小文或书法。如此静静地，只有窗边小书桌上常常亮着的那盏灯，见证着岁月的流逝。数年之后，我写出了一篇篇朴实真诚的小文，正式出版并发行了二十多万字的散文集《心有菩提》《掬云得月》，那些朴素的文字感动了许多心灵，也让我更加深信：文字是有力量的，而用书法表达出来的作品会是更优美的。不禁希望着：将来有那么一天可以将自己的文字用小楷抄录成册，如古人那般，我笔写我心。从此，我醉心于小楷中。

我始学《灵飞经》，秀美中藏有古趣风，后临《宣示表》，古雅有余而幽深无际。喜欢赵孟頫的变古为今、外柔内刚；喜欢文徵明的飘逸灵动、格调高雅；最喜欢王献之的《十三行》，遒劲中带着神采飞扬。我曾这样形容：每与之对，心静神怡，参古意，如慕佳人，时觉其风姿绰约，清雅脱俗。笔下偶得一分形似，心中便生万般欣喜。

一次次临写，一次次接近，都有着可望而不可即的欢喜与惆怅。于是乎，唐诗宋词成了笔下常写的内容，佛教经文也让自己有了更多的尝试。绢上抄了《洛神赋》，泥金纸上写了《心经》，蜡笺上多的是诗词歌赋，藏青宣纸上则是用赤金泥粉作《千字文》《常熟赋》等。一幅幅作品不会完美，却渐趋成熟，更何况它们得到了许多人的肯定和鼓励！

许多个暑假，我都会去佛教圣地朝拜。九华山的佛学院里，有我恭敬献上的长达 16 米的《地藏经》。普陀山上，师父展开我写的《普门品》，大赞端庄沉稳、功德无量，万万没想到是一个年轻信女所书。其实，经文深奥难解，我只是怀着恭敬之心，端正抄录，寻求静心和定力。我相信，只要有善心善行便是真谛。

从未想到，原本只是因为喜欢才去写字的我，竟在一些全国性的比赛中入展和获奖。2016 年 1 月，我和学生一同获得了翰墨薪传——全国中小学师生书法比赛一等奖，站在领奖台上的那一刻，我们格外激动，这该是给自己最大的鼓励和鞭策吧！把字写好，把学生教好，这种幸福，我会继续追寻！

感恩的我珍惜亲人和社会的关爱，乐意在做好本职工作的同时，辛苦教授学校书法兴趣小组的孩子练习书法。愿意利用节假日，从市里跑到乡下义务给孩子们上书法课，我常参加一些和书法有关的社会活动，交流展示自己各个阶段的进步。走出自己，天地才会更大。

书法丰富着我的生活。放几首乐曲，翻开碑帖，一执笔，一蘸墨，我似乎穿越回古代，墨香氤氲里，寻觅着谁能与我灵犀一点。晨昏往复间，每天总会拥有一段这样的时光，有多静好！

书法纯净着我的心灵。“为伊消得人憔悴”是对它的痴爱，“一片冰心在玉壶”是它给我的清澈。我的心静谧、淡然与快乐。静，非是在“采菊东篱下”的桃花源中；淡，非是去过品茗香茶卧听山泉的闲暇日子；乐，亦非是功名利禄的取得、欢声笑语的叠加。当心远离了尘世的喧嚣，便只剩下简单、从容与安静。

岁月悠悠，与书法相伴已有二十个年头，书香和静雅渗进了生命，字也如人一般端庄。瞧，杨绛先生在 102 岁时，还在用小楷端正抄写钱钟书的《槐聚诗存》，那质朴的一笔一画，写尽了沧桑与怀念，亦是写尽了与世无争的淡定和从容！

历史的长河里，一个人有多渺小，但就是那一个个鲜活可见的书家汇成了华夏五千年绚烂多姿的书法史。古人翰墨，灵照今之山水，字悦观瞻是三生有幸，今之学者，索求古之精髓，穿越时空但凭灵犀一点。华夏书法之法，乃文化传承之法，亦社会文明绚烂呈现之法。我要领略商周秦汉之雄浑凝重，亦要欣赏魏晋唐宋的风骨气韵，此生又何等有幸！

生命的长河里，我仿佛看到这样一个自己：

着一身旗袍，学两曲琴音，缀三分秀气，怀四方感动。走在柳陌桃蹊之上，我只是小桥流水人家之女。常品五六词篇于案头，时学七八书作叠晚昼。三九严寒从容过，十里青山依旧春，一诗一词学不及半点唐宋之音，一书一画更难摹宇宙自然之精华。然，爱之心，真之意，在漫漫求索之路上，点点清韵也满缀自己的荷塘。

好好活着

一

余华的《活着》，是每个人都应读到心里去的。

《活着》的主人公福贵原先是个吃喝嫖赌无所不作的浪荡少爷，当他输光家产、气死老爹之后，他从物质享受的堕落者转变成穿着粗布、干着农活，再苦再难也要活下去的生命承受者。

福贵悔过自新，想着只要不停地干活，小鸡能变鹅，徐家总有一天会重新发起来的，他和娘亲、被岳父带走又回来的家珍及一双儿女艰难又踏实地活着。

然而，命运对福贵并不友好。先是被逮到战场捡回一命，随着时间的推移，他的娘病死了；懂事、勤快的儿子有庆抽血抽死了；女儿凤霞聪慧、勤劳嫁给二喜，生下苦根却大出血死了；这些不算，凤霞死后不到三个月，家珍也死了；苦根四岁的时候，可怜的二喜干活时被两排水泥板夹死了；福贵和剩下的独苗苦根一老一小相依为命，却还是逃不脱厄运，苦根病了饿了吃豆子撑死了。

就是朋友春生，命运也借他捉弄了福贵一把。春生的女人生孩子出了很多血，偏偏有庆的血型匹配得上，遇到抽血的人抽个没完，有庆就间接死在了春生的手里。

这样的命运多舛，对福贵一家子，是多么的不公和不幸。然而，就是要如此巨大的苦难摆在小说的主人公面前，看他如何承受，才是作者想展示的。

余华在《活着》的中文版自序中写道：作家的使命不是发泄，不是控诉或者揭露，他应该向人们展示高尚，这里所说的高尚不是那种单纯的美好，而是对一切事物理解之后的超然，对善和恶一视同仁，用同情的目光看待世界。

在这样的心态下，他受美国民歌《老黑奴》的启发，创作了《活着》，写人对苦难的承受能力，对世界乐观的态度。人是为了活着本身而活着的，而不是为了活着之外的任何事物活着。

想到中国一句老话"好死不如赖活着"，是这个怎么样都要活下去的"赖"，能说清楚福贵的活着？也不单是吧。

福贵的娘说："只要人活得高兴，就不怕穷。"

活得高兴，对福贵他们来说，那就是：家人团聚，相亲相爱是高兴；粗茶淡饭，不离不弃是高兴；担起责任，有所希冀是高兴；苦中作乐，永不绝望是高兴。这是条件再差，福贵一家的温暖。

福贵从战场捡回一命回到家，又看到龙二被枪毙后，对自己说"这下要好好活了"。

"好好活"，他的心柔弱而坚韧起来。懂得自己是丈夫、是父亲、是全家活下去的顶梁柱，日子虽苦却踏实。好好活，是他向自己也是向命运发出的响亮呼声。他可以去忍受现实给予他的苦难，他可以向不公的命运投以微笑和泪水，但毫不抱怨。

二

在一些美好的瞬间，福贵甚至感激着命运。一个宁愿跟着他受苦也要在一起的妻子说：“我也不想要什么福分，只求每年都能给你做一双新鞋。”一双懂事勤快的儿女，有庆每天天不亮就赶去割草喂羊，凤霞呢，家里田里的事争着干。一个心地善良的女婿二喜，情愿借钱也风光体面地把凤霞娶了回家。还有可爱的苦根、行动迟缓的老牛。

他们一个个地，活在福贵的心里以至每一天都未曾离开。这些都是命运安排给他的，成长了福贵动荡和苦难的一生，也是平静和快乐的一生。

试想，假如仅是为了活着，除去这些美好，《活着》还会有如此召唤人的力量吗？一个个平凡甚至卑微的小人物身上，善良、勤劳、刚毅、乐观等优秀的品质比比皆是。家珍回父亲家生下有庆就回到了福贵身边，脱下旗袍选择苦难，可谓不离不弃。凤霞送人，但内心不愿不舍，最后决定饿死也要在一起，可谓相亲相爱。当春生最后不想活了，家珍将失去儿子的痛变成了要春生活下去的爱，可谓义重情深。家珍的善良、儿女们的懂事、二喜的孝顺，这些和苦难的岁月、多舛的命运一同交织成了温暖带泪的世界。

假如福贵在解放军那里选择留下，宣言报效国家，那么小说给我们的会是主人公的不太真实；假如家珍选择回娘家过好日子没有回来，那么小人物也将失去可爱与可贵；假如福贵的一双儿女一个不缺，苦根二喜也一个不离，小说《活着》也无非是大结局般的令人高兴，但远失去了震憾人心的力量。这些人物散发出的朴素向上的力量温暖着读者，叫我们恨不能走进书里去帮他们一把，掉下泪水去拥抱一下。

福贵最后和老牛相依为命，向人诉说着他的一生，天天喊着家珍、有庆、二喜——那一个个名字，他是用心在感受过往的一切，温暖自己剩下的岁月，好像他们从未离开，他依然很幸福。

三

作者在韩文版自序中，说道：作为一部作品，《活着》讲述了一个人和他命运之间的友情，这是最为感人的友情，因为他们互相感激，同时也互相仇恨；他们谁也无法抛弃对方，同时谁也没有理由抱怨对方。他们活着时一起走在尘土飞扬的道路上，死去时又一起化作雨水和泥土。

愿我们每一个人都能和自己的命运友好相待，不抱怨，不绝望，乐观豁达去过每一天，用一颗心去感受生命的馈赠，那么幸福无处不在。书里还借福贵的口说，一个人命再大，要是自己想死，那就怎么也活不了。说的是春生，也是给读者看的。

很想让我们现代的孩子们好好看看《活着》，看看苦难的岁月里怎样去和命运互相周折却永不退缩。在读书的年纪，好些孩子只将书读成了知识而没力量，或迷恋游戏不思进取，或只是读书不明事理，或不堪受挫轻生逃避，等等。读书，是用心去感受，汲取书里的力量方能更好对待自己的人生。

在美好的时代，愿我们更与生命交友，好好活着。

一位好友

有一位好友，是我心目中的老师，不懂的地方可以请教他，又如大哥一样，难事还能为你解忧。他姓唐，名东进。

最早认识唐老师，还是在“翰墨薪传”全国中小学师生书法比赛的综合测试赛场上，他坐在我后面，他写完的时候，我还在写。后来聊到那次比赛，他说我来看你写字，还夸你写得好。我说来看我写字的人很多呢，谁晓得哪个是你？那天我选抄的是《沧浪亭记》里的两段，知道自己速度不慢，一点没压力。

后来在微信里细赏唐老师的小楷，精致又飘逸，走的文徵明一路，依稀还掺有赵孟頫的影子。时隔一年，唐老师轻松获得全国第二届楷书作品展最高奖，又于 17 年，拿下了第二届江苏书法提名奖、第三届大册页手卷艺术作品展最高奖。而我，在翰墨薪传一等奖后频频落选，他告诉我，那时他才写了没几年的小楷。我一愣，人家的悟性不能比啊！我有些难过，不知劲往哪儿使。好好临帖，从头再来。我这么安慰自己。

再见唐老师时，是在江苏书法奖的测试赛上。记得那天挺热，他附近的那位篆刻老师动刀声音太大，惹得有几个参赛者不太高兴，只能搬到离我们稍近的角落。唐老师说，原本还有点紧张呢，这小插曲，倒让大家放松地笑了一下。几个月后，在江苏书法奖的颁奖和展览现场，他的《金刚经》册页吸引了许多书家驻足围观，他们盯着藏青底色上书写着的白色蝇头小楷，赞不绝口。我呢，看到每页一厘米小格中精致静气的明清小楷，霎时怔住了。5000多字的册页，无一字懈怠，这可真是用功啊。聪明加勤奋，还有一颗缜密细致的心，能不成功吗？他告诉我，为了这个比赛，他用小楷认真写了两个大作品，虽然得奖了，但这个《金刚经》册页，还真有点不舍得啊！我连连点头，暗自庆幸能有这样一位朋友，我得向他学习。

在请教唐老师的同时，我发现他怎么知道我的过去。他笑笑："翰墨薪传群里的弟兄不都问你要过散文集吗？你也签名寄给我的啊！"哦，我真记不得了。他继续说，"看你真不容易，受了这么多苦还能乐观地生活开心地写字，其实你写得挺好，需要提高的是形式。我年长你几岁，这样，能帮的尽量帮你，互相学习，共同进步！"原来这位年长我两岁的大哥哥还很善良。

从那以后，我参加的许多比赛，都会先请唐老师把把关。什么形式，用什么纸张等等，他呢，很有主见也会动脑，好多都是设计好了让他的朋友去打印纸张。以至后来书友问我纸从哪买的，我只能请他们自己联系唐老师。等我把册页的纸张写好了，就寄给他请人贴。记得有一回，投稿的时间太紧了，我索性盖好章就寄给了他，让他贴好帮忙一起寄出。后来他把我和他的放一起寄了，我入了，他没入，我一阵难过。如果不是一起寄，应该不会这么巧。他倒安慰我，没啥，说明魏晋小楷评委还是更喜欢的。他叫我继续努力，冲刺国展，还说要向我学习。大丈夫的气度果然比小女子强多了。

这一点从唐老师的大字也能看出。他说小时候看到尉天池先生的大字，心怀梦想，有一天也能写出苍茫之大气象。所以在精致的小楷之外，唐老师还有一手魏碑大字。我写不来，只学着欣赏。笔画遒劲果断，沉着老辣，如骏马奔腾之力量，似雄鹰展翅之气象，他擅长因字造势，苍茫厚重又不失灵动变化。他的大字已取得了一点成绩，我想，有一天，他会在大字和其他书体上都结出不一样的硕果，因为书法是相通的，更何况他好钻研。

2018 年初，我着手书写第二遍《小楷苏园六纪》，唐老师给我建议，可以试试仿古笺。于是，出版发行的便是写在他送我的黑色仿古笺上的《小楷苏园六纪》。记得那会我要付他费用，他做做鬼脸，“你不是要写后记吗，把我带上不就行了，就当我为苏州群众文化出一点绵薄之力吧！”嘿，这个当然行，但内心里，我真感谢这样的朋友。他总开玩笑“用我的纸得了奖，奖金分半！”好啊，我也笑。

5 月，在唐老师的大唐书院成立了“黄灌仁书法研修班”，就是志同道合的七八位爱好书法的朋友在一起听黄老师讲课，我也是其中一员。老师倾囊相授，同学友好相处。我有时客车去晚了，打车打不到，最后乘了一辆小三轮转了四十分钟才到。唐老师和黄老师一致叮嘱，打不到车可以来接你，安全第一，以后不要乘小三轮了。他们感动着我的学习精神，而我更感动着他们的真诚以待。在我入了册页展和妇女展后，他们都为我高兴，唐老师幽默地将群名“研修班”改成了高研班，大伙都笑了，这是一群多可爱的人，以提高书法为乐，就如我和唐老师一样，互相学习，共同进步！

祝福这样的一位好友，明天会更好！

小白老了

其貌不扬的小白真的老了。

它是儿子远远一岁多时从镇上抱回来的一条小白狗，如今已有十四五个年头。按老人说，它也得七八十岁了。小白度过了它的青春年华，那会，该是我埋着头抄着《楞严经》的几年吧，外面一有动静，它就汪汪大叫着窜出去，以此证明它的速度和力量。起先我真担心体形不高的它会不会吃亏，幸而没带什么伤痛回来，我也就信了它的威风。不过，若是我连着叫它不许出去，它也就忍着不出去了，在屋里转两个圈儿，喉咙里还发出点不甘示弱的声响，回到我脚边。我摸摸它头，它就安稳地躺下，“好好陪我，俺抄经功德也有你一份呢！”它就眯上眼睛，两耳不闻窗外事，真安心睡我脚边了。

小白的防身之术除了尽量虚张声势，或者说有点威吓之力外，很让人佩服的是它绝不乱吃陌生人的东西。我们扔给它，它基本先闻再吃，要是陌生人丢它吃的，它闻也不闻。这一招，或许让它躲过了生命中的许多次劫难。不知道它独自找东西的时候会不会分辨安全，后来想，小白一不高大，二不漂亮，也不会有人动它脑筋。这么说来，我们倒也放心了。

但那一回，我真以为小白会没命了。它的喉咙里像卡到了什么大的东西，时不时犯恶心，呕了一阵也看不到什么东西出来，身体渐渐虚弱下来。那几天，我一下班就去喂它，可它连水都不喝一口。我急哭了，抱着它的头，连问怎么办？怎么办？妈妈说："儿啊，小白估计没救了，生死由命，随它吧！"我嚷嚷："我们都没想办法，怎么说没救？我不舍得，我要救小白。"舅妈路过，看到我伤心的样子，赶紧告诉了舅舅。那天晚上，舅舅开车送我们去市里的宠物医院给小白看病。医生给小白检查、打针的时候，小白像个懂事的孩子一样。几天后，小白又活蹦乱跳了，只是我们发现它比之前更会黏人了。这可真是小白生命中的一次磨难了。

日子真快，远远到市里读中学的时候，我不得不和小白分离。于是，从每天听着它旺旺的叫声睡着，到难得回趟家看看父母看看它又恋恋不舍地别离，真是看着它一点点变老。起先，它还是会像壮年那时，扑到我的身上，匍匐在我的脚边，让我寸步难行；慢慢地，它就摇摇尾巴兴奋地朝我跑过来，我要说"来，抱抱"，它再跑着趴到我小腿上，我看着它眼睑上的毛长得快遮住了眼睛，赶忙帮它捋顺了；如今是让它送我，它有时还躺着不愿意起来，我嚷了几声，它才慢慢起身跟在我后面。要是几年前，它一准跟着我跑，送到两百米开外的桥头才折回。如今这情形，大概是身子骨渐老的它不太愿意多动，又常常看着我的车一次次开走又好久不回来，少了心情和盼头哩！

最近一次看它时，竟然发现它的肚子上有个伤口。这是怎么回事呢？问爸妈，他们也不太清楚，我猜是小白打不过同伴留下的。小白时不时用舌头在舔，我叫它打住，它也不停，想必疼得很。爸爸说他去湖南的半个月前就有伤口了，只是看它要吃要喝，以为慢慢会好，就关照妈妈留心点。这几日，吃的大不如以前多了，才警觉起事态不妙。晚上姑父来玩，说镇上的兽医站有人会看病，大家都有了希望，等次日一早，我就开车和爸爸去给小白去看伤口。

兽医站的门开着，里面坐着一个卷发的中年妇女。“快过年了还有人，真是太好了！”那个妇女微笑着看了我们一下，“有的啊”，看爸爸抱着受伤的小白，赶紧叫出了她的父亲。“这个还得我父亲来弄。”一位身材魁梧的师傅从里屋走了过来，他看了眼伤口，“跟我上楼吧，这个伤口大，不缝自己痊愈不了。”我们跟着他上了楼，这间十多平方米的简易房就是他的手术室。两条长凳，一个一米多高的铁笼子，上面放着托盘，托盘里有镊子、剪刀、药瓶等。他用皮圈套住了小白的嘴巴。让爸爸把小白抱到铁笼子的最上面，侧躺下，用布条绑住了小白的身体和腿。

他先给小白的伤口清洗消毒，再在伤口处打上麻药，这当儿拿针穿了较粗的线，还一边告诉我们，这伤口拖的时间有点长，边上的皮有点僵硬，线太细还不行。我一边心疼小白要受皮肉之苦，一边感谢着解救它的这位老伯。看他技术娴熟，我忍不住问：“伯伯，你干了有几十年了吧？”他笑笑：“是啊，干了四五十年啦，以前在辛庄当兽医站站长。”“干到现在，真不容易啊！”他见我有兴趣听，一边给小白缝伤口，一边给我讲给狗狗看病的故事，什么狗儿打架缝了几十针的，也有从市里把宠物抱来看的等等，几个故事讲完，伤口也缝好了。“今天打两针，明天再打一次，就没问题啦！”“明天都小年啦！”“没事，你们过来好了，我一直在的，早习惯了。”我问他姓什么，他说姓徐。有些健忘的我心底暗想，这个徐医生，我一辈子不会忘记的。

小白老了，我也不再年轻，我的爸爸妈妈也一起在慢慢变老。世间的一切都躲不过岁月，能留住什么呢？在各自的心底，存一点美好，能温暖一些生命，也温暖自己内心，该是来此一生的本真与可爱吧！

怀念小白

小白走了，带着我对它永远的愧疚与怀念，舍我而去了。

在它无比疼痛、奄奄一息时，我竟没有抚摸一下它那孱弱的躯体，还说了那么无情的话，它一定听懂了，含泪走了。16 年的陪伴，它早成了家里的一员，可我真正对不起它，我的小白。

小白刚抱来的时候全身是雪白的，十多年的岁月早把它的白毛染上了岁月的沧桑，以致暗淡和掉毛。这些丝毫不减我们对它的喜欢，因为忠实又活泼的伙伴给了全家无比的快乐。

忘不了那个冬天，连夜的雪装点得小村子银装素裹，格外纯净。我和远远（儿子小名）唤着小白去雪地里玩耍。小白见我们兴高采烈，它比我们还欢，一路跑，尾巴一路摆，带着肚子在晃、身子在扭。雪花纷纷落，小白的身上、头上、眼睫毛上都是白白的一层，倒真正是个小白了。我和儿子望着它笑，给它照相，可它紧跟在脚边，你跑它也跑，你停它也停，这照根本拍不成。远远说，妈，它就是要和你在一起，我帮你们拍合影！我抚摸着小白湿漉漉的毛，见我一会躲它一会亲近它，更发起嗲来，它的前爪搭到我的膝上撒娇着，我忘了自己是谁，小白是谁，就如亲密无间的朋友在真诚拥抱。遗憾的是后来照片因换手机而丢了，和小白在一起的点点滴滴，我只能在脑海里搜寻。这份纯真、可爱，是小白给我的，不要伪装，不去伪装，世界就如雪后的素白纯净，谁不愿好好活着？

小白是因为四五年前的伤口愈合不了而死去的。

这个伤口在肚子下面，我曾和父亲抱着它一起去兽医站缝了好多针，本以为这样就可以救小白了，但一日日却不见好，小白用爪子把绑带全抓破了，我难以想象它的痛，尽管我每次回去看它，它还竭尽全力动动尾巴，可是，它已经走不动，最后站也站不起来了。那段痛苦的岁月是小白一生最无奈的，也是我最最亏欠它的。

如果，如果小白是我的孩子呢？我也是这般吗？我一定会放下所有的活儿，到处去给它治疗，我会陪伴它度过最难熬的日子，尽力为它解痛，让它康复。而我没做到，更未尽力。我只是偶尔回去，看到它在难受，掉几滴眼泪罢了！想想自己多么无情，小白一生忠实于我，陪伴于我，而我给了它什么？我看到它眼睛里的无奈，如垂暮的老人要儿女的怜爱，它的眼里还不是责怪，是要我留下。一日日地疼痛，一日日地等待，一个健全的人却未尽健全的心去挽救它。我口口声声唤地“小白”，只是小白。这于我是不该，于它是残忍。

妈妈告诉我，小白是我回家的那天夜里死的。那是腊月二十五，我看着疼痛着的小白，在院子里对父亲说，能不能配点药给小白吃，让它早点走吧，它这样痛，太受罪了。我的鼻子酸酸的，我帮不了，又不舍得它。父亲摇摇头，不舍得的啊！小白该是听到了我的话，它最在乎的人也不要它了，那夜，它就了无牵挂地，带着满身的伤痛走了。

小白不会再疼痛了，而我，除了怀念小白带给我的快乐，便是无尽的内疚了！

徽城过年

一

新春是无比忙碌的。从姑苏到徽城，空气中弥漫着自由，人们来来往往，为了几日短暂的团聚，上次来，还是公公的离世，时光似水，窗外的鞭炮声此起彼伏，只有在这里，我才感觉到城市的不同，乡间的年味。

次日午后，我和爱人去村子的田间小道漫步。

偶尔有几只飞鸟掠过，身姿轻巧，我感到了它们的欢愉，也越发感受到那种不可描摹的寂寞。天太辽阔了，便显得大地会有尽头。道路两边都是稻田，那是秋收后剩下的枯秆，等待着来年的翻土，鸡鸭在那里觅食打趣，极似五柳先生笔下的归园田居生活。这里的房屋大都窄窄的，旧旧的，忽然看见间极破败的，父亲说，十几年前那是家磨坊。想必他年这里会很热闹，可谁不知繁华易逝，就像大唐般的盛世，也泯灭于安史之乱，黯然神伤罢了。读悠悠历史，有时枯燥，有时也挺有趣。今日想来，没人愿忍受百年孤寂，有趣也只是为了那短暂的繁荣。回忆种种，不亦是后人在渴求美好的希冀。孤独的岁月，那也是诉说着故事，丰富着未来。

偶尔停下来，目光沿着那堤坝向远方伸展。斜阳下，田野被染成烂漫的金黄，远山如黛，铺展了风景，芦苇在风中摇曳，诗意了天地。旷野被水道分为无数块，消失在远处的转角处。就如路上陌生的行人，终与我擦肩而过。正欲赞叹夕阳的壮美，它却容不得我多想。刹那的光辉并不代表它的永恒，那斯人呢？也只是寄蜉蝣于天地，渺沧海之一粟吧。

村子西头有个河塘，清凌凌的河水晃动着蓝湛湛的天，河塘四周是田地，女人们捣衣的声音回响在旷野，一丛丛芦苇随处生长着，在暖阳下轻舞着年的趣味。

不是过年，这些人这些路连着整个旷野都该是寂寞的。

二

我继续往西走，远远望见一棵高大的胡杨树伟岸地立在前方。老公指了指，大树后面的是村里的祠堂，有 400 多年历史了。根据姓氏，婆婆应该会把她的名字留在这里。

我惊叹着，那这棵树一定是守护祠堂的神树了。老干粗壮，枝条遒劲，褪去春夏的繁茂，更是精神抖擞，静默威严，它应该目睹着这里的族人世世代代的生活，也定在风风雨雨中保护着这座四百多年的祠堂。它身后的建筑在我的视线里，只够到树的三分之一高。

当我靠近大树再看祠堂时，几支细枝映于苍穹，和一大面徽派建筑的粉墙黑瓦一起定格在眼眸，如诗如画，那高脊飞檐在蓝天的映衬下，显得灵动祥和。我闭上眼，这便是徽州，是画家笔下寥寥数笔勾勒出来的中国印象啊！

走进祠堂，里面立着许多高高的柱子，每根柱子上贴着红底黑字的长联。高处梁木上均雕着图案，历经几百年的岁月越发古朴自然。天井下，青苔在石缝里悄长。一位守门的老伯看到我们在磕头，就问要不要点香。我们说不用，就是来看看祠堂的。出门的时候，我们和他微笑告别。这里不会属于我，却流淌着后辈们静静的乡愁。那这个祠堂应如族谱吧，寄托着中华儿女浓浓的家国情怀。

这祠堂比起朋友圈里看到的徽派建筑，可谓逊色多了。它的身后没有远山青黛，前面也无碧水映天，更没有连着的马头墙和一拨拨来去匆忙的游客，然而，它却这么真实，静静地任天井下阴明雨雪，任胡杨树叶落归根。如果你想去徽派建筑中找寻着人与自然共描摹的写意风景画，那么你只要离开家乡费点时光。如果你也是游子归家，那么你会如我们一般，即便再逊色的景象，也带着浓浓的乡愁，活生生的念想，来了就心安，无关别处多热闹。让良辰美景去作游客的享受，过年的这当儿，我们不求。

大树旁，又有人来了，都是难得回家的儿女吧！

看　海

一直想看海，看海鸥逐浪，听涛声依旧，这么想着，有一天，真到了海边。

那是个大雾迷蒙的早晨，在青岛的银沙滩上，我和勉之循着涛声，走向大海。现在才五月，游人稀少，能见度约莫五六米外，一片白茫茫。我们裹好里外长衫，仍觉得冷风嗖嗖直侵脑袋，勉将围巾借我，披在头上。我们像好奇的孩子一样，踩着干净的细沙，沿着浪涛拍岸形成的那条白线开始寻觅。

大海面前，人类本来就是孩子。我们敬畏自然的神奇，生生不息的力量，这翻卷而来的波涛声仿佛在诉说着它的历史。我们看海，更是大海在潮起潮落里看着过往的人们，大浪淘沙，我们，只是历史中的点点尘埃。

贝壳不多，特别是完整艳丽的不容易找。小的如蛤蜊一样的，不捡；粉红至深红的、大而薄的，因其颜色夺目，然多数为残缺，捡了又丢弃了。人，总易好色的，如果能做到色即是空，残缺亦美，那也是开悟了。

有个红裙子的女孩低着头捡了大半塑料袋的贝壳，看她专心的样子，不由得心生欢喜，“可以抬头给你照个相吗？”她没理睬，她妈妈在不远处嚷嚷，“别捡啦，别捡啦，我们的袋子满啦！”遇见我们，笑着嗔怪：“这孩子，我想让她抬头，她都不理。”大概，这才是孩子的真模样，我们，即便暂时像个孩子，也回不到纯真。

将近十点，大雾慢慢退去一点。浪花远远地、一层层地、气势汹汹地澎湃着，涌向岸边。有的跳跃起来，飞溅如雪；有的冲过礁石，势不可挡；有的撞击折回，和新一波的浪花再次交融。看海，最激动的，该是看这些永不疲倦的浪花吧，即便它们最后都消失在静静的沙滩上，再无了波澜，但那追逐的热情，激昂的旋律，永远像那不息的涛声回响在天地之间。

不远处，两个大男人拿着铲子在寻找什么，他们时不时铲开一堆沙子，翻了翻，又继续铲。“你们在找什么？”“我们在玩呢，听人说有这种小洞的地方，下面就藏着螃蟹。”我看他在一个比纽扣还小的圆洞旁铲下一堆沙子，翻开，真有一只类似蜘蛛般大小的螃蟹在爬。我心里嘀咕，这么小也值得找？大概难得来海边的人，都会做一回贪玩的孩子。我和勉不也一样吗？捡了十来个贝壳，根本不满足，看到远远的礁石群，飞奔似的跑去了。

礁石群高低起伏地排列着，纹理纵横，颜色不一，有的光滑如璧，有的附着密密麻麻的壳，小孩子当山在爬，我们呢，就看石玩水。这些礁石在海浪的冲刷与阳光的照耀下，浓淡自然，形态各异。有连成一个小山头的，横亘着看不到海，也有独立一块块的，形成了沙滩上的水潭。在这些小水潭里，附着淡绿色的海葵，你用手一碰，它便蜷缩起来，小生命依附着海水与石头，自是安全。

这儿很特别。四周礁石低矮，色浅，状如莲花，瓣瓣向上。中间有块斧形巨石，纹理复杂，似刀切斧凿，旁又有两块深色石头，如牛似狮。远处连片礁石，被薄雾笼罩，浅浅如云。当勉俯身站起的那一刻，如在仙境一般。啊，我惊喜着这般偶遇，赶紧将定格的画面唤勉来看，然后一起雀跃着，在海边仙境留下了此生不能重复的画面。

世间的偶遇，与人，与物都如此，它也是占尽了天时、地利与人和，才有了因缘际会的可能。那时之天地，云雾缭绕着海边山石，本如仙境一般，而石的形色及组合又如天开画境。我呢，一袭白裙，素雅清瘦，微笑漫步时，裙袂飘起，给画面添了分仙气。我将照片分享给家人和闺蜜，他们情不自禁地赞叹，这是哪，仙子下九天呢，还是大话西游啊？美美地夸赞之余，我总会想起那一幕，沉浸在片刻的美好之中。后来，当朋友循着我的路线再去时，海水淹没了我们拍照的地方，雾一点没有，仙境也再难觅。在对的时间里，遇见了你想要的境遇，这或许是境由心造的一种解释吧。喜欢古雅、素静、飘逸的我，总将会在某个时间某个地方寻觅到所想的那个境吧，今天，那便是了！境如此，人亦如此。

爱人亦或家人不也是我们几世修来的缘分吗？当我们正要离开沙滩的时候，看到了大雾褪去后沙滩上留下的“母亲节快乐”五个大字，我似从梦境中惊醒。妈妈，此刻的你，咳嗽可好些？原谅一时贪玩的孩子，因为一点美好就将您抛在了脑后。女儿清楚，旅途再美，也比不上有你在家的好。于是，一幅幅记忆深处的画面猛地像电影一样铺排开来，泪水与欢笑竟在眼角交替，母爱比海深，女儿又怎报答得完，如果有来生，让我们交换角色，也这么疼你，妈妈！

未想到，看海一次，美好了一回，更深情了一场。

可爱的生活

外　卖

那是立秋后的一个傍晚，老公和儿子去影院看完《战狼》，我从医院配完药回来，三人带着倦意往沙发上一坐，商议着晚饭叫外卖吧。

照例由儿子点，他选了生煎，看看配送时间大概 20 分钟后到，他有些坐不住，大概咕咕叫的肚子已经泛起生煎的汁水、绿豆汤的清甜了。他从客厅踱步到房间，又从房间出来盯着手机上的配送路线，然后啪地又往沙发上一躺。

等待的时间总是漫长的。半小时过去了，儿子嗖地从沙发上蹦起来，“不对，老妈，时间都超了怎么还没到呢？”他估计真饿了。

“外卖小哥很忙的，稍等，应该快了。”我笑笑。又瞥了下手机，的确显示已经到达目的地，怎么不见敲门呢？是外卖小哥送到附近临时有事没拿过来？

二十分钟过去了，我忍不住拨通了外卖电话。电话里的声音很干脆，“快到了，快到了！”又二十分钟过去了，我再一次电话他，还是

“快到了”，放下电话的我有些生气，十几分钟的路程怎么还说快到了。想想不对，这小哥也不问我哪个地点，怎么就这一句，大概外卖忙时都这话吧。

无奈，我只能打商家电话，老板热情致歉，表示马上打电话给外卖小哥询问情况。五分钟后，门外敲门声起。

一陌生男子手拿着外卖，满脸笑容。

“你好！这是你家的外卖，但被送到了我家。我妈不识字，等我到家才知道，不好意思啊，里面的绿豆汤已经被老人家喝了。”

我们一惊，旋即相视而笑，生活可爱又有趣！

他走了，我将外卖打开，发现里面还放着 5 元钱。其实，听到他说老婆婆吃了那碗自认为小辈买的绿豆汤，我们早就没有了等待时的不快。

商家又一次电话来，连声解释：真对不起，外卖小哥回话支支吾吾不知送到了哪儿，你们可以投诉，可以退款，真的。

我客气地说，东西已经拿到，真的不用。

想想那个没见着面的外卖小哥，我还是找到了通话记录，发了条信息给他：工作辛苦，以后细心些哦！

生活原本就很可爱！

看　牙

牙疼有多疼，不亲自尝一回，还真不知道有多疼。这也是“牙疼不是病，疼起来真要命”的过来人说法。

妈妈的牙齿是年轻时落下的病根。那几年在家编席子，机器大如竖着的一张床，动作麻利的妈妈经常用牙齿代替剪刀，咬断那根牢牢的细麻绳。我说你干吗那么拼呢？她叹了口气："谁晓得会留后遗症，那时家里穷，想多挣点钱嘛！"

去年过年，妈妈的牙疼得厉害，消炎，麻醉，割神经，拔牙，能用的招都用了，每次吃东西前，她都把热的饭菜晾了会再吃，忍着疼慢慢下咽，吃完又捂着半边脸。我当然不舍得，可除了陪她去医院抓着她的手，希望能减轻点疼痛之外，真没办法可想。那些疼痛看在眼里，却分担不了。直到有一天自己也受了这苦楚，才晓得再设身处地，也没有亲自体验的真实。

今年年前，我被牙疼折磨了半个多月。开始是牙齿发软发酸，后来疼得夜不成寐。第一次去医院看牙，判定牙周炎，配了药吃了仍不见好。第二次医生找到蛀牙，说情况不严重，封点药待查，可我却疼痛未减。第三次医生给蛀牙割神经，我疼得想起了那会同样情景的妈妈，泪水忍不住溢出了眼角。医生赶忙说，"再忍忍，快好了啊！"其实，泪水一半是因为自己疼，一半是想起妈妈的疼。我听着她亲切的话语，嗯了一声。

后来再去的时候，牙齿已经不疼了，医生把蛀牙给我补好，嘱咐我不要吃尖的东西，过完年想装牙套可以再去。她将我看成孩子一样，关照得很详细，我喜欢她一身白衣、带上帽子口罩的样子，露着那双明媚的眼睛，还有清亮的声音。

就这样折腾了四次，我的牙病告一段落。人有时很奇怪，疼得厉害的时候，还会有许多想法。想着无病无痛就是福，想着世间每时每刻定有许多人在受更多的苦，还想着人生不易要多多学会生活、享受自然等等。这么想着，似乎自己主宰了那个正在疼痛的肉身，这点疼本不算什么了。

好友说，某某医院某某医生技术高超，我的牙疼没怎么折腾就好了，早知道介绍你去。这么一说，我那奇怪的脑袋又胡思一通：我挂的确是普通号，那个年轻的女孩医术或许还不高超，但又何妨啊，在她每一次的询问和诊断中，谁说不是一次次锻炼呢？ 我是她积累经验的无数分之一，她确是消除我牙痛的天使。这么说，我对于她，以及她对于我，都很有意义。你说是不是呢？

两盆花

我是爱看花却不会养花的人。

我常把买来或者送来的花养得营养不良甚至枯萎死去，一半是不会，一半是不上心，所以索性就不再养，以免糟蹋了生命。如今家里只剩四五盆吊兰，老公把它们安置在我洗笔的池水边，每每洗笔，我便能看到它们，干了就给它们浇点水。

养不好家里的，我就去看外面的花。小区就如花园，四季的花香不断，色彩斑斓，樱花、广玉兰、桂花、海棠、月季、杜鹃等品种应有尽有，就连推开窗子，看对面人家的楼顶上，还辟了个空中花园，绿意盎然，藤蔓交织。在花香里出门、归家，惬意十分、心香一瓣。

这几个月来，让我每每看到还要回眸一笑的，不是繁花争艳，而是楼道外的两盆紫竹梅。

它们长得生机勃勃。清晨，它们绽开红粉色的小花等我经过，傍晚，花儿微闭，每片叶子精神抖擞地迎接夕阳。叶比竹叶大，花比梅花俏，也许这便是紫竹梅的名称由来。有次暴风雨，我打着伞回来，看到它们在风雨里摇摆，枝枝叶叶互相依偎着，雨珠不停地滚落在叶片上，闪着光芒。我真担心暴风雨后的它们会变了样子，然而，是我多虑了，第二天的它们更加神气了。

我原本多虑了，我怎么忘记了它们原本是被丢弃的两盆花呢？从刚看到它们时的奄奄一息，到每一天的变化，这两盆半死的花在阳光雨露的滋润下，渐渐地、勇敢无畏地活过来了。

谁都不敢相信它们能活过来，我也仅是每天的路过、每天的注视。但它们在两三个月间，不仅活了下来，还抽枝长叶开花、从枯萎瘦弱的两三根枝条蔓延到小花坛外，把旁边的矮灌木也比去了风光。这是生命的力量，这是紫竹梅的精神。我从原先的担忧变为崇敬，从每天的看上一眼，到走远了，还情不自禁地回头望望它们。似乎每一天，我都是带着它们的坚强和无畏走出去的。

它们，比养在家中再名贵、娇艳的花都令我欢喜，给我力量。

美好时光

一

春，真是美妙的季节。烂漫多姿、五彩缤纷等一系列美丽的字眼都赋予了这一季。大地已寂静、萧索了整整一个冬天，老天当然要将她安排在四季的首席，用以唤醒世人藏了许久的生命活力。于是，草长莺飞、吐蕊含苞、桃红柳绿、梨花带雨等大自然所有美好的景象都紧锣密鼓地呈现着。目不暇接时，索性用上了耳朵和心灵。

等花开，那是在静心感悟生命的美好绽放。不比人类喜欢虚张声势，一朵朵花，富贵如雍容的牡丹，平凡似路边的野花，都那么自在安详。看花落，那是礼敬生命回归自然的坦荡之态。如果说花开是生命的辉煌灿烂，那么花落不该只是生命的逝去消亡，还应是回归大地的超然与洒脱。

在生命的不同阶段，面对花开花落自然有不同的感受。少年不识愁滋味，看花开，基本不会理花落；中年时或春风得意马蹄疾，或荆棘一路随岁长，种种，面对花开花落要么无心要么感伤；晚年，一般都经历过了苦楚，也洞悉了生命的真谛，看世间万象由复杂而变简单，因而也便洒脱开来。

你若能等花开，你若能看花落，你定与我一样幸福。

二

初夏，大自然的声音更多了起来。

你听，我还没睡醒，鸟儿们就亮起清脆的喉咙奏起了晨曲。虞山遥遥，此刻的小区却有空谷传声的感觉，我思忖着，大概是树多鸟多的缘故吧。

鸟儿催我早起，便早早地到了单位。单位里有个长长的小池塘，两座小木桥把池塘分成了池水相连的三片。循着青蛙的呱呱声，我驻足在池塘边。呵，桥的两边种着爬藤的花，今早竟全开了！白色的小花轻盈如蝶，每朵也就四五瓣，在绿叶间摇曳得清新可爱。这花不独开，一簇簇，一片片，大有轰轰烈烈的阵容。花藤倚着桥栏杆，自在地伸展。有的垂入水池，与星星点点的铜钱草相会；有的伸向桥面，让来者停下忙碌的脚步；有的凌空跃起，每朵花都积极朝上，真像是商量好的一样。

池子中间有大片的铜钱草，绿绿的、圆圆的叶片先挤挤攘攘地把池子中最核心部位占满、占结实，再零星点点地、慢慢生长开去。细长的根舒舒服服地蔓延在水面上，将天光云影遮掩了大半。池子很浅，底下的青苔薄薄的，小鱼儿来回穿梭于铜钱草中，若隐若现。

有一条大大的红鲤鱼难得露面，或许莲叶太少，它不屑于游戏吧！池子里仅两三处睡莲，朝阳下，花还未全开。粉的花瓣、绿的花萼，黄的花蕊，泛出金色的光芒，怪不得，连观音也会择莲花而坐。

“应为洛神波上袜，至今莲蕊有香尘。”不管是洛神也好，菩萨也罢，莲都是非同一般的。它白天开，晚间合，顺四时；它个儿小，姿容美，不张扬；它有荷一样的君子风度，又如一尊佛静看着世间过往。

耳旁的蛙声似乎退去，我的心犹如化在了莲心之间，这世界变小了，静的似乎连自己都消失了一般。

三

一个秋天，午后的公交车上，人只稀稀落落几个，两个精神矍铄的老头一前一后坐着，过了几站，又有个老头上了车，还没坐好，看到先前坐在里头的那位，激动地叫了起来，“啊，是你啊！”坐下的那位也惊喜不迭，“很久啦，总算又遇见啦！”我猜，若不是在车上，他们肯定要相迎相拥了。他们兴奋地交谈着，哦，原来这三个老头的不期而遇都是为了去同一个地方，让我吃惊的是去——体育中心游泳！

他们彼此亲切，大概源于共同的爱好；他们神采奕奕，猜得出彼此生活的快乐。那个刚上车的老头扳着手指，带着浓重的乡音在感慨：“十年啦，我清楚地记得来常熟的第三天就找到了游泳的地方，对，那天是 12 月 26 日。”另外两人也说着笑着回应着，一会他们又扯到了蒋介石，其中一个一条条地列举着蒋的故事，从小时候讲到台湾，从孝顺父母讲到对待妻子，张学良的忏悔，蒋介石的日记——不太标准的普通话让我断断续续地听了点大概，幸好声音响亮，我暗暗佩服，这几个老头真可爱，比手里常常拿着手机的年轻人会过日子，美好的生活和这金色的秋天一样，丰富，充实。

我微笑着向他们祝福。今天，我记住了十年可以依然去做一件事，记住了三个老头坐着公交车去游泳，记住了夕阳无限好，人间爱晚晴。

四

假如我们不理睬自己的年龄，对了，那也是岁月硬塞给自己的，那么，你会发现，即便看似成熟的你还是很可爱，因为心底深处，你，还是那个你。

小时候，总喜欢侧着身子朝里睡，一手搭着妈妈的身子，安然入眠。几十年后的一个冬夜，我难得陪妈妈睡，我仍将手搭在她身上，只是，妈妈睡不着，我也睡不着。妈妈说，要不睡两头，你的脚冰，妈妈暖你。妈妈一边将我的脚用手往她怀里靠，一边和我说话，儿啊，我现在明白了，你外婆为啥那会腿脚不好还要把种的菜送来，不是她在家里待不住，就是想着把好东西留我们。如今，妈妈总想把摘的菜留给你们，原来都是一样的。

小时候妈妈带我上街，我总是拉着她的手，如今，我陪妈妈上街，还是一样拉着她的手。似乎，妈妈没有变老，我也没有长大。

过去的，永远是日历上的日子，能留下的，必是一天天美好时光。

梦里琴音

当我带着学二胡的儿子思远初见胡琴大师——陈耀星父子俩时，是梦里也不曾想到的。

然第一次相见，倒亲切得很，大概因为他们南下回的是常熟，是我们共同出生的地方。乡情，即便隔了一代，都不能同“陌生”搭上关系，况且，早已成名在京的他们很难回趟老家。

更亲切的，远远是提着二胡叫着爷爷开场的。未见之前，孩子早已在网上查找过父子俩的资料，那首气势磅礴的《战马奔腾》也常在家听得心潮澎湃。父子俩客气地招呼我们坐下，煮水取杯，我才知他们刚到宾馆一会，本不该打扰。

“陈老师，你们俩风尘仆仆回家乡，还没休息，我们就来讨教，真是——”我不好意思地说。

“没关系的！思远，你二胡学了几年？跟谁在学？能拉什么曲子了？”陈老师和蔼地抛出一连串的问题，让有些腼腆的孩子放松了许多。远远一一回答，我稍作补充。

“那就拉首你拿手的曲子吧，不用紧张，我们一起听听。”陈军坐在旁边的沙发上点头微笑。

远远拉了一曲《豫北叙事曲》，静静的房间里回荡着悠扬的曲调，我透过窗户瞭望不远处的虞山，不知琴声能传多远。父子俩细细地听着，不时轻打着节拍。几分钟的曲子在此刻似乎拉长了，我看看孩子，又悄悄看看他俩，琴音缭绕在各自的心间，似旧还新。

一曲结束，陈老师点点头，要远远继续拉一首。《江南春色》开始了，这是孩子喜欢的曲子。婉转柔美之间少了些对江南的深情，或许不经历些什么，是达不到深度的。我如此想。

曲子拉完，陈军示意他坐到爷爷身旁，陈老师摸摸孩子的头，语重心长地说："思远，你将曲子拉得很完整，音准节奏基本没大问题，但是，爷爷还不能说你拉得很美，为什么呢？你现在好比自己造了一间房子，但是还没有精装修，如果曲子要完美地表达，深入进去，那么必须像精心装修房子一样，在曲子的理解、融入感情等方面深入学习，能懂爷爷的话吗？"

远远嗯了几下，陈军接着父亲的话说道："学琴不只是多练，要先理解所拉曲子的背景，包括作者介绍、创作缘由，思想情感等等。曲子拉完整不难，难的是自己对它的理解。一首优美的曲子，是你可以被它情不自禁地感动，被深深地震撼和荡涤。"他顿了顿，望着窗外，像是自语："这首《江南春色》，如果能让听者的心回到日出江花红胜火的江南，让远方的游子似归家，让久违的琴音在梦里——那就真美啦！"我暗暗思忖，游子思乡，梦里琴音，这大概是他们月圆之夜常有的事吧！

陈军喝了口茶，继续说："我给你讲个故事。一次，我在庙里禅修，遇见师父做法事，我给他们演奏了一首。听罢，师父们竟然落泪了，他们在曲子里感受到了丝路之上朝拜者的艰辛和信念。假设对曲子理解不透，又怎能表现至深？"说完，他把两张胡琴的专辑签好名送给了远远，孩子激动得拿在手里不舍得放下。

今天，父子俩同时给了一个喜欢二胡的孩子这么多深层的理念和礼物，是极其珍贵的！临走时，陈老师将远远拉到身边，叮嘱孩子：二胡是老祖宗传下来的艺术，它需要我们去传承和发扬，如果走专业的道路，那么需要你更多的勤奋和努力。爷爷希望你不管怎么选择，一定要听妈妈的话，孝顺懂事要比学艺更加重要。他回过头又对我说："丽萍，你很优秀，孩子也很出色，祝福你们！"

带着十分的感动，我紧紧地握住了陈老师的手。这位和蔼可亲的长者怎样成为一代胡琴大师，又如何与儿子陈军并称"二胡双雄"，还将胡琴传授于第三代陈依妙的非凡才艺，我在今天、在他们的一言行里窥见了大半。一生执着、三代精彩，都源于对胡琴的痴爱与对生活的热爱。或许，连梦里，还在思索、在弹奏……

陈老师自幼随父学习二胡演奏，在结合二胡传统演奏技巧的同时，开辟出诸多二胡演奏的新技巧，并与其子陈军取二胡演奏之精魄，融合东西方文化，勇于创新，集一家三代的心血，成功创造出独特的"陈派"二胡演奏技巧。如今，为了让二胡更好地发展，父子俩又创办金胡琴奖胡琴小型作品展演活动，更是为了回馈社会，让老百姓能常常欣赏到耳熟能详的经典曲目。是怎样的爱和执着造就了辉煌的琴艺？或许，听过才会更有感触。梦里琴音知多少，一拨一揉总关情。

再见父子俩时，是看到微信上陈老师发出来的回家乡常熟梅李演出的一系列照片，小编的话语很美，但我最喜欢的还是陈老师的那一句"最美还是家乡情"。我想，它会同那首慷慨激昂的《战马奔腾》一样，永远被人们珍藏。

夜晚，星星又亮了，我的梦里琴音缭绕。

你最美的样子

著名作家林清玄于2019年的1月23日离开了人间。次日，微信中铺天盖地的公众号都以不同的方式纪念这位文学大师，让原本喜欢他文字的我阅读到了更多的信息。

当我阅读到他22号的那条微博，我惊诧了。“在穿过林间的时候，我觉得麻雀的死亡给我一些启示，我们虽在尘网中生活，但永远不要失去想飞的心，不要忘记飞翔的姿势。”文字的下面附着图片，隐隐看到，那只死去的麻雀是站在枝头的，和生前准备飞翔的姿态没有两样。

这文字、这图片，我似曾经历过！

我赶紧翻自己的朋友圈，在2017年的7月21日，我找到了属于我的启示。那是一只死去的蝴蝶，张开着飞翔的翅膀，在40℃高温的走廊里，使我动容！我将对它的敬畏及对生命的感悟写成小诗，放在图片上面，题为《生命的姿态》：

生命，
不会都如花一样的美丽，

它有酸涩，有无奈，

更有不可捉摸的变化与无常。

然，再苦再难，

只要不负自己，

即便苍天负你，也不算白来。

生命，

时而强大，时而脆弱，

血与泪，都将

与汗水一样地挥洒。

烈日下的蝴蝶，

告别了毛毛虫的卑微，

即便短暂，

也将生命逝去成

飞翔的姿态。

生命可以不如花一样的美丽，

却也要如花绽放时的热烈，

还要如蝶那般——飞翔着的姿态。

这麻雀与蝴蝶，一样渺小，可它们至死飞翔，给人以昂扬的斗志，又何等伟大。这世间，有多少生灵如此飞翔着离别，美丽地逝去。自诩为主宰一切的人类，是应该像这些生命致敬和学习的。再平凡的人，也能努力去做自己的事，哪怕梦想太高太难，也不能失去追逐的力量、想飞的心。我感叹着与他相似的际遇与感悟，三生有幸。

生命最美的样子莫过于此。生时，明知跑不过岁月，也珍惜一分一秒。待别时，留下飞翔的身姿去启迪一颗颗懂得的心。

清玄走了，他飞翔着的身姿化成了一道道光，要照亮更多沉睡着的美丽的心。

秋日私语

秋阳暖暖的，朝南的一大间屋子拉起了四分之三的帘子，依然暖和得叫人发困。卸下烦琐，摒弃压力，日子似乎全然还给了自己。

一天漫长，可能因为太得闲以致无所事事。一天短暂，也许因充实忙碌仍怕虚度时光。

享受生活的，会在秋日的树荫旁走上两圈，会化上淡妆和闺蜜嘻嘻哈哈，会聊聊电影追追电视剧，会为了美食东寻西觅又嚷嚷减肥。

我属于不会享受的那一类。

我喜欢和大树小草低语，喜欢和猫猫狗狗对话，喜欢哼着小曲听雨看云，喜欢穿着旗袍读书写字，或许，我喜欢的早已习惯成自然。

我发现，怎么我喜欢的都是静静的。是因为二十多年来坚持做一件事练出来的心境吗？大概是吧！

抬头，渐渐发黄的树叶似乎在向我点头：当我回到大地的怀抱，你收获了多少？

难得回乡下，猫儿狗儿围得我迈不了脚步，我一边嗔怪“弄脏我裙子啦”一边蹲下身子忙不迭抚摸这个抚摸那个。

蓝天下的云，白的纯净，圣洁，我虽没去过拉萨，但我打赌，上天不会偏袒一个爱看云的孩子，一直觉得，天地之间，谁都应该成为天真的孩童。

而雨呢，不管是连绵的阴雨，还是狂风夹着暴雨，我都不会厌恶。大自然有它的安排。看，那几只暴雨下奋力高飞的鸟儿在我的视线里出现的一刻，我为它们欢呼：让暴风雨来得更猛烈些吧！

轮到我独自去基地值班，一个人的晚上，寂寞未曾侵扰我，一本《红楼梦》，读得我只觉得夜太短，在书的世界里，时空可以倒置，灵魂可以相通。

朋友邀我喝茶，许多次都未兑现。怠慢了他们，或许还怠慢了时光。烹茶、喝茶是要一种清闲的。一笔一画的小楷里，没有茶香，却有着一样的闲适。生活，不一定都要相聚和热闹。如此，也许会当成清高。

不是清高，总觉得自己已够幸运幸福；不是自恋，总觉得时光匆匆要学得很多。世界太大，我似乎只有在自己的小天地里才能找到心灵的归宿，而一旦欢喜，又似乎画地为牢，情难随事迁。

花开欣喜，叶落也欢愉，连身上的不适也悄悄当成了生命本应有的一部分。人，总要老去的，我在享受生命的过程，对一切微笑，不紧不慢地活着。

尚湖观荷

尚湖之美，四季各异。春园牡丹，灼灼其华；夏池风荷，亭亭立水；秋台望月，弦歌新曲；冬阁拥炉，湖山皑皑。

然此片言，难尽其胜，唯情思纷纷，心已入瑶境。丁酉仲夏，吾至尚湖。过太公岛、杨柳屿至月堤，时荷开方盛，乃得辞曰：

月堤之荷，依湖照山，云蒸霞蔚，气象万千。长桥若龙，丽景如仙，红莲灼日，澄水映天。冉香绕野，珠玑弄盘，翠梗摇碧，莲子同欢。茫茫涯际，鸥鹭翙翙，灏灏镜光，鱼戏田田。

至若春喧桃李，杨柳堆烟，东君不语，万物争先。而或桂苑秋宵，邀月成三，梅开烂漫，冬去春还。莲之不争百花，不斗霜寒，卷舒开落，天真自然。还兼绿红相倚，影形芊芊，红消翠减，断梗犹怜。

乃赞曰：佳人爱莲，匪采匪言，含情脉脉，姱容翩翩。心求莲静，身若莲清，川流繁华，过往云烟。佳人爱莲，婀娜蹁跹，素心若雅，脱俗尘寰。身求莲净，心有莲香，行止合度，致远祥安。

莲之君子，杜衡环佩，半在污泥，半濯清涟。莲之仙子，洛神凌波，清风在后，明月当前。莲之一生，自在随缘，禅心曼妙，吾心犹然。莲开今古，相映湖山，静寂旷宇，清浅流年。

除月堤外，拂水山庄、荷香洲等皆有红莲映日之胜景。或满池花叶，挤挤挨挨；或疏疏朗朗，碧波粼粼。时而风翻翠盖，叶卷成花，深深浅浅，顾盼有情。时而日光照耀，明暗交辉，新红参差，入眸莹莹。莲开一朵，叶托三五，莲开千朵，满湖青青。

吾边行边吟，似悟非悟：

莲心苦涩藕身空，遂有清香别样红。

半入尘间方半载，云烟过往卷舒中。

至一处，荷近身旁，甚喜。吾提裙下蹲，人面荷花，相映清雅，莲之无瑕，不忍触碰，非是水月镜花，刹那永恒不化。

赏荷之余，吾无心观览别处，心有唯一，永以为好，遂离尚湖，等秋意阑珊，枯荷听雨兮。

吾著青莲衣，流连尚湖西。清风舒翠盖，红蕖映日晖。

非做采莲女，折荷赠友归。盈盈相对望，脉脉情思飞。

心从莲花净，身比此芳菲。古今吟不尽，还借几生依。

绍兴游记

朝圣兰亭

今年暑假，一家人出省旅游，首站选择了兰亭。

到了目的地，才晓得兰亭是因春秋时越王勾践种兰于此，东汉时建有驿亭才得名的，只是羲之不小心让它闻名于世了。

兰亭是风流的。历史的光环定格在东晋永和九年，会稽内史王羲之邀请了42位名流贵族在兰亭举行了曲水流觞的盛会，并写下了被誉为“天下第一行书”的《兰亭集序》，传说当时王羲之乘着酒兴方酣之际，用蚕茧纸、鼠须笔疾书此序，凡字有复重者，皆变化不一，精美绝伦。这群风流俊士在一起品酒论诗抒怀抱，真乃人生雅事。

兰亭是秀逸的。它枕着会稽山的幽静深远，依着千年的曲水缓缓流淌。进了兰亭的你，一定会将自己置之身外。轻轻抚摸这里的碑石、静静走过这里的亭池，你会不断浮现你所知道或联想开去的一切故事，抑或连那只引吭高歌的白鹅，你都不会放过，它一定是羲之最喜欢的。至于茂林修竹，映日荷花等旖旎风光，此刻都只成了配角。

羲之大概未料到，昔日的酒后挥毫，几分感慨，竟成了千古绝唱!

是书法的魅力？是羲之的地位？是太宗皇帝将《兰亭序》作殉葬以示真爱？亦是真迹不在永留遗憾之美？或者兼而有之吧!

来这儿的人，我想都是对羲之晓之一二的。人有时很怪，当你与对方很陌生时，你反倒无意去了解，而有点知道对方，你会有深入去研究的冲动。知之深爱之切，大抵与人与事都如此吧。

上中学的儿子对兰亭书法博物馆情有独钟，现代的高科技服务于一切与兰亭有关的书作及历史，后人对兰亭的推崇在此一一呈现，羲之在序中的“情随事迁”之叹竟成了永恒不变的文采风流。只有集书法之美、自然自然、人格之美的高度融合，才可以如兰亭这样一日千载，历久弥新。

走出兰亭的时候，我更明白了老师嘱咐我的那句话：兰亭序都是横卷书写，以后不要竖着写，那是不恭敬!

拜谒鲁迅

坐着绍兴的公交车到鲁迅故居是第二天早上。

在鲁迅人像的大背景前，老公给儿子拍照，儿子不太情愿地说，你们就知道留念。老公有点不快，继而向前参观。

在三味书屋里，我们找到了鲁迅刻在旧书桌上的“早”，时时早，事事早，早，于每个人来言，最简单又最困难。简单的是一天两天，一事两事，难的是天天如此事事如此，这不仅是一种积极的学习态度与习惯，更是一辈子难能可贵的韧劲和精神。

鲁迅故居里最让人向往的是百草园。高大的皂荚树越发枝繁叶茂，鸣蝉也还在响亮的长吟，只是我们没寻到角落里低唱的油蛉、弹琴的蟋蟀。童年的那个小娃子在这个乐园玩得多么快乐啊，他眼里的一花一草，一虫一石，都是有趣的玩伴，都是快乐的来源，无怪乎他说“学要学得踏实，玩要玩得痛快”，真是实践出真知。那个“早”，连着百草园里的阵阵欢笑，一起烘托着那个可爱的身影，向我们走来。

在鲁迅纪念馆中，我一句句读着先生的话语，心潮澎湃。从小时候进当铺在别人的污蔑声里接过钱给父亲抓药，到后来想学医解救像父亲一样的病人，又渐渐懂得国人真正需要解救非是身体而是精神上的病痛而决定弃医从文，最终将笔作为一生的武器，成为中国文化革命的主将。先生铁骨铮铮的背后是家国之爱的寸寸柔情，敢有歌吟动地哀，他的《彷徨》，是路漫漫其修远兮的寻寻觅觅，他的《呐喊》，是吾将上下而求索的坚定斗志。我的眼睛红了，我知道这不仅是先生的伟大把我震撼，更是生命的可爱将我感染。

小巧的乌篷船三三两两停泊在故居窄窄的河道边，有客去坐，船手便在船尾划起桨，只是这“扁舟一叶”虽轻盈飘逸，也需小心翼翼，不能如行河湖之间畅快自由。而正是这份小心和新奇，游客倒兴味不减，嚼几粒茴香豆，坐着两岸风景，不时调节着身子的平稳。狭长的河道晃动着黑乎乎的倒影，算不上美，但也因此记下了它的不同。

走出故居街道时，“民族的脊梁”几个大字在烈日下更加夺目，儿子走上前，说道:“给我照一个吧！”我微笑着，他也应该明白，向着高尚的人靠近，不只是留念吧!

沈　园

走过沈园，是悲喜交加的。

陆游与表妹唐婉的爱情凄美得太缠绵。知错了无法改，作罢了又留恋，走的人留下了无尽的爱恨，活着的饱尝了一生的苦楚。聚散是你看到的表象，内心的离合成了你无尽的想象。真爱越过生死，却越不过封建礼教的束缚；真爱留将遗憾，千古也终是慨叹。

一个人能值得另一个这么挂念，即便她不知道，但历史都明白了。一个人可以爱对方这么痴情，即便他只能相望，然几十年的岁月里不知有多少回寸断柔肠。错了谁，无奈有因，这只孤鹤独将爱相延。

小池里依旧荷花亭亭，绿柳娑娑，云影天光下，鸳鸯成双，锦鲤戏水。昨日之境即便有今夕之美，却点点都是离人眼泪。陆游与唐婉的爱情悲剧，不仅是他们两个的，还有他们后来的另一半，爱着他的苦楚，接受他对另一个爱人的思念，这本来是不公和不幸的。

出色的人，怎样都会成为别人口中的谈资。如果陆游与母亲决裂，带着唐婉生死相随，他也会流芳百世，成为反封建的代表，真爱的化身。然，在一个接受正统思想和忠孝的家庭，如此做法，更会遭人唾弃。做人难，做个好男儿更难，而唐婉，做个深爱陆游的一代才女更是难上加难。泪痕红浥鲛绡透，还怕人寻问，咽泪装欢。此情无处诉，只能空断肠，这或许是唐婉短暂命运的症结吧。

当导游们在这两块题字碑前讲解完钗头凤时，总会半开玩笑地扔下一句："男人都不是什么好东西""还是好好珍惜身边的人"。

一个男人，能在耄耋之年，依然不忘那些爱，那些愁，我们是该致敬的！

苏园之缘

当我静静地抄录完刘郎先生的《苏园六纪》解说词，心情竟是不轻松的。

怎会轻松呢？ 即便是一笔一画，也不足以尽善尽美呈现刘先生三易其稿的力作。两万字的背后，不只是阅过五车书所得的精彩，更有着两千五百年吴文化的厚重。刘先生是用心写就的，我只是用笔书写了两遍。

然，仅仅是抄录，也是一种幸运了。苏园，不仅仅是如我——一个江南的女子所钟爱的去处，也是向世界展示东方艺术魅力的所在。我一字字地品味，一次次地想象，远远地穿过历史，忽又近近地，一伸手就触摸到了那一方石头、一叶芭蕉。原来，打小就去过许多个园林的我，还从未如今天这样深情于它，如诗如画的文字之美、心灵感悟的通透之美，条分缕析不失清晰唯美，史料再现而能详略得当。

陆文夫先生说：“苏州园林有着丰富的吴文化的内涵，吴文化上下两千五百年，明清以来，江南文士的心态、志趣、高度的文化修养，几乎都凝结在苏州园林之内，这是一个艺术上的富矿，但却距离地表三千米，开采不易。”而刘郎先生却可以用诗一般的语言，将苏州的园林拆开又重组，从吴门烟水、分水裁山、深院幽庭、蕉窗听雨、岁月章回、风口门环六个部分，细细道出了苏园的真髓。

这部记述苏州园林的艺术片《苏园六纪》，在2000年获得过全国第十四届电视文艺星光奖一等奖、优秀撰稿奖、优秀摄影奖。这么高的奖项，对于刚刚在三年前，苏州的四座古典园林，被联合国教科文组织列入“世界文化遗产名录”，成为著名的世界文化遗产的一部分，是多么的相得益彰。大概是才华横溢的刘郎先生要给这一世界性的荣耀锦上添花，所以要在小豆蓬苦苦煎熬出富有艺术震撼力的应时而生之作。

这里的每一句话都令人再三回味。

在讲到范成大时，刘先生感叹道：“如果说作品是生活的拓片，那么，这些拓片则是含意悠长的。它恰像诗人出于对家乡的无限眷恋，才在那乌黑的青丝之中渐渐生出的根根白发。正因为置身于吴门烟水，诗人的灵感之舟，才划入中国诗歌的河流。”不寻常的人物自然用不寻常的写法，悠远，深情。

在讲传统文化的座次时，他这般说：“如果说中国传统文化是一座园林，而真正的园林艺术就是其中的一方小园。它虽然不大，但可以通达传统文化的任何一个领域”；“隐逸，也许对苏州的古典园林来说，本身就是最好的座次。”大隐隐于市，原不仅仅指人，这么写，自在、大气。

在讲到欣赏园林时，刘先生有些无奈，“生活节奏日益加快的今天，苏州园林之美，失去了很多的知音。世界上的事物往往是这样，相识固然不难，理解未必容易”。一语中的，理解需要时间，更需要深入。在说园林，也在说我，还有你。

在讲到园林荣衰时，刘先生说：“我们的苏州园林，与旧城的庙观和古老街市一样，经过了岁月的风雨，经过了历史的巨变——将一段段苏州园林的兴衰历史连缀起来，便是镌刻在吴中大地上的岁月章回。”说古论今，以点带面，苏园本是苏州的象征。

在讲到园林的维护，他严肃地说：“园林要维护，古城要维护，而一种文化的维护，更是一件长久的事。只有经过真正的维护，才能延续那种独特的文化价值。”我想，不是苏州人的刘郎先生是在真真切切维护着苏园的文化，因为苏园不缺游人，缺的是懂得它的知己，而要真正理解，必须看些解读苏园的文字。

一次偶然机会，我在常熟文广新局局长吴苇先生的推荐下，读到了《苏园六纪》。原本喜欢苏园的我，在如此美丽又深邃的文字间徜徉的同时，思忖着，抄经可以弘法，如果将苏园抄录成书法作品让更多的人知晓、欣赏，岂不也是一种功德。凑巧，2017 年苏州市优秀群众文艺作品向社会征集优秀作品，我怀着试试的心态，申报了《苏园六纪小楷书法作品系列》，几个月后它竟然顺利通过了重点立项，且是书法类作品的唯一项目。激动之余，感恩无比，继而鼓励自己：你给我一个意外，我要用心还你十分精彩。

用我的小楷抄录那么美的文字，不只是幸运，更是江南女子的一种责任。苏园的古典之美，本如大家闺秀与小家碧玉的双重气质兼而有之的淑女，文文静静，不事张扬。小楷的精致之美，本是温婉娟秀，清清雅雅。如此，在我还未褪尽端庄秀雅的不惑之年，给自己一份厚礼，添苏园一份风雅，这又何等荣幸！

当我的第一稿《小楷苏园六纪》在白宣上即将抄完的时候，书友唐东进先生送了我一些仿古笺，看到斑斑点点又古意十足的纸，我抑制不住第二稿的书写。这斑驳古意恰如历经了沧桑的岁月，而苏园，不正是在厚重的历史中越发精致与可爱吗？一个人，一支笔，因为材质不一，书写的感觉也是不一样的，这又好似苏园，只有在吴门烟水之中，才更显现出得天独厚的魅力。我，既然找到了更适合表现苏园之雅的仿古笺，那就继续付出，让古雅诠释古雅，尽力，就少一分遗憾。

如此，用仿古笺配以仿古色书写而成的《小楷苏园六纪》在 2018 年的 4 月完工了，当我将它呈现给中国书籍出版社的陈武先生等一行人看的时候，大家都报以赞叹，“这本书，我们要尽量做得完美些，内容、书法、形式都那么美，这不仅能解读苏园，更是在欣赏优秀传统文化啊！”感谢他们为这本书付出的辛劳，包括帮助、指点、鼓励我的每一位老师和朋友。因为你们，我才会更加努力，不断前行；因为你们，我才会更加感恩，微笑面对生活。然，我亦明白，什么事都只有更好，没有最好，对自己说，尽力了，就别在意褒贬，追寻的脚步永不停止，这，已成为过去。

假若你未曾去过苏园，那么，请无论如何先在荧屏前看一看这部艺术片，你会慨叹，这么美的解说可以配多么美的园林。你会兴奋，人生会遇见多少美好，而苏园注定要与自己结缘。

假若你去过苏园，一如我，那么也请读读这些文字，你便会明了，园林之美缘何而来，那山石草木、窗门廊柱都有着一个个美丽的故事。你会回味，原来你所见到的只是表象，更深更妙的意境在于你懂得了它的前世今生，嗅到了它的文化与艺术的气息。

但愿你去过苏州园林，又读过这部艺术片的解说词，还看到我的《小楷苏园六纪》，那么，这该是人生最美的遇见之一吧！

魏晋小楷临习浅谈

喜欢楷书，尤其是小楷。七年前，江苏省妇女书法展投寄前夕，李双阳老师到苏州点评作品。他说：“这个入省展问题不大，但要冲全国，还需往前追。”如他所说，我顺利入展。高兴之余，我反复思量那句话。唐楷虽美，确是少了份古朴。于是我从唐楷追溯到魏晋小楷。

从王羲之的《黄庭经》《乐毅论》，到献之的《玉版十三行》，越临习越感觉二王小楷的精妙秀逸之美，特别是在羲之小楷临习的基础上学习献之的《十三行》，更让自己一度痴迷。

《玉版十三行》体势秀逸，笔致洒脱，虚和简静，宽绰秀润。在临习时，不仅要掌握用笔法则，字形结体，还要由字到篇，学习章法之妙、神韵之美。

一临笔画。如写点画，于空中作逆势，尖峰入纸，顺势落笔再收，落点要轻，所谓“每作一点，如高峰之坠石，磕磕然实如崩也”。《十三行》中点画活泼，映带自如。写横画时，轻顿入纸，笔势略向右上倾斜寓正于攲，并带有一定的上弧形。当一字之间有长短多个横画，字与字相邻有长横画时，横的倾斜度会有细微变化。《十三行》中撇和捺更是舒展飘逸，捺的方向角度比横画还要丰富多变。点画、横画、撇捺等与不同程度欹侧的竖画构成了清爽劲健、神采飞扬的风格。

二临结体。由上述所讲的笔画不同，方向不一，长短各异，加之随字赋形、随形布势，使得《十三行》典雅大方，又灵动多变。临习时要注意繁则大，简则小，疏密得体、避实就虚、揖让向背分明，曲直俯仰自如。要细细体会《十三行》在均匀纤细的点画里蕴涵着极强的质感，在劲秀舒展的体势间跃现出散逸自然的风姿。

三临章法。《十三行》吸收了钟、王书法纵有行、横无列的特点而又做到错落有致，参差有别，临习时注意字距行距都有大小、松紧之别，才能产生顾盼有情、神完气足之感。

临帖不能求快，也不宜求多。先看后临是首要，边看边思，然后下笔。先向像里写，再往熟里写，再背临，先过单字关，不能只抄帖。要透过原作想象古人运笔动作，把刻出来的线条还原成书写时的笔画。能临像一个，慢慢就能临像一行，以至一篇。到能通临一篇的时候，也要分清每一次的临习重点。笔画基本临习过关了，就重点训练结体，然后再深入篇章布局。假若看似已经七八分相像，那就更深入地临习，体会笔画与笔画之间的气息，如空中取势，气韵生动等。

临不是目的，只是开始。丰坊在《笔诀》中说“学书者，既知用笔之诀，尤须博观古帖。于结构布置、行间疏密、照应起伏、正变巧拙，无不默识于心。务使下笔之际，无一点一画不自法帖中来，然后能成家数。”它给我们的启示是，如果不会临，怎能做到创作中的一点一画不自法帖中来？又怎样去理解、运用所得而形成自我风格？

在临习二王小楷数年后，我的小楷以晋唐面貌出现，我又加大抄写量，追求自然书写。2013 年，我入了第五届全国妇女书法展，2016 年，在翰墨薪传全国师生书法大赛中取得了一等奖。开幕式那天，苏州苏协王国安先生对我作品给予肯定的同时，送我一句话：“自然秀逸有余，厚重古朴可追。”从此，我爱上钟繇小楷。

钟繇的《宣示表》质朴浑厚，雍容自然。笔法遒劲而显朴茂，字体宽博而多扁方。临习时要做到点画浑厚，气息连贯，结体宽绰舒朗，参差变化。《贺捷表》尚未脱尽隶书笔意，自然天趣，特别是横的起笔和行笔较之羲之小楷更丰富多变，线条清劲瘦挺，如锥画沙，沉着有力。虽为刻帖，但笔势异常灵动，临习时要体会到心能转腕，势不可止的要点。

在临习、创作再临习、再创作的不断尝试中，我不仅领悟到了小楷书写时运腕的重要性，还懂得了临习不是光看笔画、结体，而更要关注字势和笔势，把握字的运动状态和生命状态，去表现特有的神采。我将钟繇小楷的古朴、厚重与清劲慢慢融进之前的小楷中，在自然书写的状态下，逐渐形成了现在的风格。

在“往前追”的临帖道路上，我同时抄写如《书法雅言》之类的古代书论，从理论和实践上让自己手脑并用，师古出新。如此，今年在小楷上收获了十来个奖项，幸运的同时，我感谢学书道路上鼓励指点我的师友，也感谢自己不间断地临帖。我想，接下去临习的，不能再是小楷，前路漫漫，却也光明。

我、妈妈和儿子

一

小时候，妈妈在厂里干活，难得中午有肉，她总要省着留给我当晚饭，我懂她的心，犟着和她分了每人一半才开吃，童年，生活中的一点苦早被妈妈的爱化成了甜甜的糖。

师范三年，妈妈总是牵挂我，那时没手机，家里也没按电话，我晓得，一个月回家一次对妈妈来说时间太久，我就常常写信。妈妈说，不认识字的她每每收到我的信，会急急地拆开，见字就如见到了亲爱的女儿。

大病那几年，妈妈不知向苍天祈祷过多少次，她问，这么好的丫头为何要受这么多苦。她说，儿啊，在你面前妈妈努力地笑，背过身，妈妈满眼都是泪。幸而，阳光总在风雨后，几年后，我也当上了母亲。我更懂了，活着，不仅仅是为自己。

妈妈用善良与勤劳抚育我长大，用坚强与努力影响我成长，妈妈是孩子最好的老师。当我的远远说：妈妈，人的精力是有限的，你也赶紧睡吧！我欣慰地笑了。做妈妈的，不怕付出，只求懂得。

妈妈不会写自己的名字，每每去银行，都按手印。远远说，好婆，我来教你。他写了三个大大的字，妈妈一笔一笔地学，一会笔顺错了，一会笔画歪了，儿子说：外婆，你要是小时候读书，肯定比我聪明多了。

二

每个青春期的孩子都有一段时间的叛逆，远远也不例外。他读初中时，我忘了多少次和他语音上的针锋相对又无济于事，最后他不开心、我更不舒服。事后想想，小事一桩何必动火，叛逆期的孩子以为自己已经长大，而父母总觉得孩子不听话，如此，怎么可能和平共处。

有一次为了什么记不得了，只记得我们都哭了。起先，他从客厅转移到房间，关上门，我呢，想想做母亲的一番苦心他却不懂，径自到自己房间流泪。后来他默默地出来了，我擦擦眼泪也走出来，看着他说：孩子，我们都好好的，妈妈也是第一次做妈妈，你也是第一次做儿子，都是第一次，谁都不可能没有过错，那妈妈努力做个好妈妈，你努力做个好儿子，好吗？他看着我红红的眼睛，抱着我，眼眶也湿润了。

后来，我更多地以朋友的口气和他说话，道理要讲，不能啰唆。有时选择留言，有时选择写信，我发现这样一来，他似乎更接受，我们之间也更融洽。等上高中时，我与他已分外友好。晚自习骑自行车回来，他还会到房间问候一句，妈，早点休息。有时还抱抱我，说，妈妈你要多吃点，瘦了我一抱就抱起来了。虽然远远读书的成绩不太优秀，但看他也不是日日在荒废，能知书达理，懂事孝顺，觉得也是一份优秀的答卷。

我给远远写过好多小诗、留言，还用小楷抄录他的小古文送他，都放在他枕边的抽屉里。一是见证他的成长，二是做妈妈的良苦用心。现摘录两个。

小诗（其一）：

写给豆蔻年华的你

孩子，现在是你的豆蔻年华，
半带着未成熟的青涩，
半带着独立前的叛逆，
冷不丁，像是我们错了，
又像是你错了，其实，
彼此都有对或不对的地方。
生活，本来要宽容理解，
读书，本身是苦乐修行，
人这一辈子，
若是不经历些刻骨铭心的欢喜与刻苦，
那么，此生，
一定不会精彩。
孩子，现在是青春痘横行的年岁，
半带着帅气间的无奈，
半带着自信中的孤傲，
不明白，
这是青春给你的礼物，
还是要修炼你的本性。

它如青春期你们身上的小小缺点，

要你自己，慢慢地、坚决地铲除。

药是外敷，食物、睡眠、运动是根本。

正如，我们的叮咛、鼓励永远是外因，

你的自信——相信自己可以一直优秀下去，

坚持——把阅读、写作摆在作业之外的第一方阵，

用琴声与音乐解乏，但决不能沉迷其中，

刻苦——把暂时薄弱的科目多花点心思钻研进去，

善良——让自己的言行向着优秀共青团员的标准去靠近，

谦虚——多看看别人的优点，永远向那些高贵的灵魂致敬和学习，

有礼——懂得父母、老师的辛苦，与同学友好相处，不要自我为中心，

等等这些，才是成长的内因。

孩子，愿你在豆蔻年华，

懂得拼搏、学会感恩，

让你的人生奕奕生彩，

为你的理想，锦上添花。

留言（其一）：

孩子，妈妈对好婆从小听话，不敢伤她一点心。你呢，现在也长大了，更要对好婆好。你看，妈妈一直让好婆不要干活了，可她还不愿意歇下来，现在为了翻造房子，更辛苦了。在他们那辈人身上，我们要学的东西还真多呢，勤劳、

善良、淳朴、厚道，我们读点书的要向他们学习。他们靠勤劳的双手，为儿女操劳一生，希望我们过上更好的日子。我们怎能不用功，多些孝心和勤奋，让他们看到美好的将来，给他们以安慰和幸福呢！和远远共勉，一起努力，向美好出发。

三

当然，远远也真的长大了，个子超过了老公，痘痘也没有了，有时我叫他帅哥，他只是还会腼腆，出门不愿意再拉着我的手了。去年我生日，他写了首七律给我，还用毛笔写成了书法作品，我将自己写给他的那幅和他给我的这个一起叫装裱师傅托了一层，贴在了他的房间里。这是我们母子俩的故事，也是他成长岁月里的珍珠。

赠母（葛思远）

不忘遐怀劝谕忙，苦心教子诉流光。
浮生晓梦韶华半，卧病春愁零泪长。
化笔新开三秩月，征途曾踏几星霜。
荷轩自有琴丝缓，伴得诗书透墨香。

我是妈妈眼里的孩子，远远是我心中的宝贝，母子相亲、母女相爱，是我这辈子最大的财富。愿妈妈放下心中的担子，少些辛劳、享受晚年的幸福；愿儿子挺起男儿的肩膀，用努力尽力去开创属于自己的美好人生。

五彩霓裳入梦来

2019年的大年初五，一早从安徽繁昌出发，经动车、汽车辗转多次，至常熟已是夜晚八点。旅途辛劳自不必说，好在平安归家，睡下也香甜。早上醒来，还似在梦里，这梦，似有所托？

梦里，两个叫不出名字的朋友送来几件五彩霓裳，色彩淡雅，长短不一，叫我挑选。我一瞧，这都是古意浓浓仙气飘飘的衣袂，甚为惊喜。细看，布料上乘，制作精工，还绣有纹饰，皆不似寻常所见。我一件件赏来，犹豫着哪件合适自己，忽而又想，如此珍贵之物，自己恐配不上穿呢，直到天亮，竟未取一件。梦醒，笑自己怎如此羞涩，也不挑一件最喜欢的试试。

暗自偷笑的当儿，翻开微信，看见周向东（我的朋友，儿子远远的诗词老师）已早早留言，是写给我的七律——《题葛丽萍女史书苏园六纪》，下有两幅带张黑女笔意取颜真卿结体的同题大幅书作。他说，诗改了几次，书法就跟着重写，两幅下来，最后仍将诗改了两字，书法就饶过自己，不改啦！我细读对照，他发我的诗中，第一遍尾联“辞章翰墨相辉处，一脉清流出海隅”的“辞章”最后改成了“千年”，但书法作品的第一遍最后还是“幸得清流出海隅”，看得出他边书边改、边改又书时的斟字酌句。我一边感慨他的才华，一边又细品诗句，竟把我写这么好！

题葛丽萍女史书苏园六纪

季直曹娥两不孤，钟王气韵眼前殊。

文姬塞上胡笳拍，卫铄河东笔阵圖。

叵耐西川空有纸，绝怜魏国敢无夫！

千年翰墨相辉处，一脉清流出海隅。

（注：西川女校书指薛涛，魏国夫人指管道升，书学其丈夫赵孟頫。）

我之小楷虽有钟王之味，但怎敢与历代才女相提并论？而一脉清流出海隅，又寄于我多少期望。这诗句太好太美，猛地一个念头：如此褒赞我的七律，和那梦里的五彩霓裳，怎那么相似呢！同样美丽，珍贵无比，自己承受不起啊！梦之奇妙，诗之过誉，我欣欣然一并分享在了朋友圈。

周向东也将诗作分享在诗词群，赞者无数。陆陆续续，朱佳伦、计然子、阿保等平时不常联系的朋友一一将他们给我写的诗作发于群中，均为祝贺及称赞我《小楷苏园六纪》的诗作。我受宠若惊，齐刷刷地得了这么多祝福和褒奖，方才明白，这些诗作并非今天才写，最早的已有个把月，且他们各自都分享过朋友圈，只是我没发现而已。一时间，我欣喜、激动，又惭愧、羞涩，赶忙一一谢过，一一将他们的诗句粘贴到刚刚分享的朋友圈。

最早的是计然子的。（题目皆为贺我新书首发或是读我新著感怀等，此处略）

吴门烟水处，雾锁一亭间。
不弃江湖远，独携日月还。
径幽多秀竹，门闭即深山。
两载唯馀乐，轻歌得暂闲。

再是朱佳伦的，他用的计然子韵。（他小女和我同月同日生，每次夸他女儿，他便说那天生的女子都不一般）

共在琴川畔，同寻百丈渊。
经年无赘语，下笔有前缘。
新作满城动，愚兄着眼颠。
相期当大暑，把盏拜霞笺。

然后是阿保的两首。（阿保是从未谋面的朋友）

其一
书画钟神秀，诗词尤动人。
杏坛多俊杰，独是女儿身！
其二
展卷依稀翰墨新，随心写意自通神。
文姬诗就传青史，卫铄书成绝晋尘。
望远登高多坎坷，闭关炼字更艰辛。
虞城今日又佳话，笔底莺歌出美人。
（注：莺歌，清朝书法理论家包世臣形容《灵飞经》之美

“如新莺歌白啭之声”。）

一时间，五首贺诗将我抬向高空，我一点不敢马虎，飘飘然是向来要不得的。周向东在群里言：这五彩霓裳之梦，妙也，合也！又说，不急，还有魏新河也会写来，稍等，稍等，五彩会更精彩。

我当然不急，只想着自己才学、书作尚疏浅得很，远承受不起这么高的夸赞，然即是朋友们的诗才和好意，权当给我的大大鼓励。告诉自己，将字写好，化古出新，是一辈子努力的事儿。至于将来，固不消说能怎样，然这霓裳之梦，好似众友佳作，缘起我《小楷苏园六记》，又成了此小文，倒是佳话一段了。

在我一一回复朋友的留言时，又看到姚德树也留了言，一并在此记下。

薄艳淡妆映画堂，墨池移出一枝香。
精研古法传新意，偏使佳名压众芳。

五彩霓裳入梦而来，未能穿得是遗憾。愿自己不负朋友美意，用一生去编织那五彩霓裳，即便不如梦里所见之美，但日日不敢荒废、步步走来踏实，也真安然入梦，无憾一生了。

萧平的一课

萧平是江苏民进江海书画会会长，著名书画家，鉴定家。

有个春天，他应民进常熟市委之邀，给常熟民进的书画家和爱好者作了一次精彩的讲座。

他作的报告是《中国书画今昔谈》，老先生精神矍铄，古今人物、书画历史娓娓道来。他先从宋人画开讲，讲到那时作画工具，大多用绢绷在机器上，用笔劲挺，酣畅淋漓，宋后期，绘画已开始过渡到抽象，苏东坡就是代表。此时注重文化修养，至元代，文人画成主体。黄公望六十岁才学画画，很长的时间里都在修养文学和书法功底。这就是书画同源、书画同方。

萧先生的言语中是对中国传统书画的信手拈来，他的眉目间是饱含着对后学们不慕繁华、踏实学习的希冀，全场鸦雀无声，心潮涌动，此刻的我，一边认真聆听，一边收获启示：不要急着学这个学那个，每天读点好文字，写点好文字，临记几行字帖，看看美好的大自然，欣赏古人书画作品，一周学写一首诗，生活因为这些会更加美好和充实。

萧先生说了他在 1983 年去美国加州伯克利大学讲座时，遇见美国东部收藏家高巨汗请他鉴定的一幅中国画，那是一幅落款被涂黑的山水画。他拿起画作往亮处照，发现这画作是孙君泽所画，涂黑后写上了马原的名字，而马是当时的名家，孙呢，迄今为止国内都没有他的画作。这个现象表明什么？萧先生严肃起来，中华文化的博大应该自豪，可是有时却成就了别的民族。有个叫木兮的和尚，风靡了日本一千年，却被中国人舍弃了，这是我们的悲哀啊，因为我们对传统关注不周全。尽管这样，国人还熟视无睹，这更是文化的悲哀。我想讲的，这是文化的自信。他的眼神里划过忧郁，更满怀希望地说着。

于我的启示二：我们要自信祖国几千年来的文化，不要为标新立异而崇洋媚外，更不要不去了解自己优秀的东西却被浮云遮了眼。与其学西方，还不如在祖国经典的文化中探索发现，我们不能阻止外国人怎样将中国的古画视若珍宝，但我们有义务去努力学习老祖宗笔下的好方法、脑中的好思想。历史要向前走，唯有努力继承和发扬经典中的一部分，才可以不让后代人更悲哀。

先生又谈到，中国画是一种综合的艺术。是作画者主观成分和意向在绘画中的表现。这和世界顶级的音乐是交响乐是一个道理。欣赏中国画不是单看布局章法，而是要透过这些，看到他作画时的一笔笔，一念念。

丰子恺说：真正的艺术是无用的，有用的都不是艺术。何意？因为真正的艺术不是去装饰，而是去慰安人们的灵魂，是解决人的精神层面的问题。艺术在某种程度上可以和宗教画上等号。人的层次从温饱到精神生活、从文化艺术到宗教信仰。

这个社会不缺艺术家，缺的是有修为的人。

课堂上的谈古论今每个教授、学者都能做到，而萧平的课，实实在在触动着我们的内心，让我每听一句便受启示。

启示三：不用去追时尚，时尚不是经典，有时候表面的追逐会扰得内心不能平静。如今的书展画展凡上档次的，一定高要求，这个要求也受这一阶段某股思潮的左右，就如那个被涂黑的名字，留下什么，隐藏了什么，都是一个个故事。更何况，如果人生重在修为，要争多少名与利呢？黄公望六十岁学画，难道他厚积薄发只为了留下《富春山居图》？那长长的山水画卷该是他心灵纯纯净净的归宿，画出自己之心，让心遨游于天地大美之间，穷困不怕，富贵不求，能在古人和自我之间徘徊对吟，一生足已。

启示四：时间宝贵，不要把它都用在各种比赛和投稿上，不临帖，不读书，就离古人越来越远。不要去等待将来怎样，一点点进步，一点点美好的累积，才是最真实的人生。

无须和别人比，要比就和古人比，从遥远到很远哪怕最后还是很遥远，那也值得一生去做。就如那些唐诗宋词，再有人写得好，也不可能超越它，因为那是一个时代，独一无二。

萧先生的一堂课是可以让人受益一生的。他是个从骨子里热爱中国传统文化的人，乐意将所知所想去讲给每一位受教的人听，让不了解中华文化的国人触动那根不常用的神经，发人深省。

他是在学问和经历中加深了对中国文化的自信自豪，同时也在现实中看到了令人悲哀和警醒的一面。于是，他给人的话语是有分量的，充斥着对中国山水、古代文人的敬与爱；又是深沉的，渴望人们以修身为人生的终极目标，不是挂着艺术家的名号却不懂灵魂的追求。

今日，萧先生将大型公益讲座的第一站放在了常熟，作为常熟的后学，第一次聆听这样一位全能大家兼鉴赏大师的谆谆教诲，乃三生有幸，必将受益终身。

小石洞记

虞山十里，行止有景，俯仰成文。除兴福、三峰、藏海等名迹外，有一处不常为人知。丙申端午之晨，吾应邀前往，欲一探寻。

少顷，与三五好友会于虞山西坡白鸽峰下。拾级百余，入小云栖寺，寺内香云缭绕，古木参天，禅房幽寂。游人三两，品茗谈笑，一如常客，不似吾等为觅“小石洞”而来。

近洞，便见一奇。洞口有一古藤，盘根虬枝，蔚为壮观。主干在东，遒劲笔直，侧枝向西，弯成U形，遥相对立。又见两树，分立藤旁，藤枝树干，彼此依偎，高约十米，如倚天之将，同护此洞天福地。此一奇也。

望洞，怯不能步。洞深三四米，屋状，洞壁阴湿，苔藓丛生，石阶尽头，有一清池，泉由洞壁石隙间溢落而下，如珠坠池，淙可闻，甚是可爱，谓之“露珠泉”。此最奇也。洞底深邃幽静，池水泠泠，不收云影天光；洞上藤叶葱茏，树木遒劲，可敌雨雪风霜。想象盛夏，露珠叮咚，蝉鸣阵阵，池间开出几朵青莲，吾着长衫款款而至，犹如仙境矣！冥思之中，寺钟忽响，吾如梦方醒。

友曰，此洞乃太公吕望避纣之处，传说畅神，吾欣欣然，欲下洞一探究竟。方知洞旁有门，门已上锁。吾愁眉不展，于洞口徘徊，一老者见之，猜得几分，遥指对面。吾至一厅，表明来意：石洞清凉，福地洞天，吾欲观览，书就文章。见者笑曰：可见可见，小心小心。

门开，拾级而下。绕过U形藤条，再下十余石阶，光影斑驳，渐趋无力，至泉边已如夜幕初降。洞中清凉，飞虫低语，望池中，游鱼微动，落叶漂浮，相映成趣。池东更暗，隐约见几尊菩萨，一个蒲团，一条长凳。吾合掌而拜，心有所愿。天下名泉，谓之不少，然露珠成泉，石洞有天，定不多也。且泉水甘冽，洵煮茗上品。遂思，众客杯中之茶，几人知用露珠泉哉！此三奇也。

看毕，乃随主出，继而前行。主下山备餐，吾与陈、潘两兄皆不从，此地初来，岂愿止步？三人沿山道行，情趣正浓；野梅青在枝间，山鸟啭于幽谷，自觉莲步轻盈，脚底逞欢，笑语洒一路。忽而闻水声欢腾，忽而见景象开阔。妙哉，又见眼前一池清水，似静还动，两三石牛卧于水中，形态各异，栩栩如生，非神牛奔卧而何！

沿池而上，竹篱茅舍，茶香肴美，方知近午，腹内空空。茅舍依山林而建，茂林修竹，清幽素朴，众人惊呼，此乃桃源也。吾与友寻至深处，翠竹参天，环荫左右，不知西东。竹林与酒红长廊相隔，相望而不可即，如伊人亭立却亲近不得。长廊及腰高，廊间红灯笼罩，初见眼前美景，恍若身在桃源。初夏竹已壮，或春时早将鲜笋采挖，此刻疏疏落落，唯高处竹叶青青，响声沙沙，和人欢笑。

主人电催下山午餐，吾等岂肯。主无奈，自山下移置陈酿美酒，折回欢聚。桌上，几杯清茶，两碟花生，加之皇甫兄一早赶往杨园购得三四样野味，混合坛中陈酿之四溢芬芳，便是菜肴未至，已熏得众人似醉非醉。耳旁隐约听得溪流潺潺、泉水咚咚，恰似琴声悠悠穿林而来，此乐何极！

只道山水会人心，而境亦由心生矣！

把盏欢饮之暇，吾倚栏赏景。待回座，友曰：今君青花瘦影，更应了美景！众人齐赞。友皆喜文，皆抱文学情怀，不计辛苦，自得其乐。今相聚一堂，谈见解、叙往事、问将来，与山林相依，人在景中，景在心间，心自在惬意悠悠里。享此美景，得一绝云：

石洞清凉露作泉，虞山处处隐桃源。
举头疑是南朝景，野鸟嘤鸣娇翩翩。

众人慨叹，今日仅访虞山一小石洞便得奇景，焉知山上诸多名胜古迹不常使人流连忘返？或更多美景奇境隐在山间湖畔未尝可知。推而论之，山水如此，人亦如此耳。

兴福寺漫记

十里虞山，自古有名。

丁酉大暑，朝阳似火，家人相伴，面山而行。车行一刻，古木参天，飞泉石桥，烈日渐远。若非常客，岂知山林北麓，竟藏兴福禅寺。由外向内，除见飞檐廊角隐隐，无从判断方圆大小。

古寺初名大慈寺，创自南齐，邑人郴州刺史倪德光舍宅为寺，至今千五百年。又相传唐贞观年间，有黑白二龙交勇，冲迸成溪，遂成破涧，故又名破山寺。后诗人常建题诗于此，破山寺闻名更甚。唐懿宗咸通九年，敕赐大钟及“兴福寺”额，改名兴福寺。

入寺取香，发愿祈福。至大雄宝殿，拜过释迦牟尼佛、南无消灾延寿药师佛、南无阿弥陀佛。转至三尊佛身后，见一纹筋纵横大石，状如伏牛，左看如“兴”，右看如“福”，方解“兴福”由来。儿疑奇石，夫自言自语：人以石奇，寺以石祥，盖三者相合。史迹有考，石头真见，吾等幸甚。

出大雄宝殿，拾级而上至玉佛楼。楼靠山向南，三面环树。鸟欢蝉唱，林深蔽日，倘若钟磬不响，常人恐寻觅不得。楼前廊间、树枝树丫处挂满红色绸带，上有“出入平安”“所求圆满”等字，设想吉日吉时，四方香客皆求愿于此，或金榜题名，或平安康健，或消灾延寿，或生意兴隆。他们或跪或立，神情恭敬。世间种种不如意，皆可有求于菩萨。殊不知，因果有时，得失莫定，善为根本，德养一生。菩萨有灵，终极在己，若愿非成，更需精进。进退之间，了悟之中，身心俱清，脚步方轻。

由楼西下，转左，见一拱门，上著“通幽”，未出，又连一门，题“烟岚环翠”。区区几步，目光所及，已全然领会门上题意。望北，后山葱茏，茂林修竹；向西，长廊小道，曲径通幽。院墙嵌雕花窗牖，窗含假山枫竹，移步换景，唏嘘赞叹，迎面又穿“云凝”，气象开阔，金碧相晖。

此处干云蔽日，文殊殿和财神殿于西北角，寂静庄严，吾等一一拜过。文殊菩萨启智慧，佑学子；财神菩萨教德义，护丰年。有大智者得大才，有大德者赐大福。吾心所愿，非达种种，小愿勤苦，开悟明理，大愿和平，世间温暖。心中少我，我自超然，如此跪拜，神明自在。此谓吾之平常心愿。

若将兴福禅寺分正中及东西两园，此处位西园，由正门旁“般若”始。两殿之外，檐牙高啄，湖心映绿，曲廊牵藤，蝉鸣啾啾。至若晚凉风清，或嚼清风，或餐明月，遂忘怀尘世矣。

自“般若”出，向东入“菩提”。先过白莲池，池中红鲤戏水，清莲映日，动静相宜，美不胜收。再行数十步，至空心潭。潭中横亘一石桥，将潭一分为二，石板不宽，吾边行边望，水下游鱼欢腾，水花跳跃，粼粼波光耀眼，不由停步。环顾四周，树木参差，怪石嶙峋，百草丰茂，一派蓬勃景象也。

空心潭后空心亭，空心亭后又有一池，池里落英缤纷，水草纵横，云影天光，悄然入画。儿惊，两池相差甚多矣。一动一静，有名无名，几步之遥，面目全非。然，或观游鱼，或解“空心”，心仍所动，暂歇尘劳乃其表也。心若清如许，若静如许，可容杂物不动色，可容宝相不动声，方真空心也。如此，菩提园中巧安排，实有意无意之妙哉！

唐常建《题破山寺后禅院》一诗于东园“诗境”内。清代乾隆年间，邑人言如泗守襄阳郡，得大书法家米芾书写真迹，带回故乡，请石刻名匠穆大展刻碑立于古寺之中，唐诗、宋书、清刻集于一体，谓“三绝碑”。遥想当年，诗人一次晨访，造就千年诗话。他如何来去，吾不得知，然，由诗可见，他亦拜谒各殿之后，折向西园。清风徐来，黄叶飘零，鸟鸣婉转，空谷回荡。东园潭影，日光悠悠，驻足良久，感慨万千，题诗壁上，遂出古寺。

此情此景，常浮于心，每每进寺，亦随诗行。

昔古人出游，辛劳至极，然每到一处，山水盈心，记之为文，吟咏成诗，留将千古。盖先人之艰辛与才略即后人之福祉与缺憾，愿惜今朝之易，学古人之勤，再与山水相亲，自然相合，此乐何极！

既出古寺，见寺旁茶客如云，苦吟拙句收尾作罢！

古寺清凉花木稠，诚来祈愿暂悠游。
檀香已为人间炷，福德仍凭心内修。
曲径通幽穿九夏，高林蔽日享三秋。
空潭幻影曾留客，不载南朝半点愁。

姚家古牡丹

今天是常熟尚湖牡丹花会开幕的日子，没闲暇去欣赏山水之间被万人青睐的国色，竟一点不遗憾，大概昨儿刚去乡下看了姚家的几株古牡丹吧，那国色天香的姿容已填满整个脑海，何况她还带着美丽的故事。

古牡丹至今已有461年了，今天，是我第一次目睹她的芳容。

还没进院子，就闻到她的香气了。隔着院墙上的雕花，看到一个七八平方米大的花坛，花坛顶上搭了个高高的棚，用黑色的篷布遮住了天，许多人围着花坛在拍照，笑声不断。进得院内，只见牡丹花灼灼其华，娇柔妩媚。花朵大如碗口，玫瑰色的花瓣层层叠叠，晶莹玉润，金黄的蕊丝密密匝匝躲在花瓣正中，娇羞地同享着国色天香的美誉。绿叶此刻也是大功臣，它将花衬得更红、更大、更艳了。

红花光靠绿叶扶还不行，因为花实在太多太沉了，细心的主人无奈之下给这株牡丹底部的枝丫竖上了一圈丫字形的支撑物，再用大红丝带给花坛系了个腰带，赏者可以全方位将牡丹的真容看个究竟哩。

“一般都谷雨三朝看牡丹”，主人说，“今年刚过清明它就开了，也不知香气几时惊动了外界，一周前就陆续有人来看花。为延长花期，我又搭起了棚，希望能多开几天。”我才发觉，今天阴雨天气，牡丹却不减一分姿色和香气，不愧花中魁首啊！

说起这古牡丹的渊源，颇有来历。据主人珍藏的《毗陵姚氏家谱》记载，先祖系隋忠武王嫡裔，其20世安甫，自明嘉靖戊午年（1576年）起由安徽桐城迁常熟吴塔下塘钱舍泾（后改名姚家桥）。光绪六年（1881年），族中孟濬受命续记《桐城遗裔明恕家风》，立分宗世表，编后嗣命名，定宗规家训，建姚氏宗祠等。其中专为牡丹赋七律诗一首：“牡丹旧是姚家种，三百年来此尚存。田园租税还堪给，城市沧桑莫谤论。植木幸有留园圃，看花岂独到儿孙？谷雨预期来岁约，石栏杆畔倒金樽。”由此推算，姚氏古牡丹至今已有460余年。

当我留恋着牡丹的雍容之美，一会俯身一会蹲下给牡丹拍照时，同行的人已经在院门外呼我了，怎么就走呢？“还有好几处呢？”一个响亮的声音回荡着。我循声跟上人流，又来到一处院子，牡丹植株与刚才相似，大朵大朵的红牡丹在繁茂的绿叶间显得光彩夺目。顶上居然也有棚，呵，连管理都如出一辙啊。

我随着人群又去了第三、第四家，都是在楼房前院子里植上的牡丹，只有一小株是淡粉色，其余均一样。直到第五家，哦，原来才是那株遐迩闻名的古牡丹。牡丹花后面的楼房已经破旧，墙壁斑驳，像是和几百年的古牡丹一样久经了风雨，而门前站着的那位笑眯眯的老人，又好似几十年如一日地这么看着看着变老了的。

这个老人叫姚维友，是迁常熟的13世传人。老人说，每回开花之际，新老客人都会被古牡丹深深地动容，大家感叹的不仅是牡丹的国色，还有她历经的沧桑风雨。不管发生任何世事变迁，姚家上下都始终悉心栽培，视为传世之宝。20世纪80年代，老人将古牡丹分给4个侄子养护。晚辈继承姚家风尚，用科学的管理在各自院子里细心栽种，堆筑花坛，加好护栏，五株古牡丹都越开越盛。

眼前的这株牡丹没有遮栅，又大又沉的花朵已垂下羞涩的脸，或许，它们并不因自己的尊贵而多一份骄傲，累累花瓣，郁郁香气，都只有七分雍容三分娇羞。它们从古走来，见证了时光川流、岁月更替，令它们永远感慨的是，风雨只会让自己开的更美，因为土地有情人间有爱。

老人说，这株牡丹是祖上有一位爷爷在朝廷当官告老还乡时，皇上要赐东西给祖爷爷，祖爷爷别无他求，只求带一株宫廷里的牡丹回乡。多美的故事啊，珍宝再好，也不会如牡丹一样年年盛开，不仅悦己也悦人，不仅念祖也念恩。且将古牡丹分植给子孙，世代看花护花承祖德，亦是人生之中乐事一桩了。

当我踏出老旧的院门，忍不住回望了下那株低着头的古牡丹，不禁吟起了诗句：

姚氏牡丹源帝家，天公雨露润新芽。
风霜历历穿秋月，仙瓣层层剪早霞。
国色倾城非自赏，天香溢市任人夸。
花中魁首偏幽独，静对红尘守物华。

野菜下酒

陈武老师每每来常熟，总会有好友争相接待。知道他爱喝什么酒，就有朋友搬着沉沉的几年陈黄酒到酒店；知道他爱吃什么鱼，就有人从家里提上已经腌过晒干的几十条穿条鱼到饭店后厨嘱咐怎么烧。或许有疑问，咋这么好呢！嘿，朋友之间嘛，就是你好我好大家好，况且，又不常常见面，难得相聚，便更添热情了。

如今，我的新书即将由他从北京给我带回，且从编排、修改到出版，都辛苦了他许久。我也应该感谢一下他啊！也请他吃个饭？我拨通了他的电话。

“行啊，只是能不能不去饭店吃啊？”这是陈老师回的。我暗暗犯愁：若在家吃，不寒碜了他？他倒是像知道的一样，“在家吃点家常菜就行啊！那种细细的小药芹就是很好吃的野菜，下酒正好，就是要辛苦你家人。”呵，我还从没听过小药芹属于他口中的“野菜”呢！暗笑，那乡下菜园子里的草头、萝卜不也算？那荠菜、马兰头不更是？那就多炒点时令野菜招待他，这可真是便宜了我们欢喜了他。

待到陈老师拎着沉沉的十来本我的新书到我家时，妈妈早把自家院子里的时令蔬菜清洗完毕。五六位好友围着不大的餐桌，有说有笑，茶香四溢。旁边是厨房，当妈妈拉开玻璃的门，一股浓浓的野味香霎时淹没了茶的芬芳。“真香啊！”不知谁先停下了话题，情不自禁地说了一句。我开心地介绍：“这是家乡杨园特有的野味，用各种香料把上好的鸡鸭熬煮上了一夜才制成的。先尝起来，我给你们斟酒啊！”陈老师夹上一块，咬了一口，乐呵呵地说道：“没想到还有比野菜更香的呢！”妈妈听到野菜两字，赶紧插上一句：“等会我就炒几个蔬菜，自家种的，干净。”

大家边喝边聊。菜一道道地上，普通不失清爽。酒呢，一杯杯地斟满，陈老师喝了黄酒，也有另几位喝白酒。喝酒的人吃菜不多，尝块野鸭，啃个鸡爪，一点花生就看着一直在吃了。因为吃不重要，重要的是叙叙旧，聊聊天，有时还要搞点酒事小高潮。我呢，就觉得听他们说话也很有趣，一会天南海北，一会又纵横古今了。

我一直觉得，大伙吃饭图的是友情，不会因为菜多么珍贵而添了情谊，却因为彼此真诚却更觉饭菜特别。如果说开始的浓香野味一时入口入心，那么荤腥油腻免不了会让人多尝几口刚炒出来的蔬菜。

陈老师最喜欢的是素炒小药芹，一边吃一边夸赞：“香，不一样的香，清爽有嚼头，下酒绝佳。”说完，举起酒杯就向我和先生说道：“今天很高兴能来到你们家，做了这么多好吃的，来，干一杯！”我赶紧起身，边笑着回应，边瞧瞧盘中不起眼的小药芹，“可能放点肉丝更香呢！”“哦，不用，这是野菜本身的香，放了肉，又窜味了。这小药芹比普通的药芹要细，要嫩，美芹和水芹是没有这般香哩。”我想，作家到底不一般，吃个小药芹还有这么多言辞，若是今儿让他把萝卜青菜金花菜等一一细说一番，那可得千字文了。

其实，大家对陈老师的“好”带着很多成分的“敬”。他干过许多工作，吃了不少苦，因为年少时对写作的爱好从未因岁月的辛劳而淡忘，却在越来越丰富的人生阅历里清晰地将它定格在灵魂深处，于是，写作成了他生活的大部分。要多少沉静，才能守得住日复一日、年复一年的思索与创作。那错综复杂的小说人物，曲折生动的故事情节、反映现实又能带给读者反思与共鸣的小说内容与本质，需要一颗多么丰富又耐得住寂寞的心灵。他每天都要活在自己创作的那个世界里，又时不时被生活拉回现实，而当外界点滴的灵感闯进他的内心，又会把生活融进作品，似梦非梦一般。如此说，他有时是他，有时便不是他；如此，他过着一个人、又不是一个人的人生。或许，这便是他欢喜的，人生在日复一日年复一年里过得纯粹又生动。

驰骋在文字里，想象在深邃中，来回于美好间，忘了白天和黑夜的分别，淡了喧嚣与繁华的诱惑，因为在他的世界里，这些或更丰富的，统统有。

创作来源于生活。今天的相聚，此刻的欢愉，特别是野菜下酒的那份闲适，当然可以成为一个文字追随者笔下的作品。

一封家书

亲爱的儿子：

今天又是六一了，记得去年这时候你正从蒋巷军训回来，妈妈也这么写了封信放在了你的书桌上，那张有模有样的领队照片，我也至今保存在手机里。一年的光景飞快而美好，步入青春的你已不再渴望孩提时的礼物和那份忘乎所以的欢笑，因为渐渐长大的你，正在厚重的书本和美好的理想之间，丰满着飞翔的羽翼。

选择今天，选择写信，是因为妈妈想庄重地告诉你，学习与生活中的每一次挫折都是人生必不可少的财富。成绩偶尔的不理想没关系，不读经典，畏惧困难才是最可怕的。一个人真正的优秀，是立德立言、胸怀大志；是坚韧不拔、上下求索。你读的书多而杂，希望继续以阅读为第一乐事，在兼顾作业和成绩的同时，与经典相伴，它将塑造你最美的涵养和气质，将带给你此生最大的财富与力量。

妈妈的童年除了学校里的几本书，没能阅读上名著，这当然是憾事。但是，妈妈从小懂事，懂得父母的辛劳，常常开夜工帮忙干活，每次都以优异的成绩报答不认识字的外公外婆。所以，读书重要，有孝心，懂是非更重要。因为，善良和爱要从书里走到你的心里，才能真正拥有并去释放；成绩和才艺，仅仅是你选择将来有可能过得比别人多姿多彩的一部分，因此，读书的同时不能忘了修养品行，正直、谦虚、独立、自律，感恩、向上等等，是我们一辈子需要的优秀品质。

个子高出妈妈一头的你，也渐渐注意自己的形象了。脸上的痘痘是青春的象征，它只有美，不去理它才能更自信地仰望蓝天；前几天理发时理短了，妈妈看出了你的不好意思，出门时，我丢了一句：短了也很精神，如果同伴说，你可以大大方方地回一句，我最近忙，两次并在一起理了。那会，你的表情明媚了许多。孩子，一个人的美如果只看外表，那是最肤浅的，丑小鸭变成白天鹅，那不是幸运，是不畏艰险地追寻，更何况你是个有才艺、有抱负的共青团员呢！

孩子，你是妈妈我此生最珍贵的礼物，有了你，妈妈更努力地学习。妈妈不是出色的老师，但我会言传身教影响你；我们没有优越的经济条件，然，琴韵墨香书满屋，我们又有多富裕。你的诗文胜过妈妈，妈妈乐在心底，你的一句“妈妈不早了，赶紧休息吧！”更让妈妈暖在心头。我们有诗有远方，有爱有梦想，今天是六一，网上最流行的那一句“愿你出走半生，归来仍是少年”又频频出现，不免心生感慨，做妈妈的，愿儿笃定翱翔，愿自己在白发苍苍的那一天，还能如今天这般，写家书一封给你——我的孩子！

一首《嘱儿》送给宝贝：

莫道男儿要自强，娘亲不惑亦匆忙。
遍尝苦辣人间味，方得甘甜世上章。
书海无涯时甚短，琴音有调夜还长。

应存礼义求真智，试写丹心万古芳。

永远爱你并和你一起成长的妈妈

2018 年 6 月 1 日

一九七八

1978年，改革开放的春风吹遍了大江南北，沐浴着这股春风，我，出生在常熟杨园的一个小村子里。

我是那一年村上最早生的女娃，“只生一个好”的政策，刚让父母亲轮到了。新政策碰到旧思想，作为长媳的妈妈生了个女娃，这着实和爷爷奶奶那一辈的心思不符合，重男轻女的封建思想让我的童年抹上了一点灰色的记忆。在我的小学作文里，常常会有对爷爷奶奶的小埋怨和不理解，惹得语文老师把我叫到了跟前，用明亮的眼睛看着我说，孩子，好好读书，爷爷奶奶那一辈的思想已经过时了，他们将来会懂得你这个女孩会和男孩一样有出息。爷爷临死时，满屋子的人唯独叫着妈妈的名字，他要妈妈原谅他，不该看轻女娃、冷落我们。后来，每逢祭祖，妈妈总不忘提一句：孙女勤奋，给你们争光啦！

我三四岁时，村里的土地是集体所有制，大伙一起种，集体分。妈妈瘦小，却很能吃苦，每每赤着脚挑泥下田赶在别人前头时，总被村里人称赞，这小媳妇真能干。妈妈说，每天早出晚归，一年也就挣3200工分，什么概念呢？10工分是3角6分，一年差不多100元吧。那时候一斤肉七角钱，做两天才够买一斤肉，可是，当时能填饱肚子已经算很好了，哪舍得买肉？也难怪那个年代，如我一样的孩子盼来盼去盼着过年呢！

那时，村上很多人家住的都是外面下大雨、里面便下小雨的平房，我家也不例外。一下大雨，三间平房里立马要摆上些盆盆罐罐，碰到台风、暴雪等恶劣天气，更是苦不堪言。听着床顶脸盘里滴滴答答的声音，父母亲想着法儿挣钱。他们经村里同意，在村里废弃的厂房里借用了十几平方地，养了几头猪，又在自己家的小屋中饲养起几十只小白兔，加上门前走廊里搭的鸡窝，临河养的鸭子，家里可谓四畜兴旺，忙碌非凡。妈妈还在空闲时编织席子卖给供销社，那机器很高很大，拼的却是体力活，为了节省时间，妈妈常用牙齿代替剪刀咬那牢牢的细麻绳，也因此落下了牙齿早早就松动的后遗症。

这样的日子没过几年，至上世纪 80 年代中期，土地分田到户，家里的小日子才有好转。三四亩地的劳作成了副业，父母都进厂成了工人。我呢，少了爷爷奶奶的疼爱却很懂事。我会提着篮子给农忙的父母送点心，会拆布头挣钱。什么是拆布头呢？就是把大大小小乱七八糟的零碎布头拆成线，一斤三角到五角不等，一个暑假可以拆上五六十元。卖棒冰的从后门口路过，我就当没听见，每回妈妈帮我把拆好的布头换上钱，我就像得了宝贝一样把它们统统装进我的小布袋里。

“这么热天怎么不买冰棒啊？”她问我。“要是有一天我们家也能造楼房的话，六十元能做什么啊？”我反问妈妈。妈妈看着我，将我搂进怀里，想了想，“应该可以买到一根梁了。”我笑了，她却哭了。“孩子，好好读书，将来的好日子等着我们的好丫头。”父母不识字，却用农民身上的淳朴、善良和勤劳影响着我长大。

1990 年，一家人终于欢天喜地住进了宽敞明亮的新楼房，虽欠下点债务，但全家的自豪感和奋斗劲更足了。当时，常熟服装城招商引资初具规模，姨夫家租了服装城的两个小门面，搞起了自产自销，几年的时间就富了起来。姨夫和妈妈商量，厂里工资不高，这服装加工前景不错，改行吧！于是，聪慧的妈妈辞掉眼镜厂的工作，买了缝纫机，在家学做起服装加工。一年四季，最忙的是秋冬，看着妈妈忙碌的身影，我总会去帮忙。从钉纽扣，踩里子，到高难度的切线、开口袋，凡是妈妈会的我也都会了。她叫我复习书本早点睡觉，我总是拗着要做到十点多才离开，“我多做一小时，你就能早睡一小时啊！”我还和她约定，要是哪次大考奖状没拿回家，就不帮忙了。后来，当我因为期期三好学生被保送进太仓师范，我陪伴她一起干活的那些日子便成了她思念女儿的寄托和安慰。

走出村子，我才知道外面的世界很大。父母带我去常熟县南街买了两件新衣裳，在新雅饭店吃了面，又登上虞山之巅，看千顷良田和尚湖碧波。那一刻，家乡美的自豪感油然而生，我不仅是农民的孩子，亦是这座城市的女儿，我沐浴改革开放的春风而生，因那一句“女孩子也要和男孩一样有出息”而努力读书，积极上进。

1999 年 9 月 1 日，我踏上三尺讲台，做起了孩子王，再后来，我在工作之余，爱上了书法。在 2013 年常熟撤县建市三十周年时，我用赤金泥粉写了三幅近两米长的《常熟赋》捐赠给市博物馆、档案馆、美术馆。我明白，这座城市的崛起来之不易，凝聚着一代代人的希冀与努力、责任与担当，这也是改革开放带来的巨变。我这小小的举动只是一个小儿女对家乡的大点赞。

如今，我已然如妈妈说的，过上了好日子。很多和我差不多大的这一辈人也都到了市里工作，买房买车，吃穿不愁。生活富裕的常熟百姓开始追寻心灵的放松和精神的富足，而城市的科学规划也给广大市民提供了旅游及文化的需求。一张市民卡游遍常熟，春去尚湖观牡丹，夏到曾园赏清荷，秋游红色沙家浜，冬登虞山看枫红。文化呢，去处更多，修复后的常熟文庙，市中心的翁同龢纪念馆，还有方塔的碑廊，铁琴铜剑楼的藏书等。或许，这便是物质发展到一定程度后人们对精神生活的需求。对这座城市，许多艺术爱好者早已相识和理解，或一曲琴音、一枚印章，或几幅书画、数首诗词。熟稔于心，方落笔成美，一如《常熟赋》那般，悠悠而来。

我，幸运着生于这座城市，幸福着与改革开放同龄。我，以一个平凡人物的 40 年成长见证了一个普通家庭的美好变化。我虽不能代表全部，但许许多多个“我”，便是 40 年社会的发展进程。改革开放，社会进步，唯一不变的，该是一辈辈留下来的那些美德吧，比如勤劳、善良，还有感恩、奉献等等。

岁月不会回头，更不能尝试，改革开放的决策是一个划时代的传奇，它最美的画卷，便是我们如今越来越好的生活。

以我不惑之年，和改革开放共贺美好，亦和这座城市相融相亲。

亦师亦友之灌仁

认识黄老师，乃三生有幸。

黄老师，名灌仁，灌云人氏，居武进已数十年。有同好书法者如唐东进、费云峰、赵一峰等，常求教于他。久之，众人皆望灌仁为友为师能将书法系统梳理一二，指点迷津。如此，戊戌立夏后五日，黄灌仁书法研修班于大唐书院正式成立。吾也幸为其中之一。

从常熟自驾至武进一小时有余，若坐客车，只到东站再转。路途辛劳倒不言说，唯恐迟到或单位不允请假，故只得两三周才学一次，比起同学，徒增愧疚耳。然每每学习，黄老师必口传心授，书写示范，其言之真，意之切，法之正，感人肺腑也。

黄老师痴爱书法，曾离家三年求学于南艺，拜颜廷军先生为师，系统勤学，加之传统文学深厚，敦厚的外表下言行亦谦恭儒雅。开班之际向众学员道：世间所学之目的皆非与他人争高低，仅为提高一点自身而已。好比人在江湖漂，需有两把刀，刀是防身的，当然有时也可以和他人对决，但对决之目的是更清楚了解自己。吾急于提高自己，老师有此话，更合心意。

每堂课前，黄老师将所需字帖发于群里，并将其在南艺所学笔记分享吾等参考。课上，众人认真听讲、按老师的方法一一尝试。不对之处，黄老师细心解答，单独指导。按老师进度，由吴昌硕的《石鼓文》学起、临《毛公鼎》《散氏盘》，再学吴让之小篆，由篆到隶，学《石门》《张迁》《礼器》等，每本帖三到四课时，包括碑帖特点、临习笔法、创作要领等，如此至年底，已学至楷书《雁塔圣教序》。课后，黄老师布置作业，待下次上课点评。

吾去得次数少，每每去，老师便给我细细点评和补习。他总夸赞我小楷写得好，跑这么远听他费舌。然，能遇见如此真性情肯指点的老师，实属幸运哉！

且同学间不论基础高低，皆友好相处。除互相评点作品学习外，还组织去吴昌硕纪念馆、上海博物馆等看展学习。偶尔群里也调侃几声，探书法，话人生，同成长，不亦乐乎。

黄老师常把自己的行草书发于群中，附上心得体会，吾等欣赏之余，更佩服其才学。“有人约字，试笔一纸，未肯经心，弃之。后鼓努为力数纸，置于地，虽有巧媚之处复观皆恶之，不如初之质朴，便于乱纸堆中寻出。它已褴褛，归于丐帮，身形零乱，面目沧桑，初心惨遭荼毒。为召魂魄，故存留，后者尽弃。书尚且如此，思人岂不也复如是耶！而或天道难酬，守真不易，谈何书者散也——书者如也——。”见字见文，可叹可敬。又有诗云：瘦笔黄卷与清灯，砚水氤氲墨气吞。可怜多少痴墨手，爱到伤心字不成。吾暗暗思忖，正是这样一位在传统与古法中寻觅和痴爱的谦谦君子，才会崇尚质朴，才愿倾囊相授，才能谆谆教诲也。

黄老师言：那日夜幕降临，看你从大巴车上下来，此等辛苦求学，感动至极。吾答，昔日师求学南艺，三年离家，夜以继日，勤耕苦读，吾点奔波不算辛劳。况遇良师益友，难能可贵，唯有幸运与感激，只恐灵气欠佳，功课不勤，徒增老师烦恼耳。

世间拜师者，慕“名”而去者、急功近利者，太多矣。如黄老师这般，寓居一方，以书相伴、德才兼备之师，真乃少之又少。都说世间浮躁，金钱至上，但偏偏有人质朴可爱，守真为上，以古为友，醉心翰墨。不把自己看高、不将别人看低的师者实为君子之风度与气度。师之可敬之处，不为名为利，足以令后学钦慕一生，学书学人，受益一生。

永远的老师

一

如今才提起笔来写这样一位老师，很是惭愧。

老师姓陆，名亚鸿，是五六年前我参加全省语文教师素养培训时认识的。我们培训三天，其中有两节课是书法课，培训老师就是陆老师。

第一节课，老师叫大家去书法教室完成一张作业，临创皆可，写上名字。我看看讲台上有一两本颜体笔画教学，就凭印象写了《九成宫》中的“激扬清波，涤荡瑕秽”。再环视四周，老师们有的在窃窃私语，有的还在写笔画。写完上交，我们移至报告厅。第二节课，在大厅里，陆老师给我们点评作业及书法讲座。老师精神矍铄，诚恳率真，对每位老师的建议中肯实在。因为大部分语文老师不会书法，所以陆老师对我们的要求相应降低，但期望也更多。他希望语文老师务必要学学书法，这对传统语文教学和学校书法教学都相得益彰。

他点评到我那八个字的时候，看出了我的功底。被肯定的我乐滋滋的，继而听他的讲座也格外认真。在下课的当儿，我鼓起勇气，问了老师的联系方式，还将手机中的小楷习作让他点评。他把眼镜拿下，定睛看了一会，高兴地说：“你的欧体写得不赖，没想到小楷更棒啊。”

后来老师在微信上告诉我，他参加了很多次培训、讲座，丽萍是唯一。我沉甸甸地记下老师的褒赞，下定决心向老师学习。

二

半年多后，陆老师从南京来常熟的小学讲座，我知道了赶紧跑去学习。

连着几小时的讲课，他的喉咙已经沙哑。他指指铺好的纸，叫我在上面随便写。我心虚，总是在小楷里打转的自己对大字和行书都未涉及，一写，老师真叹了口气。他叮嘱我，小楷要写，行书和大字也要抽空练习。我难为情地点点头，他将笔画运行的动作演示给我看，包括起笔的形态以及产生这种形态的缘由。他的声音很轻，还有点咳嗽。看着外面天色渐暗，我拉着老师去吃晚饭。他连连摇头，今天就到这儿，你回家，我回宾馆休息，太累了，我不能再说话了。我带着不尽的感激和老师道别，真后悔不应该去添他辛苦。

这样，趁着陆老师来常熟讲座的当儿，我去求教了几次。后来再见老师时，是我去南京参加书法家园的培训。记得我是最后的两天里告诉他在南京学习的事，电话里的他很激动，肯定我学习是好事情，嗔怪怎么才告诉他。那天傍晚，我和同宿舍的新加坡姐姐一起到老师家拜访。在他的书房里，我们欣赏着老辣练达、敧纵变幻的行草册页，我们竖起耳朵听他讲，睁大眼睛看他写，真是终生难忘。回来后，新加坡姐姐一个劲儿说，怎么有这么好的老师呢？丽萍，我的学习之旅收获太大了。我说，陆老师就是这样，平易近人又诚恳直率，他的“好”不仅是对我们一两个人，而是对他所遇见的每个人。那会，姐姐正好写了几年的米芾，遇到老师德艺双馨，自然喜不自禁。

老师的颈椎病常犯，但每次去，他都不肯休息。他常常提醒我们，写字要注意眼睛和颈椎，保护好身体，才能写好字教好书。他喜欢写字，更喜欢教学生们写字。不管是成人还是孩子，总是尽他所能去讲课，去示范。他尊重每一个学写字的学生，保护着各自的那份初心，点评时鼓励信心、细致批阅，无一句责备之语，深受学生和书友门的喜爱和敬重。

三

有一回，我险些伤了老师的心。

陆老师在人家口中听到些关于我的话，王浩老师也打电话来询问，是不是真的。我被蒙在鼓里，什么“有点成绩就卖字”“一幅字五六千呢”，我很气愤，谁会这么说我呢？一直自以为没什么大成绩的我怎么会像他们口中的骄傲自大呢？况且自己做人也比较低调，偶尔有人买字，也很公道，这究竟是怎么回事？

我给陆老师发了条短信，向他诉说自己没有骄傲，更没有因为一点成绩就想着挣钱。老师回话，叮咛我通往成功的道路上，谦虚谨慎，戒骄戒躁，他说，相信丽萍不是那样的人。但无风不起浪，叫我细细想想有什么事情人家可能误解了。

我总算想起那件事了。还真有苏州的一个陌生人托他朋友找到我写字，内容是两千来字的《劝学》，要求写在一张纸上，并将他女儿名字署上。他朋友的姐姐认识我，然后双方就加到了微信。他姓吴，是高层企业中的会计，说话很客气，他说想通过端正雅致的书法作品影响在读三年级的女儿，希望我答应。我对这样用心培养孩子的年轻父亲表示点赞，当即答应了。于是，我叫爱人在两张宣纸上分别画线打格，这么多字，写一遍草稿是必需的。

当我花了十来天时间将第二遍《劝学》写好，署上他女儿的名字、落好款，发给他看时，他开心得说一定要带女儿来家里拜访，还叫我把镜框一起裱好。记得那天来拿镜框时，他是一家三口来的，我客气地请他们一起吃晚饭，两家人，聊聊家常、说说孩子，像久违的朋友。他在微信上付了我数千元。后来，他把这幅《劝学》从客厅移到了另一处，嘱咐我再写几个大字给他，我说大字我写不好，算送你好了。他说，我们喜欢你的书法，会一直见证你的成长，不能不收下。这么值得敬重的人，我想，唯有好好写字、时时感恩啊。

这么件美好的事，后来在吴先生朋友的姐姐学校里传开了，不过，说话的人都是无意的，聊起书法聊起我也正常，说一幅字卖了几千也确是如此，只是听的人不晓得那是几千字不是几个字，至于后来怎么以讹传讹，变成了反面教材，那也是有些人的素养不够吧！幸亏陆老师相信学生，也幸亏自己真爱写字。

从那以后，我更将老师叮咛的“谦虚谨慎，戒骄戒躁”作为自己和教育孩子的座右铭了。

四

陆老师的好，在于他的率直真诚，有什么不足，他会直面指出，你改正了，进步了，他比你还高兴。

陆老师的好，在于他的爱才惜才，他用过自身恪守的准则告诫晚辈，看似严肃，实则暖爱。写字要写好，做人更重要。人品不好的书家，老师不喜欢。

老师从不谈及自己的成绩，在百度中，我抄录到他的介绍。他的作品曾入选过全国第六、七、八届中青年书法篆刻家作品展，全国第七届书法篆刻展，首届中国书法兰亭奖作品展，获第三届全国楹联书法大展提名奖等。

不止这些，我还知道老师的山水画很好。他说一个书家只能写字是欠缺的，能写写文章，做做诗词，多学些优秀传统文化，才走得更远。如此，老师对我期望也更多。而我，几年来小楷的进步让他高兴，也让自己亏欠着老师，因为别的书体上我的进步几乎没有。我内心有些着急，老师却鼓励和安慰我，写字是一辈子的事，慢慢去尝试。老师啊，一颗想进步的心却少了相应的努力，就如同惦记着你的好却如今才提起笔，都剩愧疚。

老师如今已古稀之年，还一如既往地致力于书法教育教学，将提高一线教师书法水平，提高中小学生书法水平作为自己的乐事。在刚过去的一月份，“陆亚鸿手卷册页展”在南京市中央路小学顺利举行。许多人好奇，一位德高望重的书家怎么将展办在这么小的地方？老师说他的目的就是把书法、把爱心送进校园，也让更多的老师进行书法交流，更好为学校为学生服务。他的好还是接地气的，孩子们欣赏作品的时候，神情专注成为一道最美的风景。

过年时，他对我们几个学生说，今后办展能否也考虑学校。我们异口同声说好。如此，我们商定，等春暖花开的时候，也去学校里送展览，走进孩子们、老师们——

有一次，老师在微信上说，你楷书上的成绩不是我教的，你也没来学行书，我实在不能当你老师。他的话让我意外，像犯了错的孩子一时无言以对。在我心底，不是非要学得老师笔下的神采，才配得“老师”二字，他给我的，已远远超过了书法的范畴！或许，有些事我没做好伤了老师，可自己却茫然不知。可是，即便不承认我是你的学生，但我心底，你永远是我敬爱的老师。

陆亚鸿，一位德艺双馨的书法教育家，一位令我常常会反思自己言行的好老师！

追寻的脚步，永远

初读黄济先生《国学十讲》，是震撼和亲切的。

震撼的是一位望九之年的老人在生命最后几个年头里，还在分析和整理浩如烟海的中国古代典籍，目的只为给后学们在学习古代文化经典时起个引路作用。亲切的是面对所提到的一部部博大精深的历史典籍之前，许多我都似曾相识，读的既亲切又艰难。亲切是因喜欢，艰难的是有种越读越不足的滋味。

而这，才正是国学的魅力！它汇聚着古圣先贤的思想，照亮着一代又一代如先生那样的传承者，然后影响和教育着千千万万如我这般的追随者。

黄济先生先从中国经典文化源流概述讲起，为我们铺展开一幅中华文化的历史长卷。然后，由整体至局部，以《四库全书》经史子集为基础，解读《四书》、诸经，简介诸子，解说文赋诗词，选介曲杂剧小说等。脉络清晰、见解独到，引经据典，信手拈来。在每一讲中，先生都会以科学的态度劝诫后学者古为今用、进行选读。

曾几何时，国学离我们很远，不是它的莫测高深，而是安静读书的人太少。曾几何时，国学又离我们很近，一股股国学热悄然兴起，一不小心你也成了其中一个。

这些天，我将《国学十讲》一遍遍地翻阅于书桌、于枕边，与它的亲切程度日益加深，这不是读了几遍就熟了的缘故，而是清晰感受到原先零碎的知识或现实中的所为早就受了它影响，只是自己没有将其分析归纳。读史明智、文以载道，从小接受的教育、成长中慢慢形成的人生观、价值观无不从国学中来，到国学中去。它早就浸润了肌肤，滋养着血液，相生于喜怒哀乐之间，又牵引着自己向更高更美的远方前行。

每一部国学经典都闪烁着先人智慧的光芒，它与工作密不可分，为家庭锦上添花，让社会进步和谐。

孔子从仁出发，克己复礼，爱生育人，以褒贬笔法直言《春秋》。作为教师的我，除注重自身修养，以身作则之外，更从孔子那学得了因材施教与教学相长等。他用自身的学而不厌与诲人不倦，汇成了“世之显学”——《论语》，更赢得了“万世师表”的美誉。最让人动容的是在他逝世之后，学生皆相向而哭，为其治丧庐墓，子贡在墓旁守了六年。是怎样的德行与人格魅力值得学生如此尊崇！我们今天的教育，踩着巨人的肩膀，培养了许许多多的好老师，但社会或学生对待老师的态度，有其几分呢？

曾经执教低年级时，每学年我都会安排学生读蒙养教材，一年级读《三字经》《百家姓》，二年级读《弟子规》《千字文》。我不急于解释意思，而是讲其中的小故事让孩子们接受和喜欢。这些读物看似简单，却涵盖着各类知识和典故，渗透着深刻的伦理道德教育。每天花五六分钟的时间诵读，目的让学生去感受，真正可贵之处在于老师如何活学活用处理一些突发事情，以及教育学生怎样达到为人为学的要求。

因此，一个学校真正重视国学，不能看表象，要看老师和学生的言行，举手投足间生成的自然之礼。

一个爱读经典、注重修养、勤勉上进的家庭一定是和国学走得很近的。因其近，为人处世、教育子女都会和他人不一样。他们的生活除了柴米油盐，还有诗书礼乐；他们和睦相亲，充实快乐；他们不羡荣华富贵，不要灯红酒绿，只怕庸庸碌碌、一事无成。他们在史书先贤的故事里回看自己，在诗人的悲喜间品尝生活。修身与齐家可以在和平的岁月中慢悠悠地行进。

你不妨调查一下，被国学滋养的他们中间有多少惊人的相似，有著书立说或诗书画印的，有自强不息或敬业奉献的，有成绩斐然或德才兼备的，等等。有的一家进取，家族兴旺；有的平凡辛苦，自在快乐。你能在他们身上感受到温文尔雅的气质、谦虚温和的魅力及君子之浩然正气！

回想自己离开学校后，仍会在闲暇时读书习字，读《大学》《史记》，抄唐诗宋词，听蒋勋说《红楼》，写散文和小诗。这些爱好的出发点是不断进取和丰富自己，也潜移默化影响了一家人。

可以说，是国学中的真善美成长了自己，这种精神上的养料不时激励着你向更高的目标迈进。每当遇到挫折的时候，无数哲言暖语又成了坚强活下去的理由。从影响一个家，至周围的亲友同事，几十年后，你发现，自己似乎从未改变，而你确实感染了许多人。

国学是历史长河里一束永不泯灭的光，照耀华夏，光芒万丈。是个体生命中一缕恬淡动人的芬芳，经久不散，愈陈愈香。

当然，任何一个历史人物，任何一部国学经典都不可避免地具有一定的历史局限性，正如黄济先生在每一讲的解说中都会要求当今如何去合理地继承历史遗产：去粗取精，实事求是，与时俱进。

然而，追随的脚步总是要先迈开，才可以选择怎样去走。幸好，那段将传统文化打击或覆灭的历史已经过去，国学会因为重新地重视而开花结果。

党十八大以来，习近平总书记就弘扬优秀传统文化做出一系列重要指示，并曾多次在不同场合强调要加强传统文化教育。只有学习和继承国学经典，才能砥砺我们的品行、健全我们的人格，使我们成为德行高尚、知识广博、行为优雅的现代中国人，让国学真正成为人民精神信仰道德信仰的支柱，如此，民族才更有希望，国家会更有力量！

走进蒋巷

一

蒋巷，是远近闻名的全国文明村、国家生态村。

蒋巷之美，美在自然。碧波不达千顷，芦荡也未深深，然树木参天，茂林修竹外，四季皆有可爱之处。春来，燕穿杨柳，蜂舞桃李；夏至，浓荫蔽日，清风怡人；秋时，叠翠流金，稻谷飘香；冬回，万籁俱寂，唯暖阳与笑语日日不息。自然之美，源于景与村相连，与大地相生。有着泥土和村庄的气息，小野花都悠悠然开放。

蒋巷之美，美在人心。常书记怀着“天不能改、地一定要换”“穷不会生根、富不是天生”的信念以坚韧不拔的毅力和全心全意为人民服务的宗旨，带领村民发家致富建设新农村，成为人人传颂的好书记。这方水土渗透着四十载艰辛奋斗的血汗，饱含着那代人日日夜夜的梦想，也因此润泽和滋养了多少蓬勃的生命、多少向上的心灵。一个人带着一群人改变一个村，是本领，更是信仰和大爱。

自然之美最亲和，人心之美最可贵。天地本大美，泥土多芬芳，源于农村又远远高于农村的蒋巷，如今真是集富裕、优美、和谐、幸福于一体的绿色新农村。城里人来，看民俗，住民宿，不管在风景如画的生态园漫步，或是走进其乐融融的村子里，都会感叹一声，这儿真好！乡下人呢，看到整洁优美的新农村，或见到那些陈列着的五六十年代的老家什，更会忆苦思甜，感慨万千。

二

更值得来的，还真是这些需要锻炼的青少年学生们。春秋两季，这里几乎每天都会迎来常熟市青少年综合实践学校的学生们。孩子们穿上迷彩服，带上一色帽，排列着整齐的队伍，行进到生态园的东南一隅。参天的松树下，孩子们齐刷刷的步伐格外有力，这里是体验团结、锻炼意志、自律互助的活动基地，是未成年人培养良好作风，提高综合素质的必要场所。

来这儿的是全市五六年级的学生，他们离开家的温暖，没了学校的功课，在短短一天半的时光中，收获着实践活动别样的精彩与喜悦。这里没有父母口中的宝贝，只有成长中的每一个自己。在教官的指挥下，孩子们不仅要参观场馆，列队行军，进行拓展训练如射击、射箭、丛林战真人 CS，还要学习消防抗震模拟、紧急救护演练。并且学会整理内务，参与农耕种植，动手洗衣服，包馄饨，磨豆浆等。在宁静的夜晚，篝火晚会让孩子们终生难忘，倘若天气不允许，农民剧场里也照样传来孩子们欢乐的歌舞。

餐桌上，行进中、训练间，我们发现，孩子们瞬间长大了不少，八礼四仪不知不觉渗透进每一个环节，他们的脸上洋溢着自信的微笑，昂扬的精神，哪怕受一点点小伤，也不会像在家里那般柔弱。

三

这里，锻炼了孩子们，也辛苦了常年坚守在这儿的老师们。青少年活动中心的王新和范建明两位老师，忙到每周五傍晚才能回家，到周一又早早来蒋巷基地做准备。学生来一天，他们就提前辛苦一天，这批学生走了，他们就迎接下一批，如此往复。遇到天气恶劣，基地受损坏，他们就当起工人，连夜抢修。有时，学生半夜发烧，他们又连夜送孩子去医院。青少年活动中心跟队过去的老师，看在眼里，敬佩在心底，每每想写点他们的事迹，总被其婉言拒绝。这是我们的工作！或许，这便是一个共产党员最响亮的回答。

他们尽心尽责做好工作的同时，还想方设法给学生们创设一个个严肃而活泼的实践环节，他们养了些兔子、鸭子等，让学生们在认真训练之余，开心地去喂喂小生命。王新老师说，生态园里，树木常青，鸟儿常鸣，花儿常开，学生常来，这些羊啊兔啊，会让孩子们更加难忘这次实践活动。

他们还利用休息时间，在最东南边的空地上翻土种上了蔬菜，一畦畦菜蔬从撒下种子到收割，把两位大男人晒得黝黑黝黑。我们有时得到领导的指示，去帮忙收菜，一个个便像刘姥姥进了大观园似的欣喜，等干上半天，又暗暗叫腿酸了，太阳太老了，只是大家都会忙不迭地夸他们种得好。的确，成片的红薯到了秋天，是要留给来基地锻炼的孩子们挖的，摘下的豆子晒干是给孩子们磨豆浆用的，至于冬天的萝卜白菜，收下来装筐，除供应给食堂，还能分一点给老师们尝尝。孩子们吃着自己挖起来的红薯，包起来的馄饨，收起来的青菜，甭提多开心呢。

王新老师说，到了蒋巷，还能做上半个农民，挺幸福的。

下雪了

下雪了！下雪了！天地间飞舞着久违的雪精灵，孩子们欢呼，下吧下吧，我要堆雪人；年轻人约起，下吧下吧，我要与你踏雪共白头；老人们笑笑，下吧下吧，瑞雪兆丰年。我说，下吧下吧，我要为你写一首洁白无瑕的诗。

雪落无声，次日已银装素裹。冬阳惊喜，发万钧之力要细寻雪的足迹，西风凛冽，肆意摇摆着山林枝丫。白茫茫啊，干干净，江南与北国，山川与河流，只留将着一场空前的淡妆与素颜。飞檐廊阁下遮不住一抹中国红，清清池水间倒映着自然造化之水墨。马踏飞雪旁，风掠着胡杨；塞外大漠里，沙清冷着月牙泉，峨眉山巅，可有人在净心问佛；梵音洞中，还有心在虔诚诵经。天地间，雪舞着静谧、安详，舞着纯净、空灵，舞着每个人的心。

俄而，阳光躲进云层，风卷残雪，天地茫茫，唯有枝头点点暗香，不逊一分姿色，更添几许精神。繁华在白雪下沉寂，喧嚣在落雪后宁静，历史片刻地停止与回归。故宫成了紫禁城，西安回到长安，窗含西岭外，许还有着寒江独钓；梨花万千中，一定隐着春江花月。如果可以，我也犹抱琵琶半遮面；如果可以，我也吟诗作赋比佳人。

光芒之中，冰雪如镜。蓝天之下，大地璀璨。蓝与白的碰撞，便是纯纯净净的蓝，晶莹透亮的白。霞光凑着热闹，给蓝天涂一道淡淡的口红。河流漾着微波，粼粼地舞着冬的节拍。冰雪洗礼，世间成了童话，连同一颗颗被雪滋润过的心灵。雪霁天晴，江山更是娇娆，诗情画意在你我心间蒸腾。

捧雪在手，晶莹在心。踏雪寻梅，幽香已在。在纯洁的世界里，谁，都会一不小心成了诗人。